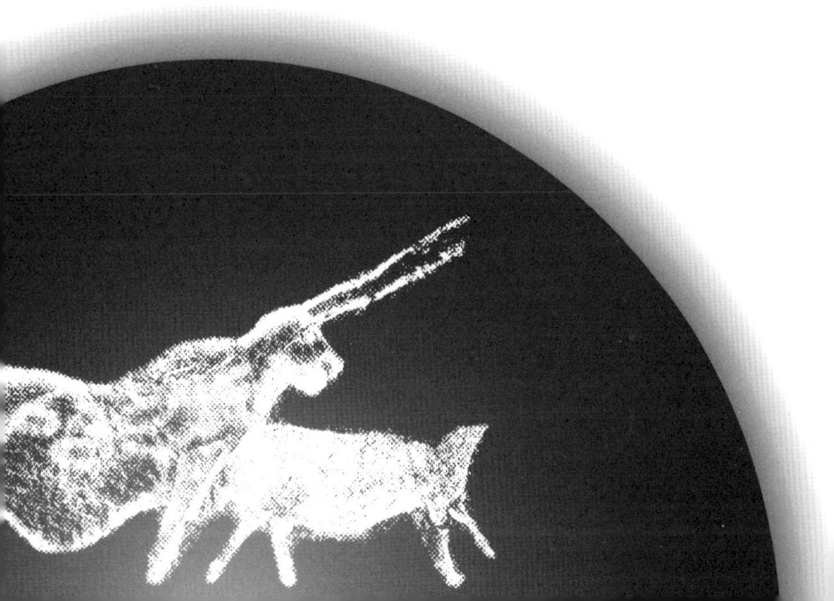

books

kookbooks _ Reihe *Prosa* _ herausgegeben von Daniela Seel _ Band 8

Pierangelo Maset

Laura oder die Tücken der Kunst

Roman

KOOK books

DESTROY IST
BEGRÜNDET
Uranuslinie
Kopflinie
Herzlinie
Venusgürtel

1

Es beginnt in einer Zeit, in der alles *nach* ging. Nach den Erzählungen und nach der Geschichte, nach all den Erlebnissen, Eindrücken und Menschen; nach Landschaften und Wegstrecken, Bildern, Geräuschen und Gestalten; nach dem, was sich auf einer anderen Schwelle bewegte; nach anderen Orten, die überall liegen konnten, möglicherweise nach Hause führten, wo immer das sein könnte, damals, hier und jetzt, im Kopf, in einer anderen Welt oder an einem Tisch, auf dem sich ungleiche Dinge zu einem erwartungsvollen Stillleben fügen, umgeben von allen Nachs, die noch kommen werden.

Fern von Berlin kamen mir die elementaren Dinge deutlicher entgegen. Vertraute, unentbehrliche Stoffe fühlten sich wie erst noch zu entdecken an: das Wasser, das im Norden frischer und gehaltvoller schmeckt und nicht so stark verkalkt ist, die Luft, die klarer weht und belebend wirkt, das Licht, das die Dinge plastisch erscheinen lässt, und die Erde, an deren beständige Fruchtbarkeit ich lange nicht gedacht hatte. Die fehlende Strahlkraft des Berliner Grüns, das allen Pflanzen von irgendwoher ein dezentes Grau beimischt, betäubt den Blick.

Ich hatte die Stadt kurz vor dem Mauerfall verlassen und mir das eigenartige Spektakel auf einem kleinen tragbaren roten Fernseher angesehen. Politiker sangen auf den obersten Stufen des Schöneberger Rathauses die Nationalhymne in den falschesten Tönen. *Du siehst durch ein Fenster hindurch in einen Fernsehapparat, da ist das Bild schon weg.*

Vieles hatte ich zurückgelassen, so auch meine Freunde Eric und Ted, mit denen ich manches hatte teilen können, das im Rückblick als kostbar erscheint. Eine Zeit, die jetzt endgültig vorbei war. Die beiden Freunde gehörten zu mir, so oder so, doch ich konnte nicht länger mit ihnen zusammen sein. Alles, was sich zwischen uns ereignet hatte, bewirkte, mich aus der

Stadt herauszutreiben. Es genügte, an diese beiden so unterschiedlichen Männer zu denken, die, jeder für sich genommen, stets etwas unbeholfen wirkten, zu zweit aber eine begnadete Einheit abgaben.

In seinem verzweigten Lauf gestaltet sich das Leben nicht einfacher, egal an welchem Ort oder in welcher Lage du erscheinst. Die Geschichte glitt in eine andere Phase, Wendetränen und Aufbruchshoffnungen schreckten mich. Für die Jüngeren, die nicht zu den Durchhalteberlinern gehörten, bedeutete die Mauer etwas nahezu natürlich Gegebenes. Sie wirkte wie schon immer da gewesen; doch eigentlich bestand sie aus porösem Beton, der durch die passenden Worte abgetragen und in Staub verwandelt werden konnte. Sie gehörte einfach dazu, als Kulisse für unsere Versuche in alle Richtungen, und manchmal war sie auch der Grund, in die Stadt zu kommen. Leute wie ich brauchten keine Weite der Landschaft, sondern einen klar abgegrenzten urbanen Kosmos, in dem alles Nötige aufzufinden war und die Straßen Szenerien für waghalsige Experimente und geheimnisvolle Begegnungen bereitstellten. Die Mauer war nichts als eine plumpe Täuschung, die durch eine Täuschung höherer Ordnung aufgehoben werden konnte. Ich benötigte dieses Bauwerk, die Einfriedung vermittelte ein Gefühl von Sicherheit, und sie machte die Stadt zu etwas Unvergleichlichem. Immer konnte etwas an diese Wand gemalt oder projiziert werden, immer teilten sich zwei auseinanderstrebende Hälften durch sie.

Der unwahrscheinliche Ausgang der achtziger Jahre, das verbreitete Ausreißen von Grenzpfosten und sonstigen Befestigungsanlagen Mitteleuropas bei gleichzeitigem Ausbau zahlreicher Investitionsruinen, die Dynamik der Neunziger mit ihren Booms und Crashes und den vielen technischen Spiel-

zeugen, die alle so viel Zeit binden. Ich empfinde das neue Jahrtausend, als wäre der Planet in seinem innersten Wesen geschändet und ganz aus seiner Balance geraten. Nichts mehr wirkt noch stabil. Reist man durch Landschaften des einundzwanzigsten Jahrhunderts, dann fällt ihre ausnahmslose Zerschnittenheit auf. Überall durchziehen Strommasten, Antennenanlagen, Markierungspfosten das Land, von Verkehrswegen, Siedlungen und landwirtschaftlichen Nutzflächen begleitet. Die gesamte Erdoberfläche ist in kurzer Zeit mit einer technischen Haut überzogen worden. Dabei ist die oberste Schicht der dünnste Teil unseres innen glühenden Planeten, in der Tiefe ist kaum etwas bewohnbar. Doch meine Welt findet nicht als Planet statt, sondern als eine Geschichte, deren Autorin ich bin, ob ich es will oder nicht. Die mich gesehen oder berührt haben, sind ein wenig verantwortlich für die feine Linienführung der Faltenbahnen meines Gesichtes, die sich wie auf einer unleserlichen Karte verzweigen.

2 Dahlem. Ein guter Ort, um Philosophie zu studieren. Ich konnte wählen zwischen der schrammeligen Atmosphäre der sogenannten *Rostlaube* und dem idyllisch gelegenen kleinen Philosophischen Institut in der Habelschwerdter Allee, wo man sich an warmen Tagen auf einem Floß in vertrackte Bücher begeben konnte, bei denen ich mich fragte, wie die, die sie geschrieben hatten, auf solch ein Denken hatten kommen können. Gleichzeitig wusste ich, dass es für mich kaum infrage käme, weil es die Konsequenz erforderte, ein Leben zwischen Buchdeckeln zu verbringen und sich immer tiefer in Papierwelten einzugraben, wozu ich nur begrenzt geeignet bin. Es erschien mir als eine wundervolle Beschäftigung, Gedanken und Begriffen nachzugehen, die zumindest auf den ersten Blick nichts mit meinem Leben zu tun hatten. Doch am meisten interessierte mich die Musik, überall in der Stadt kam sie mir entgegen, ungeahnte Verbindungen eröffnend.

Eine Begegnung beeinflusste meinen Weg nachhaltig. Ich lernte im Tiergarten eine Frau kennen, die mich auf den Titel des Buches ansprach, das ich gerade las. Ein warmer Junitag hatte die Stadt eingenommen, und die Wiesen rund um die Siegessäule waren von Sonnenhungrigen bevölkert, die ihre Badetücher und Bastmatten zu kleinen Inseln im Gras anordneten. Am Himmel zogen Flugzeuge ihre Bahnen vor der Landung, unter ihnen kreisten Vögel, die sich so unerreichbar graziös wie seit ewigen Zeiten bewegten. Ich blickte in diese Sphären, lag auf dem Rücken und hielt das Buch gegen die blendende Sonne. Meine Augen wiesen eine entfernte Ähnlichkeit mit dem brennenden Himmelskörper auf, dessen Strahlen sie nur kurzzeitig aushielten.
Meistens achtete ich darauf, dass niemand den schwarz schimmernden Buchdeckel sehen konnte, das gleißende Licht zwang

mich aber zu einer unbequemen Haltung, die mir beim Lesen wenig Ausdauer bescherte. Eine Frau mit mittellangem braunem Haar in ledernen Dianetten, die mit einer transparenten Gummisohle ausgestattet waren, kam auf mich zu. Sie trug ein luftiges Kleid mit farbigem Muster, vermutlich italienischer Herkunft. Ihre hellen Beine wurden vom Stoff des Kleides umspielt; ein leichter Wind sorgte für diese Bewegung, die die Schönheit ihrer Erscheinung vervollständigte.

– Sie lesen *Octaves Tagebuch*?

– Ich bin noch nicht sehr weit.

– Ein delikater Titel.

– Bevor Sie mich angesprochen haben, hatte ich gerade diesen Satz gelesen: *Wo aber soll man das, was wir schätzen, denn unterbringen, wenn wir nicht fähig sind, einen Raum zu schaffen, in dem wir alle atmen können, alle, die wir verdammt sind, inmitten der falschen Wertungen von unseresgleichen zu leben?*

– Die Übersetzung ist brauchbar. Wollen Sie sich denn einen solchen Raum schaffen?

– Ich denke schon.

Ohne Rücksicht auf ihr Kleid setzte sie sich zu mir auf den Rasen. Aus der Nähe sah ich nun den edlen Seidenstoff. Zu dem luxuriösen Bild passend, verströmte die Frau einen außergewöhnlichen Duft, der mit keinem Parfüm, das ich bislang kannte, zu vergleichen war. Später würde sie mir einmal beiläufig erzählen, dass es sich dabei um das alteuropäische *Creed* handelte, das sich seit dem achtzehnten Jahrhundert in der Umlaufbahn der Geschlechter befindet.

- Sie duften sehr gut.

- Danke. Ich habe dieses Buch vor zwei Jahren gelesen, es hat mich damals sehr verwirrt, ein Freund hatte es mir empfohlen. Wie sind Sie darauf gestoßen?

- Der Autor interessierte mich. Ich kannte bislang nur seine Bilder.

Auch die Zeichnungen waren der Fremden bekannt. Sie erzählte, dass der Verfasser des Buches erst in fortgeschrittenem Alter zu zeichnen begonnen hatte und der Bruder eines sehr berühmten Malers gewesen sei, der Name Balthus fiel, ich antwortete, und ein Gespräch entspann sich. Dann begleitete ich sie in das Innere des Tiergartens zu einem Café, das sich in einem reetgedeckten Haus befand. Sie konnte ihre Befindlichkeit sehr genau ausdrücken und gab doch nur wenig von sich preis. Ich hingegen wurde bald indiskret und berichtete sogar von gewissen finanziellen Nöten, da ich für staatliche Förderungen nicht infrage kam und gleichzeitig meine durchaus wohlhabenden Eltern nicht für die Finanzierung meines Lebens beanspruchen wollte. Sie hörte mir aufmerksam zu und fragte an den richtigen Stellen interessiert nach, sodass ich mich sicher fühlte. Es war nicht leicht, ihr Alter abzuschätzen, ihre Stimme wirkte älter als das Gesicht, und Falten erzählen nicht alles. Doch um die vierzig mochte sie bereits sein.

Im weiteren Verlauf unserer Begegnung spürte ich, dass sie auf mich eine Wirkung ausübte, die ich nicht genau ermessen konnte, zumindest hatte ich einen solch direkten Effekt noch nicht erlebt, ein Gefühl anschwellender Zuneigung, die sich mit jedem Satz der Frau steigerte. Ich hatte das Bedürfnis, sie zu berühren, ließ es mir aber nach Kräften nicht anmerken. Es muss ihr jedoch bewusst gewesen sein, denn ich starrte ohne Tarnung ihr Kleid mehrfach an der Stelle an, wo die Stoffgrenze die Haut ihrer nahezu illuminierten Beine freigab. Ich folgte ihren Worten und sah ihr kaum in die Augen, deren tiefblaue Farbe mich betörte. In Gedanken lag ich ihr kurz in den Armen.

- Warum hast du mich angesprochen, war es nur wegen des Buchtitels?

- Ich misstraue der Möglichkeit, auf üblichem Wege mit Leuten in Kontakt zu treten, und gehe lieber den Umweg über die Kunst.

Ruth Netzer war, für wen auch immer sie sich ausgab, von diesem Zeitpunkt an immer eine andere Frau. Sie existierte in der Ordnung des Wechselbalgs und veränderte ihr Aussehen wie ihren Kleidungsstil, ihre Fahrzeuge wie ihre Wohnsitze, ihre Sprache wie ihren Körper und ihre Ansichten wie ihre Gewohnheiten. Ein Wesen aus einer Mischung von Fleisch, Blut, Quecksilber und Treibsand. Sie konnte in alle erdenklichen Rollen schlüpfen, die von ihr erwartet wurden, und den Überfluss des Lebens in changierenden Farben ausmalen. Man hätte sie als formenwandlerische Lebensform bezeichnen können, doch selbst darauf war sie nicht zu begrenzen. Von nun an würde ich ihr Jahre folgen und auch mein Schicksal in ihre Hand geben. Sie hatte mich ausgewählt. Pierre Klossowskis *Die Gesetze der Gastfreundschaft* stellte für mich die Eintrittskarte in eine andere Welt dar, die mehrere Leben gleichzeitig vorhielt. Doch eine Wahl im strengen Sinne des Wortes hatte ich nicht. Ich musste mich darauf verlassen, dass es richtig wäre, mich Ruth anzuschließen. Dass es falsch wäre, ihr aus dem Weg zu gehen, wusste ich genau.

3

Wann immer es Ruths Zeit erlaubte, trafen wir uns im Tiergarten. Sie lernte mich bald immer besser kennen, während ich mich mit Facetten ihrer Person zufriedengab. Ungeduldig lauerte ich auf weitere Treffen, auch wenn ich meistens nicht genau wusste, worüber ich mit ihr sprechen sollte, häufig stellten sich längere Pausen ein. Sie interessierte sich für vieles, sprach aber nur kurzatmig darüber, so, als müsste in allen Fragen, wie bei ihr selbst, vor allem das Geheimnis bestehen bleiben.

Küsse hätten vieles vereinfacht, doch die Wörter verhinderten sie oder schoben sie auf. Sie standen im Raum wie fest gefügte Gegenstände, wie die Garantie dafür, dass nichts passieren konnte. Bald ging es hauptsächlich um das, was Wörter verschweigen, wozu es noch mehr von ihnen brauchte. Gleichzeitig machte Ruth mir deutlich, wie unfertig ich war. Sie erzählte von ihrer Arbeit als Kunsthändlerin, ihren Reisen und Kontakten, und häufig nickte ich brav, als benötigte sie lediglich eine Zuhörerin. Als Angehörige der später so benannten *Erbengeneration* entfaltete sie ihr Leben auf einem komfortablen Polster weitergereichten Vermögens. Vor wenigen Jahren habe sie als Einsteigerin große Erfolge mit Werken der Neuen Wilden gefeiert, die sie vor deren Zähmung gewinnträchtig habe veräußern können. Lediglich einige Gemälde von Kippenberger besäße sie noch, deren Wert, davon sei sie überzeugt, in Zukunft noch anwachsen würde, dieser Name sagte mir damals nichts. Sie habe aber keine eigene Galerie mehr, sondern arbeite vor allem als Art Consultant beziehungsweise als Vermittlerin von Werken an ein bereits bestehendes zahlungsfreudiges Stammpublikum.

So sehr ich mich phasenweise für Kunst interessiert hatte, so wenig attraktiv erschien mir ihre Welt. Selten ging ich zu Ausstellungen oder auf Vernissagen, ich hatte Vorbehalte gegen das vor den Kunstwerken aufgebaute Publikum, das sich betont überschwänglich küssend begrüßte und den Rest des Abends aus den Augenwinkeln taxierte. Dafür musste man wohl geboren sein, ich ging lieber ins Kino. Ruth berichtete mir, dass sie große Pläne habe, und fragte mich, ob ich sie dabei begleiten wolle. Ich freute mich über dieses nicht ganz unerwartete Angebot, denn es eröffnete die Chance, öfter ihre Nähe genießen und dabei gleichzeitig manche Alltagsprobleme lösen zu können.

Während Ruth mit allen möglichen Dingen beschäftigt zu sein schien, brachte ich mich mit kleineren Jobs durch. Ich arbeitete in der Cafeteria des Philosophischen Instituts und begegnete dort Eric und Ted zum ersten Mal. Die beiden zogen eine ziemlich merkwürdige Show in einem Nietzsche-Seminar ab, keiner wusste, was das sollte. Sie meldeten sich auf Fragen des Dozenten immer wieder und riefen dann *Nietzsche-wo?*, es war ganz lustig, aber auch irgendwie peinlich. Wenige Wochen später traf ich Ted in einer Kreuzberger Bar, und die Zeit mit den beiden Freunden, die in ihrem *Klangzimmer* ständig an seltsamen Aufnahmen bastelten, nahm ihren Lauf.

Ruth engagierte mich als eine Art Assistentin, ich musste zunächst nichts tun, als sie weiterhin unregelmäßig zu treffen, gegen Bezahlung, was die Spannung erhöhte. Der Job wurde nicht durch Unterweisungen vorbereitet, sondern atmosphärisch und zwischen den Zeilen. Schrittweise fragte sie mich immer mehr nach meinem Leben, und ich erzählte von Ted und Eric. Mit einiger Bestürzung erfuhr ich, dass sie Eric bereits kennengelernt hatte, über eine Radiosendung, bei der es um Partnersuche gegangen war. Eric hatte sich angeblich auf ihre Vorstellung hin gemeldet. Ich hielt es für völlig abwegig, dass Ruth einen Partner suchte.

- Ich wusste nicht, dass die Welt so klein ist.
- Sie ist immer so klein, wie du sie gestaltest.
- Du gestaltest also alles, was dich umgibt?
- Es macht mir ziemlichen Spaß, Dinge so anzuordnen, wie sie eigentlich nicht unbedingt zusammengehören.
Ihr Lächeln wirkte unergründlich, gelegentlich grausam. Sie ließ sich nicht weiter über diese Begebenheit aus und forderte mich auf zu erzählen, was ich mit den beiden Männern erlebte. Darüber hinaus ermutigte sie mich damals, tiefer in die Beziehung mit Ted und Eric einzusteigen. Das gehöre nun zu meinem Job, der zudem noch sehr gut dotiert sei. Ich zögerte. Was bedeutete es, Gefühle so zu spalten? Es würde mich verändern, wenn ich mich darauf einließe.
Ich dachte in den intimsten Situationen an Ruth und konnte mich bei körperlichen Begegnungen mit Ted oder Eric gedanklich ganz auf ihren Körper konzentrieren, obwohl ich ihn nicht kannte und bislang hauptsächlich als Bild wahrgenommen hatte. Doch je mehr Ruth mich befremdete, desto größer wurde mein Verlangen nach ihr. Sie kam mir nicht entgegen, doch warf sie mir Blicke zu, die in zweitklassigen Filmen als deutliches Angebot gewertet werden. Ihr gefiel es, dass ich zu ihrer einsatzbereiten Assistentin geworden war. Sie hielt alles perfekt durch, und der Job an ihrer Seite blieb mir völlig unklar.
- Du musst darauf gefasst sein, Aufgaben zu übernehmen, die dich an deine Grenzen bringen. Wir werden demnächst ein Büro anmieten, ich habe mir bereits sehr schöne Räume in der Fasanenstraße angesehen. Dann wirst du nach und nach lernen, wie Kunst verkauft wird. Ich habe noch einiges gelagert, das demnächst unbedingt abgestoßen werden muss. Das ist eine gute Übung.

Ich bekam einen monatlichen Betrag überwiesen, mit dem ich mir bald eine bessere Wohnung in einer angenehmen

Gegend der noch geteilten Stadt leisten konnte. Wilmersdorf passte zwar nicht zu mir, hatte aber einige Vorteile, da ich häufiger spät nachts nach Hause kam. Die Hildegardstraße trug einen sympathischen Namen, der ein Gefühl von Obhut vermittelte.
Über meine Gefühle zu Eric und Ted war ich mir nicht im Klaren. Die beiden Männer litten, das wusste ich, aber ich konnte nicht wirklich etwas dagegen tun. Dass ich ihnen zum Ausgleich für ihre Schmerzen, ihre Unsicherheit den ein oder anderen Wunsch erfüllte, war die Form der Entschädigung, die ich leisten konnte, und das war schließlich nicht wenig. Ich las ihr Begehren aus jeder Situation und legte es in körperliche Gesten aus, ohne jeden Ekel. Ted und Eric begrüßten mich häufig mit etwas traurigem Hundeblick und legten ein Fragezeichen nach dem anderen in ihren Ausdruck. Später verabschiedeten sie mich schweigend und mit verhaltener Freude, nachdem ich sie in erotische Situationen manövriert hatte, die für sie jedes Mal überraschend und befreiend waren, so einfach war das. Dabei musste ich selbst gar nichts davon haben, es war sogar wichtig, dabei nicht zu viel zu empfinden, sonst hätte ich es nicht durchhalten können. Ich traf sie nur selten gemeinsam, wenn einer der Freunde zum Beobachter wurde, behinderten sie sich gegenseitig.

Ruth fand es höchst interessant, was Eric produzierte, und spannte mich dafür ein, Reaktionen auf die Aufnahmen, die er ihr geschickt hatte, anzufertigen. Meine Fähigkeiten in dieser Hinsicht waren ausgeprägt, und sie überraschten alle, mit denen ich zu tun hatte. Ich hatte meine Jugend im Übungskeller und Tonstudio meines Bruders verbracht, er zeigte mir Kniffe, die beim damaligen Stand der Technik möglich waren, und wir arbeiteten später gelegentlich für Bands aus unserem Freundeskreis am Mischpult. Es fiel mir leicht, mich in die

Welt der Regler und Verstärker zu begeben, und ich wunderte mich immer wieder, mit wie wenig Aufwand Klänge erzeugt werden konnten, die bei ihren Hörern eine deutliche, aber kaum genau zu bestimmende Reaktion hervorriefen. Eric und Ted bekamen eine Freundin, die etwas von dem verstand, worauf ihr Interesse sich richtete. Für die beiden war die Stadt ein tönendes Universum, all ihre Bewegungen und Handlungen lösten Geräusche aus und waren miteinander auf rätselhafte Weise durch Sound verbunden.

Zur gleichen Zeit verwandelte ich mich durch meine Tätigkeit immer mehr zur Agentin einer Frau, die ich gern für mich gewonnen hätte. Ruth sorgte dafür, dass Eric sich wie ein Versuchstierchen in seinem Kurierwagen durch Berlin bewegte, indem sie die Firma, für die er als Auslieferungsfahrer arbeitete, mit Transportaufträgen betraute. Ab und zu war es tatsächlich Eric, der eine verschlossene Kiste transportieren musste, die von Ruth präpariert war. Sie sprach nie darüber, was sich in den Kisten befand, und betraute auch mich nicht mit ihrer Verpackung oder ihrem Versand. Bei vielen dieser Inszenierungen, von denen ich niemals genau wusste, ob es sich wirklich um solche handelte, half ich indirekt. Es war allerdings auch nicht zu unterscheiden, welcher Auftrag einen Sinn hatte und welcher einzig als Placebo aufgegeben wurde.

Ruth verfügte auch über ein ganzes Arsenal an Standorten, ich traf sie an immer anderen Plätzen und wunderte mich, wie häufig sie Ausstellungs-, Lager- und Wohnräume zu wechseln imstande war. In charmanten Szenerien streifte sie durch meine Träume, zuweilen kitschig in literarische Figuren maskiert und mit fantasievollen Gewändern bekleidet, war sie Scheherazade und Molly Bloom in derselben Spiegelung, und sie konnte, während eine solche Figur erschien und ihre Konturen erkennbar wurden, sich sogleich in eine andere hineinbegeben. Alle Vorlagen aus der Welt der Kunst standen ihr zur Verfügung.

4

Je öfter ich Ruth von Erics und Teds Aktivitäten berichtete, desto schwieriger wurde meine Beziehung zu den beiden. Es gab eigentlich überhaupt keine unbelasteten Treffen mehr. Doch für mich lag ein Reiz in der Verwicklung; es wurde immer interessanter, was als Nächstes passieren könnte. Eines Tages würde ich die Stadt verlassen und möglichst übergangslos aus dem Leben der beiden verschwinden.

Ruth versorgte mich mit allen möglichen Kunstzeitschriften und zog mit mir an bestimmten Tagen von Ausstellung zu Ausstellung. Sie bescheinigte mir ein gewisses Talent, auf Kunst einzugehen, ihre Strahlungen in Worte zu fassen. In vielen Galerien stellte sie mich, wie sie es ausdrückte, *wichtigen* Leuten als ihre Assistentin vor. Daraufhin wurden mir zumeist mit einem Ausdruck geübten Entzückens Hände entgegengestreckt. Es war nötig, vor allen Leuten, die man traf, und allen Werken, die man zu Gesicht bekam, immer wieder die verschiedensten Äußerungen begeisterter Zustimmung zu leisten, das brachte Mensch und Werk zusammen: die inszenierte Freude über das Einverständnis, dass etwas Unsichtbares geteilt werden konnte. Im besten Falle handelte es sich dabei um Besonderheiten der Kunst, ansonsten jedoch eher um die Aussicht auf irgendwelche Formen des Erfolgs, die alle an diesem Spiel Beteiligten einte. Ich lernte schnell, dass deutsche Kunst hoch im Kurs stand und es in den nächsten Jahren darauf ankommen würde, noch stärker in die internationalen Märkte vorzudringen, denn dort wartete das große Geld ausländischer Anleger und Sammler. Für solche Bahnungen hatte Ruth vorgesorgt, indem sie vielversprechenden Talenten bereits während ihres Studiums Arbeiten äußerst preisgünstig abgekauft hatte, um sie später für ein Vielfaches zu veräußern. Es genügte, wenn ein Teil der von ihr in dieser Weise geförderten Künstlerinnen und Künstler Erfolg hatte, darin bestand die Aufgabe. In dieser Beziehung war Ruth sehr erfinderisch. Sie konnte Menschen durch Wortgewandtheit oder gezielte Aktionen von Dingen überzeugen, an die sie vorher vermutlich noch nie gedacht hatten.

Einen Teil ihres Vermögens hatte Ruth zu Beginn der achtziger Jahre in der Berliner Esoterik-Szene verdient. Nach den politisierten siebziger Jahren, die in den depressiven Wirrungen des Deutschen Herbstes endeten und für reichlich Nachwuchs an schizoidem Personal gesorgt hatten, war es für Ruth klar, dass die Achtziger für etwas anderes stehen würden, zum Beispiel für die ausgeprägte Suche nach persönlicher Erfüllung. Sie lieferte hierzu in zwei gleichzeitig angemieteten Läden in der Schöneberger Akazienstraße die passenden Requisiten und Paraphernalien, die neben Büchern und Tonträgern angeboten wurden. Zusätzlich gab es hier noch gewinnbringende Vorträge und Kurse, von Meistern fernöstlicher Weisheiten und Körpertechniken veranstaltet. Der hermetische Leitsatz, dass oben gleich unten sei und folglich waagerecht auch senkrecht, zog sich durch die gesamte Straße, und man konnte manchmal tatsächlich nicht mehr unterscheiden, wo sich das Oben und wo das Unten befand. Wie sie ausführte, dachte Ruth dabei zugleich an das Neben und das Daneben, und sie wunderte sich, dass diese Beziehung bei ihrem Klientel weniger im Blickpunkt stand. Beide Läden entsprachen dem Zeitgeist und liefen überaus gut, die Straße und ihre Verlängerung verwandelten sich bald zu einer bekannten Anlaufstelle für Sinnsuchende und Kuriositätensammler aus dem ganzen Land. Das war es wohl, was Ruth interessierte, die Frage danach, mit welcher Methode die Leute ihren Sinn suchten und welche Techniken sie sich dafür aneigneten, diese unermesslichen Sorgen um sich selbst, die in abgefahrene Lehren münden konnten und bei aller Weltfremdheit doch eine positive Wirkung für ihre Nutzer entfalteten. Ruth sprach öfter mit einiger Begeisterung darüber, wie sehr diese Fragen sie bei ihren unternehmerischen Anfängen beschäftigt hatten und wie der Erfolg sich immer dann ereignete, wenn sich das richtige Produkt mit einem Versprechen und dem richtigen Zeitpunkt traf, die Schlüssel zum Herzen des Konsumenten.

In den späten siebziger Jahren hatte sie sich in London aufgehalten und Feldstudien in Sachen *Wege zum Glück* betrieben. Die Selbstverständlichkeit, mit der die Briten sich mit diesen Dingen befassten, zeigte, dass sie zum Lebensstil gehörten in einer Zeit, in der die christliche Religion ihr Hauptgeschäft, das Heilsversprechen, nach und nach an mediale Aushilfen abgab, die es offenbar verstanden, den Einzelnen mit Surrogaten zu versorgen und ihn als Mittelpunkt seiner selbst erzeugten Welt im totalen Diesseits einzurichten. Statt eines Gebets reicht es gelegentlich schon, die richtige Seife zu benutzen oder sich damit zu trösten, dass es in Tibet noch Mönche gibt, die ihr Leben nach den Regeln des Gelbmützenbuddhismus ausüben. Was der Haut guttut, kann auch für die Seele nicht allzu schlecht sein, und wo das größere Glück im mönchischen Leben zu finden ist, lassen sich sicherlich auch Hinweise auf einfacher zu durchquerende Zonen finden. Hier setzte Ruth an. Das Startkapital hatte sie von ihrem Erbe, und ihr war bewusst, dass sie sich auf mittlere Sicht nicht mit den Läden im Schöneberger Kiez würde begnügen können.

In der Kunst konnte sich jeder bewegen, es war nicht notwendig, eine besondere Ausbildung genossen zu haben, viel wichtiger war es, die Codes zu kennen, die bei all denen, die Kunst herstellten, sammelten, betrachteten, verkauften oder besprachen, gültig waren. Es brauchte zwar etwas Zeit, aber es bereitete mir keine Schwierigkeiten, mir diese Regeln anzueignen, zumal Ruth mir dabei half. Das Auftreten war entscheidend, vor allem, möglichst wenig zu sagen und gegenüber Namen, die beiläufig fielen, je nach Lage der Dinge Einverständnis oder Ablehnung zu signalisieren. Mit der Kleidung fing es an, je zarter das Alter, desto weniger farbig durfte sie ausfallen, reichlich Gold tragenden Abkömmlingen adliger Sammlerfamilien waren grelle Farben hingegen selbstredend zugestanden, und ältere Herren durften sich zum Zeichen ihrer ausgeprägten Individualität gern auch total im Stil irren.

Vorsichtshalber kleidete Ruth mich in Schwarz ein und suchte mir zunächst selbst passende Stücke aus. Wir besuchten einige Boutiquen am oberen Ku-Damm, und ich versuchte, ihr bei den Anproben die Kleidungsstücke möglichst offensiv zu zeigen, ohne aber zu viel Sexappeal hineinzulegen. Ich strich einmal halb unbewusst, als befänden wir uns in einem Schlafzimmer und nicht in diesem Geschäft, mit der Hand über meinen Oberschenkel und bemerkte, dass sich in Ruths Gesicht eine leichte Spannung aufbaute, die vom Hauch eines Lächelns getragen wurde. Eine unverhoffte Gelegenheit, und ich war froh, dass ich die Situation zu meinen Gunsten gemeistert hatte.

- So wie du jetzt vor dem Spiegel stehst, kannst du in jeder Galerie dieser Welt bei einer Vernissage die Herzen erobern.

- Und wer erobert meines?

- Immer der, mit dem du nicht rechnest.

Ruth fand Gefallen an dieser Aufführung. Ein kleiner Ausrutscher hätte unseren Abstand wohl für alle Zeiten besiegelt, so aber wurde ihr bewusst, dass ich für sie nicht nur die Rolle der Assistentin einnehmen wollte. Die Szene endete, indem Ruth die Kleidungsstücke, die sie für mich vorgesehen hatte, der Verkäuferin samt den Kleiderbügeln aushändigte und für sich gleichsam beiläufig noch zwei Teile aussuchte, die sie gar nicht erst anprobierte. Wie sie mir sagte, brauche sie das bei ETRO auch nicht, eine Bluse und ein Halstuch, mit auffällig farbigen Mustern, in denen viel dunkles Türkis enthalten war. Italienische, französische, englische und amerikanische Marken waren geboten in der Welt der Kunst, ich lernte sie wie Vokabeln auswendig und gewöhnte mich an den Glamour, den sie ausstrahlten, überrascht, daran teilzuhaben. Ich bewegte mich ansonsten eher unter Studenten und Musikern, gelegentlich in einer abgewetzten schwarzen Lederjacke, hübsch und unverbindlich wie in einem Musterbuch für junge Einwohnerinnen dieser Stadt, in ihren angesagten Treffpunkten, die alle paar Monate samt Inventar und Publikum wechselten und immer bevölkert waren von gescheiterten Künstlern und solchen, die noch scheitern würden, die lieber in einer parallelen Gesellschaft lebten, als sich den unglücklichen Zwängen und eingespielten Regeln des Bürgerlichen zu überlassen, was immer das oder sein Gegenteil sein mochte. Ich kannte die bürgerliche Welt von zu Hause und suchte eine andere. Ruths Einladungen und Einweisungen stießen auf keinerlei Widerstand, sie versetzte etwas in mir in Schwingung. Es lag nicht nur an meiner Bewunderung ihrer Person, sondern ich fand auch das Leben, das sie führte und das ich bislang nur in Ausschnitten kannte, extrem anziehend. Ruth erreichte mit ihrer Stimme überall und jederzeit alles, dachte ich.

5

Nicht nur Eric und Ted waren zu versorgen, was nicht so schwer fiel, sondern ich hatte auch eine überschaubare Menge Berliner Galerien regelmäßig zu beobachten. Ruth schickte mich vormittags in Ateliers, um nach den von ihr vertretenen Künstlern zu schauen, nachmittags waren Ausstellungsbesuche abzuarbeiten. Die Stunden vergingen häufig quälend, und es fiel mir schwer, den Dialog mit den Galeristen zu führen, die stets darauf warteten, dass man die Kunst, die von ihnen vertreten wurde, mit Lob bedachte oder Länder, Namen und Werke nannte, die sie kannten und an die sich ihr Verständnis wendete. Ich konnte bei diesen Gelegenheiten leicht als Dilettantin entlarvt werden, denn mir fehlten grundlegende Kenntnisse, die für diesen Job angebracht gewesen wären. Im Laufe der Zeit wurde es einfacher, eine gute Figur abzugeben, denn ich lernte die handelsüblichen Schlagwörter rasch, am wichtigsten war es, dass man statt *Kunstwerk* einfach *Arbeit* sagte. Das konnte dann abends auch noch so weitergehen, auf den Eröffnungen, die wir häufig gemeinsam besuchten, trafen wir die Künstler des Vormittags mit den Galeristen des Nachmittags, umsäumt von möglichen Kaufinteressenten und Vernissageschnorrern. Eine merkwürdige Gesellschaft, die sich vor Werken versammelte, deren Bedeutung weitgehend aus den eigenen Reihen behauptet wurde.

Ruth wurde fordernder und erteilte mir zusätzliche Anweisungen. Manchmal waren sie banal, wie zum Beispiel einen Künstler zu befragen, was er als Nächstes plane. Dann wieder gab es Aufträge, die die Grenze der Legalität überschritten und mich zunächst irritierten. So forderte sie mich dazu auf, Arbeiten in unbewachten Momenten unbemerkt zu verändern, indem ich beispielsweise von einer Skulptur ein Stück entfernen oder bei einer Zeichnung etwas hinzufügen sollte. Ich muss gestehen, dass mir das Spaß bereitete, weil ich auf diese Art und Weise meine bei aller Faszination weiter bestehenden Vorbehalte gegen das Umfeld der Kunst direkt und doch diskret ausleben konnte und es mir darüber hinaus eine Signatur ermöglichte. Entdeckt wurden unsere Eingriffe eigentlich nie, Kunst wird von ihren Betrachtern nur selten genau angeschaut. Wichtig war, dass es keine offensichtlichen Beschädigungen gab, sondern es sich lediglich um kleine Einmischungen in die Komposition eines Werkes handelte, die ihm zuweilen gar nicht so schlecht standen. Ruth erteilte mir solche Aufträge mit einem bodenlosen Lächeln, und ihr gefiel, dass ich mich nicht dagegen wehrte. Sie unterstützte mich bei diesen Aktionen durch Ablenkungsmanöver, die sie geschickt einfädelte. Es war schon eine komische Vorstellung, dass diese Eingriffe möglicherweise irgendwann zur Kunstgeschichte gehören würden. Die Werke hingen oder standen irgendwo herum und konnten sich nicht wehren. Sie waren allen und allem ausgeliefert: den Galeristen und Sammlern, den Blicken und Ausdünstungen der Betrachter, den Temperaturen, Räumen und Luftbefeuchtern, den Ikonoklasten und Ignoranten. Ihre Urheber hatten sie in die Welt des Vergehens gestellt, und nun waren sie so ausgesetzt und gefährdet wie alles andere, das eine Wirklichkeit darstellte. Kunst zu bezweifeln, zu verändern, zu verwandeln, umzuändern, zu betatschen, anzugrabbeln, zu bespucken, zu zerkratzen, zu besudeln: All das kommt stets gut. In Bezug auf die Kunst sind die, die sie hervorgebracht haben, Masochisten und die, die sie nicht hervorgebracht haben, Sadisten. Jedenfalls gab es eine Reihe von Tricks, um so manches Werk, das mittels Inspiration und Transpiration entstanden war, während seiner Darbietung aus der Fassung zu bringen.

- Wir werden langsam selbst zu Künstlern, und gleichzeitig verkaufen wir die Kunst. Das ist kaum zu schlagen.

- Ist das schon Kunst, wenn man eine Arbeit leicht verändert? Oder ist das Vandalismus?

- Kunst ist nichts anderes als eine höhere Form von Vandalismus. Schau dir die Kunstgeschichte an, von Caravaggio bis Duchamp wurde das, was diesen Künstlern vorausgegangen war, aufgewühlt oder zerstört. Der innere Antrieb der Kunst ist die Auslöschung ihrer Überlieferung. Wir sind da nur konsequent, und das Beste ist: Wir fangen gerade erst an.

Besonders leicht gingen diese Aktionen von der Hand, wenn es sich um größere Ausstellungen mit sogenannten Installationen handelte. Da eigentlich alles als Material verwendet werden konnte, waren selbst merkwürdige Zusätze wie zum Beispiel ein Kronkorken oder eine Zahnspange nicht gerade auffällig. Wenn wir Glück hatten, starb ein Künstler kurz vor oder nach unseren Einmischungen, dann waren wir ohnehin ohne jede Gefahr verbrieft, und unsere Einschmuggelungen tauchten in Katalogen und Kunstbüchern auf.
Ruth erklärte mir, dass diese Art und Weise, mit Kunst umzugehen, ein homöopathisches Prinzip darstelle, bei dem etwas minimal Dosiertes in einen Kreislauf eingeführt werde und durch das Prinzip, dass Gleiches nur mit Gleichem geheilt werden könne, seine am Ende gute Wirkung erziele. Für die Kunst gelte das nämlich auch, es gebe überall die Möglichkeit von Wechselwirkungen, es gelte vielleicht sogar in besonderem Maße für sie. Kunst begann regelmäßig als eine frische, vitale Vorstellung und endete ebenso regelmäßig irgendwann in einer schäbigen Galerie oder im mediokren Hirn eines Kritikers. Oder sie wurde durch eine bedeutende Sammlung als Patient in eine Art Klinik eingeliefert, wo man sie sofort allerlei Prozeduren aussetzte, gegen die sie sich nicht wehren konnte. Tatsächlich gab es eine ganze Reihe von Anzeichen für eine solche Erkrankung der Kunst, die sich vor all den Bakterien, Viren und Traumata, die auf sie einwirkten, nicht schützen konnte.

Wenn oben gleich unten sein konnte, gab es einen Schlüssel für Ruth. Möglicherweise war es die minimale Dosis, von der ich nicht wusste, was sie sein könnte, die zu der von mir ersehnten Nähe führen würde. Es ging um Gesundung und Heilung, Themen Ruths, die sie gelegentlich ansteuerte, über ihre Verletzungen sprach sie allerdings nie mit mir. So waren unsere Interventionen auch ein Test für das, was unbestimmt blieb, aber immer anwesend war und sich in nahezu jeder Situation äußerte. Es hatte beinahe etwas Erregendes, dass wir das ein oder andere Kunstwerk mit unseren Zeichen versehen konnten, oder eigentlich mit meinen, denn Ruth führte diese Aktionen natürlich so gut wie nie selbst aus, sondern hatte dafür mich als ihre Handlangerin. Doch wenn wir ein solches verändertes Werk in einer Zeitschrift abgebildet sahen und unsere Zugaben entdeckten, bezeugte unser Lachen nichts anderes als die gemeinsame Urheberschaft für diese kleine flamboyante Dosis, die wir der Kunstgeschichte zugefügt hatten und die umso spektakulärer war, je weniger sie auffiel. Sie wirkte in der jeweiligen Komposition wie ein Virus, von dem die ihn umgebenden Formen befallen wurden. Ruth klärte mich darüber auf, dass Debatten über Autor und Autorschaft, über Original und Echtheit durch unser Tun in den Schatten gestellt würden, da wir ohne Umweg als parasitäre Miturheberinnen direkt am Werk arbeiteten, ohne gefragt worden zu sein.

Niemand konnte genau sagen, wie ein gelungenes Kunstwerk auszusehen habe, an ihrem Aussehen war Kunst nicht mehr zu erkennen, eher schon die Künstler, die sich bewusst waren, dass die Betrachter ihrer Kunst sie selbst auch betrachteten, so als wäre die Kunst aus ihnen herausgeflossen, durch ihre Körperöffnungen ausgeschieden worden. Von daher mussten die Orte, an denen Kunst gezeigt wurde, so aussehen, als ob das, was sie ausstellten, ausschließlich Kunst sein konnte. Im Prinzip passte deshalb alles, was wir den Werken zufügten, es durfte ihren Rahmen aber nicht sprengen, wie jedes wirkungsvolle Accessoire hatte es sich im Kostüm einzufügen. Vor jeder Aktion verhandelten wir, was zu tun wäre. Das schulte meine Aufmerksamkeit für Kunst insgesamt und führte dazu, dass ich, egal vor welchem Werk ich mich befand, genaue Beobachtungen anstellen konnte, die ich dann bei Bedarf in einen Kommentar einfließen ließ. Das war es, was Ruth von mir verlangte: so ausgestattet zu sein, dass ich flexibel mit den vielen unterschiedlichen Situationen umgehen konnte, die auf mich in ihrem Sinne warteten. Und sie dachte sich immer wieder etwas Neues aus. Fortwährend ließ Ruth mich in meinen Tagträumen allein. Ich konnte die wildesten Reisen mit ihr unternehmen und musste ihr dafür im greifbaren Leben, wo Küsse Konsequenzen haben und weitere Gesten veranlassen, für all ihre Einfälle und Eröffnungen zu Diensten stehen, das war verdammt hart.

Eines Tages überreichte sie mir eine kleine gläserne türkisfarbene Sprühflasche mit goldenem Kopf. In diese Flasche sollte ich eine flüssige Substanz einfüllen, die dafür gedacht war, sie unbemerkt auf Kunstwerke zu sprühen. Was es sein sollte, sagte sie mir nicht, doch mit einem unmissverständlichen Blick wurde mir ihr Auftrag klar, dass ich nämlich meinen Urin in diese Flasche füllen und ihn auf Kunst sprühen sollte, eine zunächst äußerst abwegige Vorstellung, die etwas Düsteres hatte und in abgründige Bereiche vordrang. Archaische Rituale kamen mir in den Sinn, die ich aus Büchern oder aus surrealistischer Prosa kannte, mit ihnen waren Schläfer verbunden, die quer über das zwanzigste Jahrhundert verteilt darauf warteten, aktiviert zu werden, um unsere zivilisatorischen Regeln im Strom des Ungeahnten versinken zu lassen.

Körperflüssigkeiten haben einen magischen Charakter, wenn sie verwendet, statt irgendwo liegen gelassen oder heruntergespült werden. Für eine Aktion mit der kleinen Flasche musste der passende Künstler her, und ich dachte sofort daran, dass unbedingt ein sehr bekannter Meister dafür herhalten sollte. Pablo wäre der Richtige, er, der alles ausprobiert und dabei so manchen Stil, manchen Freund und manche Frau hinter sich gelassen hatte und dafür geehrt wurde wie kein anderer, ja verehrt wurde, auf einem Sockel stand und als Vorbild für alle nachfolgenden Künstlergenerationen weiterwirkte. Er war für meinen Sprühfilm der geeignete Mann, und in der Stadt würde es bald eine Ausstellung mit dem Titel *Das plastische Werk* geben. Er lebte nicht mehr und konnte sich folglich auch nicht mehr aufregen, und außerdem hatte er ja selbst alles in sich aufgenommen, was er zu Gesicht bekam, alle Moden, alle Neuerungen, alle Künstlerfreundinnen. Er war überhaupt total rücksichtslos und galt deshalb als der typische Künstler des zwanzigsten Jahrhunderts, als der Allerbeste und Unerreichte. Von daher war er für mich perfekt, wenn ich auch seine Kunst nicht besonders schätzte, wofür es keinen Grund gab, oder nur diesen ganz banalen, dass mir die Biografie des Meisters das Werk total verstellt hatte. Der Nervenkitzel wurde mit solch einer Aktion, die ja nicht nur einem Werk etwas hinzufügte, sondern einen sinnlich wahrnehmbaren Kommentar abgab, unermesslich gesteigert, denn hier ging es nicht mehr lediglich um eine Ergänzung der Komposition, sondern das Werk wurde in seiner Ausstrahlung verändert. Ich musste das sehr genau planen und konnte nicht mit Ruths Hilfe rechnen, da sie sich während der Veranstaltung unter den Gästen aufhalten wollte.

Wachpersonal in Museen kennt in der Regel nur zwei Betriebszustände, entweder eine misstrauische Aufmerksamkeit, die dem Besucher den Eindruck vermittelt, nicht aus den

Augen gelassen zu werden, oder ein Wachheit simulierendes Weggetretensein, das sich mit ganz anderen Dingen beschäftigt, als die Uniformhülle vorgibt: entrückte Wachen, die mit offenen Augen in den Hallen stehen und sich doch mental gleichzeitig auf der Pferderennbahn, im Taubenzüchterverein oder in der Bibelgruppe befinden und den Job genau aus dem Grunde machen, dass er dieses Entrücken ermöglicht, oder auch solche, die Aushilfen sind und als Hauptberuf Schauspielschüler oder Schriftsteller angeben, und die sind ohnehin nicht ernst zu nehmen, da ihre Konzentration immer an etwas anderem hängt als an dem gefährlichen Besucher, der sich entweder unvorsichtig den Werken nähert und aus Trotteligkeit einen Schaden verursacht, oder dem Bilderstürmer, der sich generalstabsmäßig auf das Ereignis vorbereitet hat und so zuschlägt, dass es eigentlich nicht zu verhindern ist, um sich an der Kultur insgesamt zu rächen, die ihn nicht zuließ oder an seine Grenzen brachte. Das würde ich als niederes Motiv aus Enttäuschung ansehen, da ist nichts Aufbauendes dran, zumal die Werke der Kunst ja eher die guten Seiten der Kultur zeigen. Ich nehme eine dritte Position ein, ich greife minimal invasiv in die Kunst ein, denn das Werk verändert sich eben doch nicht durch sich selbst, jedenfalls nicht ohne ein wie auch immer zweckmäßiges Zutun. Wie dem auch sei, ich benötigte eher den Typus des entrückten oder des unprofessionellen Wachpersonals. Ich hatte meine Aufträge noch nicht so perfektioniert, dass ich sie mit geschmeidiger schauspielerischer Wendigkeit hätte ausführen können, dazu hätte ich mich bis in die feinste Mimik hinein kennen müssen, was jedoch nicht der Fall war, und ich konnte noch nie wirklich gut vor dem Spiegel üben.

Die Ausstellung fand in der Neuen Nationalgalerie, in dem schwarzgläsernen Bau Mies van der Rohes, statt, der aus liegen gebliebenen Plänen für eine Zigarrenfabrik stammte. Zur Vernissage war die halbe Stadt gekommen, die wichtigen Leute und ihr unvermeidlicher Anhang. Die Veranstaltung erschien mir für meine Aktion recht gut geeignet, da anzunehmen war, dass man in diesem Getümmel unauffällig agieren konnte. Ich fuhr samt meinem Fläschchen per Linienbus und stieg an der Potsdamer Brücke aus, die Eintrittskarte hatte Ruth, die später hinzukommen wollte, mir schon besorgt. Es war ein lauer Spätsommerabend, Garderobe zum Abgeben hatte ich nicht, ich trug etwas betont Unauffälliges, dunkelblaue Jeans, Bluse und Blazer in Schwarz, eine kleine Tasche ließ man mir, auf Vernissagen wurden damals Sicherheitsfragen locker gesehen, denn es war noch nicht im öffentlichen Bewusstsein, dass Kunstwerke bei solchen Gelegenheiten zu Bruch gehen konnten.

Pablo war der Künstler, der für all das stand, was die Moderne ausmachte, das reizte mich an ihm. In jedem Artikel über ihn konnte man das nachlesen. Er hatte alles erreicht, vor allem, was die Urteile über ihn anging. Er sollte dafür von einer rückhaltlosen Kunstagentin oder Kunstterroristin, die sich nach seiner Lebenszeit auf den Weg gemacht hatte, mit einer ausgesuchten Gegenleistung bedacht werden. Entscheidend war meine Auswahl: Welche von den vielen hier ausgestellten Plastiken Pablos kam für meine Aktion infrage? Zuerst hatte ich an den berühmten *Stierschädel* gedacht, der lediglich aus der Zusammensetzung eines ledernen Fahrradsattels mit einem Fahrradlenker bestand, ein Werk aus Fundstücken. Die Vorgehensweise hatte sich der stets aufmerksame und aufnahmefähige Pablo vermutlich bei seinem Kollegen Duchamp entliehen. Bei meinen Recherchen zu dieser Aktion war ich auch auf einen Satz Pablos gestoßen, der, nachdem der Autor Michel Leiris ihn zu diesem Werk beglückwünscht hatte, gesagt haben soll: Das reicht nicht. *Man müsste nur einen Holzscheit*

nehmen können, auf dass er schon ein Vogel sei. Das klang richtig gut. Der Stierschädel hatte den Vorteil, dass er sehr bekannt war und infolgedessen auch von vielen Besuchern betrachtet wurde, was allerdings wiederum die Aktion beeinträchtigen konnte.
Bei meinem Gang durch die Ausstellung kam ich an einem Sockel vorbei, auf dem eine entfernt an eine weibliche Gestalt erinnernde Figur stand, *La Vénus du Gaz*, eine Skulptur aus der Zeit kurz vor dem Ende des Zweiten Weltkrieges, wie das Informationsschild vermittelte. Ihr metallener Korpus bestand aus dem, was einmal ein Gasbrenner gewesen war, den der Meister mittels seiner typischen Formensprache in eine Figur verwandelt hatte. Selbst an einem alten Gasherd fand Pablo das *Ewig Weibliche* wieder, dieser faustische Künstler überführte female Energien in eine ununterbrochen ausufernde und richtungslose Produktion. Mich ärgerten solche Männer, die so einseitig an der Lebensform Frau interessiert waren, dass nur Mutter, Muse oder Nutte übrig blieben. Vielleicht war diese Einschätzung ungerecht, aber sie verhalf mir zu meiner Auswahl und machte auch Mut, denn ich hatte nun sogar eine nicht ganz von der Hand zu weisende Rechtfertigung. *La Vénus du Gaz* wartete also darauf, mit einem Sprühfilm, der aus meinem Morgenurin bestand, berieselt zu werden, um in ein anderes Stadium zu gelangen, vielleicht sogar ein Stück weit aus diesem Museum herauszukommen.

Die Ausstellung war inzwischen mit einer beträchtlichen Menschenmenge gefüllt. Ich kannte einige Personen und hoffte, dass sie mich nicht identifizieren würden, denn der Standort der Venus grenzte an den Hauptraum, der immer voller wurde. Da es eine Eröffnungsrede des Chefkurators geben sollte, wurde das Licht gedimmt, ein Spotlight hellte die Mitte auf, in der ein Mikrofon vor einem Rednerpult aufgestellt war.

Viele Rituale sind notwendig, um solch eine merkwürdige Veranstaltung zu inszenieren, dachte ich. Bald würde ich zuschlagen, der Moment war günstig. Die Stimme des Kurators erklang weich und eindringlich. Er nannte Pablos Namen und stellte einige Daten in einen Zusammenhang mit der Entwicklung der Kunst, ich nahm das wie ein Signal wahr. Eine eigenartige Absenz setzte ein, in der ich mich in Richtung der Gasvenus bewegte und dabei die Handtasche mit dem Fläschchen öffnete. Mit einem Griff hatte ich es in der Hand und fühlte mit dem Zeigefinger, auf welcher Seite sich die Öffnung befand. Plötzlich spürte ich einen Blick auf mir, direkt und unmissverständlich. Für den Bruchteil einer Sekunde trafen sich unsere Augenpaare, ich sah die Uniform, ein älterer Wachmann, vielleicht um die fünfzig, in eine andere Richtung spähend als die meisten Vernissagebesucher, er fixierte mich. Ohne weiter nachzudenken, ging ich auf die Skulptur zu, die nur noch wenige Schritte von mir entfernt war, und richtete das Fläschchen als Pistole auf den zur Kunst transformierten Gasbrenner.
Mit einem Laut wie von der Flügelbewegung eines Insekts setzte sich der Sprühstrahl frei und befeuchtete die Skulptur. Im selben Moment spürte ich auch schon eine Hand, die meinen Unterarm unsanft packte. Ich gewahrte den Wärter, der gerade anheben wollte, etwas zu äußern, doch in diesem Szenario war ich die Regisseurin und sprühte einfach weiter. Der Überraschte schrie kurz auf, vielleicht dachte er, es sei eine Säure, der Urin musste in seinen Augen brennen. Bilderzerstörer verwenden ja gewöhnlich Salzsäure oder Ähnliches, denn ihnen geht es um die totale Auslöschung eines Werkes, um seine Entfernung aus der Geschichte, die dann den Ikonoklasten berühmt machen würde. Mir und Ruth, wo war sie überhaupt?, ging es jedoch keinesfalls um eine Zerstörung künstlerischer Werte, das war eher etwas für Gestörte mit

krankhaftem Geltungswahn. Den Moment der Überraschung nutzend, flüchtete ich Richtung Ausgang, wobei ich mehrere Personen leicht unsanft zu Seite schubsen musste, die mich empört ansahen, ohne aber meine Flucht zu durchkreuzen. Die Veranstaltung ging zum Glück trotz dieser kurzen Unruhe weiter, ich blickte mich nicht um und sah den Wärter auch nicht mehr, schon hatte ich die Nationalgalerie verlassen und eilte Richtung Schöneberger Ufer, wo ein freies Taxi stand, in das ich sogleich einstieg.

– Laura, das gibt's ja nicht.

– Tom, was für ein irrer Zufall! Fahr erst mal los, ich muss weg hier.

– Warst du in der Ausstellung?

– Ja, genau, da komme ich her. Wieso standest du hier?

– Ich bin hierher bestellt worden vor fünf Minuten, du bist wahrscheinlich der falsche Fahrgast.

– Auf welchen Namen warst du denn bestellt?

– Auf den Namen Netzer.

– Dann hast du doch den richtigen Fahrgast, das ist ja allerhand.

Ruth war einfach unglaublich, ich hatte sie überhaupt nicht gesehen. Und dann der Zufall mit Tom. Ein alter Bekannter aus dem Studium, ein überaus feiner Kerl, mit dem ich den ein oder anderen Abend in unbestimmter und deshalb recht freier Atmosphäre verbracht hatte. Er hatte irgendwann die Prozedur auf sich genommen, den Berliner Taxischein zu machen. Man musste dabei Daten vom Ausmaß eines dickleibigen Telefonbuches auswendig lernen, was, wie manche sagten, schwieriger als ein akademischer Abschluss war. Nach erfolgreicher Prüfung gondelte er durch die Stadt, was gut zu ihm passte, eigentlich passte es zu den meisten Männern. Er war der Typ des *Einsamen Wolfes*, der sich ähnlich wie der Schutzheilige aller solcher Existenzen, *Travis Bickle*, in seiner beräderten Blechkiste durch eine Großstadt bewegte und sich jeden Tag selbst einen neuen Film zusammensetzte, in dem er die Rolle eines Beobachters besetzte, der Straßen, Gebäude und Menschen in den Blick nahm und sie manchmal auch nicht mehr vergessen konnte. In *Taxi Driver* konnte der Scheibenwischer nur kurzzeitig ein klares Bild herstellen, zu verschwommen war die Überfülle der Eindrücke New Yorks, zu viele Einzelheiten, auf die man sich nur sehr kurz konzentrieren konnte, die Geschichten andeuteten, die nirgends zusammengefasst wurden und die doch nur Wiederholungen von anderen Leben und Situationen mit ähnlichem Ausgang darstellten.

Ich verlor Tom irgendwann aus den Augen, er kam nicht mehr in die Uni, doch gelegentlich erinnerte ich mich an ihn, einen Mann, der über sein Inneres beharrlich schwieg und dabei gleichzeitig sehnsüchtig in die Welt schaute, in einer Mischung aus Resignation und Erwartung. Eine Frau wusste sofort, an was es hier fehlte, an den Gesten, die heilig einfältig sind, die es schon immer gegeben hat, die überall möglich und doch so schwer zugänglich sind, die Gesten der Nähe, deren Ausbleiben jeden früher oder später in die Verzweiflung treibt oder zumindest in Verzerrungen der Person, die dann in alle möglichen Formen des Ersatzes flüchtet: chemische Substanzen, Glücksspiele, Kunstwerke oder technische Geräte.

Während unserer Fahrt staunte ich darüber, wie rasch ich von der aufgeregten Szenerie in der Nationalgalerie in solch eine persönliche Situation gelangte, diese Stadt war wirklich *ein Ort für Zufälle*. Obwohl wir uns seit Jahren nicht mehr gesehen hatten, schwiegen wir. Es war zu viel, was uns beiden durch den Kopf ging, und ich wollte auch nicht die üblichen Fragen stellen, was machst du so, wo wohnst du, mit wem bist du zusammen, wie geht es deinen Eltern.

- Wohin willst du eigentlich?

- Geradeaus ist schon mal gut. Nach Wilmersdorf, Hildegardstraße. Kennst du deine Auftraggeberin? Es klang so, als hättest du sie schon einmal gefahren.
- Ja, sie ist eine Stammkundin. Ich erledige öfter Aufträge für sie, auch außerhalb der normalen Schichten. Sie setzt sich selbst nicht so gern ans Steuer und hat immer viel zu tun. Sie ist Galeristin oder so etwas Ähnliches. Ich kenne sie schon länger.
- Woher?
- Ich habe sie beim Lesen im Tiergarten kennengelernt, als ich noch studierte.
- Kannst du dich noch an den Titel des Buches erinnern?
- Nicht wirklich, wahrscheinlich irgendwas Ernstes.

Ruth hatte für meinen Rückzug vorgesorgt. Mit langem Atem. Sie dachte immer an alles und hatte ihre Helfer. Eine Armee aus gut ausgebildeten Studienabbrechern, vorzugsweise aus geisteswissenschaftlichen Disziplinen. Die waren anfällig für ihre Person und gleichzeitig ziemlich leicht verführbar. Man musste nur attraktiv sein, gute Kleidung tragen und die richtigen Losungen parat haben, so lief es immer. Ich war dabei, mir all das zu eigen zu machen, denn nur indem ich Ruths System beherrschte, bewahrte ich mir die Chance auf ihren Körper.

Wir fuhren durch Schöneberg, und ich hatte keine Fragen mehr, durch das Fenster nahm ich verschwommene Lichtreklamen wahr, *Big Sexyland*, die furchtbaren Berliner Nachkriegshäuser boten auch in der Dunkelheit noch ein Bild des verbauten Lebens, das die Farbe Grau in all ihren bösen Schattierungen zeigte, bis sie Jahre später durch Gerhard Richters graue Bilder wieder sehenswert werden sollten. Tom kannte Ruth, und Ruth kannte Tom und Eric und Ted, und ich wusste nicht, wen noch alles und wen und was sie mir noch vorenthielt. Für sie war es sicherlich ein perfekter Abend in der Nationalgalerie, mit der Aufregung und den Geschichten, die ihr die Leute über ein merkwürdiges Ereignis erzählen würden, sie hatte die Szene eingerichtet. Im Grunde war Ruth eine Mischung aus Regisseurin und Bühnenbildnerin, die jeden Tag das Theater und die Vorstellungen, an denen sie arbeitete, wechselte und sich dabei sogar noch als Publikum beteiligte. Diese Überlegung machte mich wütend, ich nahm die Flasche heraus und sprühte halb unbewusst in das Fahrzeug hinein, Tom bekam einen Schrecken und drehte sich abrupt zu mir um.

- Was ist das, das riecht ja unangenehm.
- Nichts Gefährliches, nur mein Morgenurin.

Er bremste und steuerte den Wagen an den Straßenrand. Ich konnte mir auch nicht erklären, warum ich so reagierte.

- Was soll das? Hast du einen Schaden?
- Vergiss es einfach, oder behalte es im Gedächtnis. Es tut mir leid.
- Ich kann so nicht weiterfahren.

Der Wagen setzte sich wieder in Bewegung, wir schwiegen. Tom hatte eine Tankstelle angesteuert, ich sollte wohl eine Innenreinigung vornehmen. Sobald wir hielten, öffnete ich die Tür und rannte los, dabei hielt ich das Fläschchen immer noch in der Hand.

Am nächsten Tag rief mich Ruth recht früh an, es war noch vor neun Uhr. Sie war im Bilde.

- Du hast den Taxifahrer nicht bezahlt.
- Na und?
- Kein netter Zug von dir.
- Hör mal, mir reicht es, wie du alles um mich herum zusammenstellst, ich bin nicht deine Marionette.
- Du brauchtest doch gestern Abend meinen Schutz, oder sehe ich das falsch?
- Ich wäre auch ohne dich aus der Situation herausgekommen.

- Da habe ich so meine Zweifel. Wahrscheinlich hättest du allein gar nicht aus der Nationalgalerie fliehen können.
- Ach so, dass ich fliehen konnte, lag auch an dir?
- Lass uns nicht streiten, du konntest erleben, wie rechtzeitig das Taxi auf dich wartete.
- Wie haben die Leute reagiert?
- Du bist erkannt worden von zwei Galeristen, die sich aber nicht mehr an deinen Namen erinnerten. Ich habe einfach einen anderen Namen genannt und vorgegeben, dass du nicht mehr bei mir beschäftigt bist. Es wäre gut, wenn du die Stadt eine Weile verlassen könntest. Es gäbe auch einiges zu tun für dich in Westdeutschland. Ich komme gegen Mittag bei dir vorbei, da können wir alles regeln.

Ich warf das Fläschchen in den Abfalleimer und begann damit, einen Abschiedsbrief an Ted zu schreiben. Der Zeitpunkt war gekommen, den ich mir innerlich seit längerem ausgemalt hatte, mir ging diese Stadt auf die Nerven, ich musste woanders hin, mich auf weniger ausgetretene Pfade begeben. Schon überlegte ich, welche Sachen ich überhaupt mitnehmen würde und was ich alles dem Kreuzberger Frauenhaus überlassen könnte, die Möbel brauchte ich nicht mehr, nur Texte, Musik und ein paar Klamotten schienen mir wichtig. Ich legte eine CD auf, *Blue Bell Knoll* von den Cocteau Twins, um kurzzeitig in eine ganz andere Welt eintauchen zu können. Alles schwirrt in dieser Musik, die von Engeln mit goldenen Stirnbändern zu stammen scheint.
Dann kam Ruth, sie trug einen beigefarbenen Trenchcoat und brachte Baumkuchen von der Bäckerei Buchwald mit, die sich seit langer Zeit an der Moabiter Bärenbrücke befindet. Ich hatte keinen Hunger, verzehrte aber trotzdem ein Stück des unwiderstehlichen Kuchens. Der Schokoladenüberzug schmolz langsam in meinem Mund. Ruth saß in einem Sessel

und schaute mir zu, mir war allerdings nicht klar, wobei. Sie hatte ihren Trenchcoat nicht abgelegt.

- In meiner Wohnung regnet es nicht, das hoffe ich zumindest.

- Du kannst im nächsten Monat in einer Hamburger Galerie anfangen, erst mal als Assistentin, später wird vielleicht mehr daraus. Die *Galerie Hyde* existiert noch nicht lange, seit etwa drei Jahren, aber sie hat sich bereits einige sehr zukunftsträchtige Künstler gesichert. Sie wird in den nächsten Jahren eine wichtige Rolle spielen, da bin ich ganz sicher, Stammkunden sind bereits vorhanden, und ich habe mit dieser Hamburger Institution bisher nur gute Erfahrungen gemacht.

- Dann kann ich ja nicht nein sagen.

- Zumindest wäre es nicht klug. Hier in Berlin geht es im Moment für dich nicht weiter, und du bist in dem Alter, in dem ein Wechsel in eine andere Stadt genau das Richtige ist.

- Aber ich komme ja aus Norddeutschland.

- Umso besser, dann brauchst du dich nicht einzugewöhnen.

Wir schwiegen eine Weile. Dann stand Ruth auf und entledigte sich mit einer eleganten Bewegung ihres Trenchcoats, den sie einfach auf den Boden fallen ließ. Darunter trug sie ein sehr eng anliegendes ärmelloses dunkelbraunes Lederkleid, das ihre Knie nur knapp bedeckte, und ich sah, wie ihr Busen sich in vollkommener Form auf dem Kleidungsstück abzeichnete; ein Moment großer Offenheit, fern von Worten, doch von einer auffordernden Geste getragen. Sie kam auf mich zu, ich achtete auf den matten Glanz ihrer Perlenkette, die ihrer Erscheinung etwas unverrückbar Edles verlieh. Sie stand vor mir und blickte mich an, ihr Geruch verbreitete sich in meiner Nähe wie eine greifbare Aura. Ihre rechte Hand strich mir nun über das Haar, das überraschte mich, und ich war befangen. Obwohl ich lange auf eine solche Situation gewartet hatte, fühlte ich mich ihr nicht gewachsen. Ruths Annäherung wirkte auf mich künstlich, ohne echtes Wollen, und ich war auch nicht sicher, ob ich einen Schritt weitergehen könnte. Doch dann drehte sich Ruth brüsk ab und ging zu dem Sessel zurück, ich hatte zu lange gewartet.

- Das war schon äußerst amüsant in der Nationalgalerie. Nachdem du verschwunden warst, floss Angstschweiß in Strömen. Man sprach sogar von Kunstterrorismus als einer der großen Gefahren unserer Zeit. Ich konnte mich nützlich machen und beruhigte die Leute. So etwas soll immer wieder vorkommen, sagte ich, und: Das Genie fordert eben allerlei Ablehnung heraus. Da waren sie zufrieden und konnten bald wieder zum Smalltalk zurückfinden, das Kunstwerk war ja noch da.

- Wurde ein Restaurator gerufen?

- Ja, er hat rasch festgestellt, dass es sich offenbar nicht um Säure handelte, was ja auch für den Wärter besser war. Für die Laboruntersuchung wurde eine Probe genommen. Man vermutete aber bereits, dass es sich um Urin handeln könnte, Kunstwerke werden ja gern besudelt. Und das seit langer Zeit.

- Es war deine Idee.

Dann erzählte Ruth noch Einzelheiten über die Galerie Hyde und lobte die Fähigkeiten, die ich inzwischen erlangt hatte. Mehr passierte nicht, mein Kopf brummte, in den Mundwinkeln stauten sich vergessene Krümel des Baumkuchens.

6 Die Beziehung zu Ruth hatte ich auf Erics und Teds Rücken ausgetragen. Keinen der beiden konnte ich mir für eine gemeinsame Zukunft vorstellen, so sehr ich sie auch mochte. Die Möglichkeit unseres Miteinanders war zeitlich begrenzt, sie wussten das. Ich begleitete sie durch intime Situationen und konnte ihnen manches geben, doch bald war nach einem Treffen nichts Weiteres, daran Anschließendes mehr möglich. Alles konnte jederzeit enden, und das hing nicht einmal von Ruth ab, die ich bis zuletzt auf dem Laufenden hielt. Und auch das konnte nicht weitergehen. Eine ziemlich attraktive Lösung bestand tatsächlich darin, die Stadt zu verlassen und mein Leben zu verlagern. Bei Eric und Ted hätte sogar der Eindruck entstehen können, dass ich zum Opfer eines Verbrechens geworden war, zumindest gab es in den Zeitungen eine entsprechende Meldung und eine Leiche, die mir ähnlich sah. Kein gutes Zeichen. Ich konnte das nicht aufklären, und für die anderen schien mein Verschwinden ja der Fall zu sein. Vielleicht gab es mich auch mehrfach, das wäre nichts Ungewöhnliches in einer großen Stadt. All diese alten Motive und populären Songs; wie in vielen Erzählungen dargestellt, weilen die Doppel- und Wiedergänger unter uns, William Wilson, ich grüße dich.

Bevor der Norden mich aufnehmen sollte, ereignete sich noch etwas Folgenreiches, mit dem ich nicht gerechnet hatte. Wenn eine Frau sich nicht zwischen zwei Liebhabern entscheiden kann, kommt es immer wieder vor, dass ein Dritter auf der Bildfläche erscheint. Ein merkwürdiges Gesetz der Liebesumstände, dass die Dinge erst noch einmal verkompliziert werden müssen, bevor sie schließlich entwirrt werden können.

Ich war in Dahlem unterwegs, Podbielskiallee, um mich in der Nähe des US Army Soccer Fields mit einer Freundin zum Laufen zu treffen, doch ich wartete vergeblich auf Anna.

Teams der US-Armee gaben beim Training archaische Laute von sich, die Kerle jagten einem Ball europäischer Form hinterher, nach meinem Geschmack mit etwas zu viel Muskeleinsatz. Die weißen amerikanischen Männerkörper waren mir fremd, sie wirkten wie mit Sirup vollgepumpt. Ich sah mir das trotzdem gern an, besonders wenn die Jungs in den unglaublichen Jubel verfielen, der wahrscheinlich überall auf der Erde ausbricht, wenn ein Tor erzielt wird. Neben mir beobachtete ein junger Mann das Geschehen, der zwei Federballschläger in den Händen hielt, ein bemerkenswerter Kontrast zur hitzigen Auseinandersetzung auf dem Feld. Er schien etwas unentschlossen, schaute dem Spiel zu, wirkte dann wieder, als wollte er aufbrechen, und zögerte doch. Ich wusste, dass er mich ansprechen würde. In ziemlich gutem Deutsch erzählte er, dass er hier auf einen, wie er es nannte, *Badminton-Partner* warte. Auch dieses Treffen war nicht zustande gekommen, und er fragte mich, ob ich nicht Lust hätte, mit ihm zu spielen. Seit meiner Jugend hatte ich nicht mehr Federball gespielt, doch solche Tätigkeiten verlernt man nicht vollständig. Nach einiger Zeit wusste ich wieder, dass man den Ball fliegen lassen und nicht auf den Schläger schauen sollte. Er zeigte keine Ungeduld, kämpfte selbst etwas mit dem Gerät und bemühte sich, mir noch gute Tipps zu geben, was aber eher etwas Ironisches hatte.

Es war ein sehr voller, schöner Tag, an dem die Bäume dufteten, ein leichter Wind wehte und sich genau die richtige Temperatur für Aktivitäten im Freien einstellte. Unser Spiel gehörte zu diesem perfekten Klima, und wir hielten es eine Weile durch, bis das graue T-Shirt des Amerikaners durchnässt war und er sich wahrscheinlich vorstellte, dass das einen wenig verlockenden Eindruck machte. Dieses Problem hatte ich nicht, da ich nur selten ins Schwitzen komme. Wir hatten uns durch unsere Bewegungen und Geräusche ein wenig ken-

nengelernt und konnten nun entscheiden, ob wir noch weitere Zeit miteinander verbringen wollten oder es bei dieser einmaligen Begebenheit belassen. Wir schauten uns kurz an und brachen dann zu einer beliebten Kneipe in Dahlem-Dorf auf. Es gab noch Platz im Garten, und wir konnten unter prächtig grünenden Linden sitzen, deren dichtes Blattwerk gezackte Schatten spendete. Ab und zu hüpfte ein kleiner Spatz auf unseren Tisch, nervös nach etwas Aufzupickendem suchend. Zum ersten Mal wurde mir bewusst, dass die Bewegungen dieser Vögel für uns nie in einem Fluss wahrzunehmen sind, sondern eher wie in einem Zeitraffer, bei dem die Bilder des Übergangs fehlen. Alles wäre anders, wenn das Leben die Möglichkeit böte, uns zumindest für kurze Augenblicke in andere Personen, Lebewesen oder Dinge zu verwandeln. In diesem Moment, das weiß ich noch genau, hätte ich viel dafür gegeben, mich in einen solchen Vogel verwandeln zu können, um das zu sehen, was er sieht.
- Sparrows. Was möchten Sie trinken?
- Wir können uns ruhig duzen.
Er reichte mir seine rechte Hand, die sich etwas feucht anfühlte. Ich schlug Alsterwasser für uns beide vor. Bald wurden große Gläser auf den Tisch gestellt, und ich hatte den Eindruck, Frische zu atmen. So einfach müsste es immer sein, dann könnte man das Leben weiterempfehlen.
Was Bob erzählte, waren erst einmal die üblichen Eindrücke eines Amerikaners auf Deutschlandreise, sein Befremden über Berlin und die Untätigkeit, mit der die Leute in dieser Stadt ihr Leben fristeten. Er habe vor wenigen Tagen in Schöneberg in einem Café am Kleistpark zu Mittag gegessen und dabei Leute beim Zeitunglesen beobachtet. Als er zufällig abends wieder an dem Café vorbeigekommen sei, hätten immer noch dieselben Leute dort gesessen. Das sei West-Berlin, alle hätten Zeit, und niemand könne verloren gehen, das wahre

Dolce Vita spiele sich hier ab und nicht auf dem Apennin, erklärte ich. So etwas sei in New York undenkbar, niemand habe diese Zeit, alle seien ununterbrochen mit Geldverdienen beschäftigt, die Mieten seien sehr hoch. Diese Außenwahrnehmungen, die manches, was sich hier mitunter klaustrophobisch anfühlte, als landestypische Schrägheit kommentierten, taten mir gut, auch wenn Bobs Auslegungen überwiegend nicht zutrafen, da sie kaum Zusammenhänge mit einbezogen. Das angloamerikanische Arbeitsethos ist eben auf seine Weise begrenzt, dachte ich, ohne diese Grenze überschreiten zu wollen, und es freute mich, dass der New Yorker hier etwas ihm Unbekanntes erleben konnte.

Bob erinnerte mich ein wenig an Harrison Ford und dessen jungenhaften Charme. Ein Mensch fern jeder Verschlagenheit, seine Offenheit machte mir klar, wie vertrackt meine sonstigen Beziehungen waren. Er erinnerte auch an die Hauptfigur in Henry James' *Der Amerikaner*, der im Pariser Milieu mit einigen Abgründen der europäischen *Ziehviehlisation* zu kämpfen hat. All seine Energie schien darauf gerichtet, sich in Situationen zu begeben, in denen er die amerikanische Kultur mit der europäischen vergleichen konnte, um am Ende froh darüber zu sein, aus den Staaten zu stammen. Dabei wies er eine klare europäische Abstammungslinie auf, ein Großvater stammte aus Polen, aus Krakau, eine Großmutter aus Berlin. Beide waren kurz vor Ausbruch des Zweiten Weltkrieges nach Amerika ausgewandert. Bob Schultz hatte vor, auf seiner Europareise Polen zu besuchen, Spuren seiner Ahnen nachzugehen, falls das überhaupt noch möglich war. Ich hatte da meine Zweifel, die ich aber nicht äußerte. Vor kurzem habe er die Kunsthochschule absolviert, die, was mir nichts sagte, *Cooper Union* hieß, und mache nun, wie es sich für jeden Amerikaner gehöre, seine Europareise, um sich auf sein zukünftiges Leben als Künstler vorzubereiten. Denn es gäbe in seiner Kultur immer noch das merkwürdige Vorurteil, dass man, um in der Kunst etwas leisten zu können, sich unbedingt mit Europa und dessen Traditionen auseinandergesetzt haben müsse. Dabei habe Europa in der Kunst seit dem Zweiten Weltkrieg eine weitaus geringere Rolle gespielt als zuvor. New York sei schließlich seit den fünfziger Jahren das Zentrum der Kunst, Paris habe stark nachgelassen. Ich erzählte ihm, dass es in Berlin viele Amerikaner gebe, gerade hier in Dahlem und in Zehlendorf wohnten Tausende, und ich sei froh, dass diese zumeist gut trainierten Burschen hier seien, um uns vor dem täglich möglichen Einfall der Roten Armee zu beschützen.

- Es gibt hier amerikanische, französische und britische Soldaten, keine deutschen, das macht die Stadt angenehmer und internationaler. Rock 'n' Roll und Soul wurden uns von der US Army in die Stadt gebracht, dafür sei ihr gedankt.

- Ich war nie in der Army. In unserem Land gehen da nur Leute hin, die die Schule abgebrochen haben, Loser.

- Kämpfen müssen sie ja nicht, es reicht, wenn sie zeigen, dass sie da sind und Barbecues veranstalten, bisher reichte das als Abschreckung.

- Aha, that's good.

Bob bewohnte ein von einem französischen Freund angemietetes Appartement am Lietzensee und erwartete dort die Ankunft einer langjährigen Freundin, mit der er von Berlin aus weiterreisen wollte. Er schwärmte von Monica Alvares und erzählte viel von ihr, ihr Vater sei früher Musiker gewesen und habe unter anderem in einer der Bands von Charly Parker gespielt. Jeder New Yorker habe irgendwelche Verbindungen zu Celebrities, die Stadt sei voll von ihnen. Das sei das Geheimnis ihrer Energie, alle müssten sich früher oder später mit Leuten messen, die auf ihrem Gebiet Besonderes geleistet haben, das präge das Klima. Berlin sei da ganz anders, hier würde zwar ununterbrochen Geschichte aufgeführt, aber die

Stadt sei wie eine Mischung aus Jugendzentrum und Altersheim, ohne jede Dynamik, sie erinnere ihn nicht einmal an eine Großstadt.

Ich wehrte mich nicht gegen diese Einschätzung eines Besuchers von einer Stadt, die er bisher nur auf der Durchreise kennengelernt hatte, denn der Charakter Berlins war nichts, was aus meiner Sicht eine Verteidigung verdient gehabt hätte. Eher ärgerte ich mich etwas darüber, dass diese so friedliche Dahlemer Szenerie durch solche Wertungen getrübt wurde, und war leicht enttäuscht von Bob, der die erstbeste Gelegenheit ergriffen hatte, Urteile zu fällen, die außerdem nicht besonders originell waren. Noch so ein männliches Geständnistier, dachte ich und hätte lieber mehr über Monica erfahren. Die beiden schienen kein Paar zu sein, sondern hatten eher eine Brüderchen-Schwesterchen-Beziehung, in seinen Erzählungen nahm sie die Rolle der Souveränen ein. Doch für dieses erste Treffen reichte mir die Lebensgeschichte schon.

Ich vermied Situationen, bei denen ich zu schnell an einem anderen Leben teilnehmen musste. Mit dem amerikanischen Leben wollte ich nicht auch noch etwas zu tun haben, mir reichte mein eigenes und die wenig fassliche Existenz Ruths. Trotzdem willigte ich ein, als Bob mich zu einem amerikanischen Essen einlud. Es war leichtsinnig, aber die Adresse befand sich in einer Gegend, die ich seit Beginn meiner Berliner Zeit gern aufsuchte. Außerdem hatte Bob etwas ungemein Beruhigendes, eine Eigenschaft des Männlichen, die ich lange nicht mehr hatte genießen können. Geteilte Zeit verwickelt.

Eine Woche später machte ich mich auf den Weg in die Charlottenburger Witzlebenstraße. Was für ein Name. Ich fand unter der angegebenen Adresse ein schmuckloses Haus aus den sechziger Jahren vor, das vermutlich Mengen von Asbest in sich trug. Der veraltete Fahrstuhl hatte innen noch eine

Tür, die zugeklappt werden musste. Schon damals dachte ich stets, wenn ich mich einer technischen Beförderung meines Körpers aussetzte, dass zwangsläufig der in diesen Geräten eingebaute Unfall passieren müsste. Aber gleichzeitig war ich auch abergläubisch genug, einen solchen Unfall nicht herbeidenken zu wollen.

Bob trug die Logomütze einer bekannten Schnellrestaurantkette, winkte mit einem Pfannenwender und sendete ein entwaffnendes Lächeln aus. Ich betrat die Wohnung, sie war äußerst schlicht eingerichtet, so schmucklos wie der ganze Bau, es gab nichts, das mir gefallen hätte. Das Essen wurde in einer engen Wohnküche serviert, die mit Möbeln aus Hartfaserplatten ausgestattet war, die Bestuhlung erinnerte an ein Wartezimmer für Kassenpatienten. Doch so wie es war, hatte es durchaus einen kaputten Charme.

- Du wirst heute die echten, original amerikanischen Hamburger serviert bekommen.

- Und wo ist da der Unterschied?

- Was für eine Frage. Alles ist total anders beim real good honest American Hamburger!

Bob hatte keine Ahnung, wer ich war und mit welchen Dingen ich mich auskannte. Er machte auf mich den Eindruck, als könne er eine Frau nur aus amerikanischer Optimistensicht empfangen. Das Fastfood-Format fand ich rasch etwas öde, auch wenn die Hamburger wirklich gut schmeckten und es noch Erbsen dazu gab. Ich fragte mich, wie es von dieser Situation aus weitergehen könnte, Bob war durch seine Schürze und seine Mütze irgendwie im Aktionsradius behindert. Wahrscheinlich war Alkohol kein schlechtes Mittel, ein Sixpack stand bereit.

- Erzähl mir mehr von deiner Kunst.

- Das ist nicht so einfach. Ich mache gerade Zeichnungen, die auf Folien gedruckt werden. Mit meinem Freund Jeff habe ich ein Atelier in New Jersey angemietet, wir brauchen Platz, wo wir das machen können, auch wegen der giftigen Dämpfe. Es ist in einer alten Billardhalle, die voll ist mit Möbeln und Billboards, ein guter Platz, sehr speziell und nicht teuer. Früher hat dort die Mafia verkehrt, jetzt ist alles am Zerfallen. Künstler sind da eingezogen, es gibt unglaublich große Räume für sehr wenig Geld und sogar Fahrstühle, die funktionieren. Vor zwei Monaten haben wir dort mit unseren Sachen angefangen. Wir nehmen Bilder, zum Beispiel aus Magazinen, die wir mit Zeichnungen bearbeiten. Danach wird alles auf farbige Folien gedruckt, die Bilder sind ganz dünn und glänzen wie Anzeigen in Modemagazinen oder wie Weihnachtskarten.

- Und was wollt ihr damit ausdrücken?

- Nichts, wir drücken nichts aus. Bilder zeigen andere Bilder, sie haben keine Botschaft. Absolutely no message at all. Sie zeigen nur sich selbst. Just like you.

- Just like a woman. Hast du Arbeiten von dir dabei?

- Du musst nach New York kommen, um sie zu sehen, es gibt viele, die meisten in großen Formaten. Ich kann dir nachher mein Portfolio zeigen.

Der Abend plätscherte mit solchen Gesprächen dahin, es baute sich keine Spannung auf, obwohl Sympathie auf beiden Seiten in jedem Satz und bei jedem Blick aufblitzte. Ich hätte etwas Verdorbenes tun können, aber dann wäre mir wieder Ruth eingefallen. Leider hatte sie diese Rolle in meinem Film, vielleicht zu Unrecht. Und wenn ich an diesem Abend etwas mit Bob angefangen hätte, wären auch Eric und Ted mit dabei gewesen, um ihre Kommentare anzubringen. Bob unternahm seinerseits nichts, um den Eindruck des netten amerikanischen großen Jungen von nebenan zu widerlegen. Er dirigierte das Gespräch immer wieder in Richtung Kunst, was mich etwas langweilte, denn davon bekam ich im Job genug mit, und ich gehörte zu den altmodischen jungen Leuten, die Arbeit und Freizeit gern getrennt hielten. Dass das bei Künstlern nicht möglich war, sah ich ein. Wir blieben an diesem Abend Fremde.

- In drei Tagen kommt Monica, sie ist jetzt noch in Italien, bei Verwandten. Ihr müsst euch unbedingt kennenlernen.

- Aber ich kenne ja noch nicht einmal dich.

- Für amerikanische Verhältnisse kennst du mich jetzt schon ganz gut.

- Wir Europäer sind eben in allem etwas langsam.

- Komisch ist allerdings, dass sich hier trotzdem vieles so schnell verändert und in Amerika, wo alles sehr schnell geht, das meiste so bleibt, wie es ist.

Dann holte Bob eine Mappe hervor und öffnete sie. Es befanden sich mehrere Passepartouts in verschiedenen Größen darin sowie einzelne Fotografien und Zeichnungen. Er hatte einen recht eigenen zeichnerischen Stil, der zwischen dem frühen Pablo und Comiczeichnungen operierte. Sie zeigten absurde Szenen, Menschen mit übergroßen Köpfen, die sich auf Rädern statt Beinen fortbewegten, durch Stadtlandschaften, in denen die Gebäude Augen, Ohren und Nasen hatten und Gullideckel Bananen aßen. Geschlechtsmerkmale waren überdeutlich dargestellt, die Figuren trugen eher Schmuck als Kleidung, bewegten sich aber in von moderner Technik beherrschten Umgebungen. Er hatte nur wenige Farben verwendet, zumeist nur, um den ein oder anderen Akzent zu setzen. Es ging ihm offenbar vor allem um das Erzählen von total unwahrscheinlichen Bildgeschichten. Ein Eisverkäufer, der auf einer Handfläche eine ältere Dame balancierte, wurde von maskierten Jugendlichen mit einer Art Panzerfaust bedroht, aus der ein schlangenähnliches Etwas herauswuchs, die Geschlechtsteile der Jugendlichen waren in die Waffe hineingewachsen. Eine Frau wurde in einer Telefonzelle von monsterhaften Wesen, die aus dem Telefonhörer krochen, zwischen ihren Beinen berührt, während sie aus den Seiten des Telefonbuches einen Joint drehte. Diese Bilder waren Selbsthilfe-Cartoons für Großstadtneurotiker, zeichnerisch recht gut gemacht, aber, soweit ich das beurteilen konnte, von nicht sehr ausgeprägtem künstlerischem Gehalt. Doch sicherlich gab es ein Publikum dafür. Dann zeigte Bob mir Schwarzweißfotografien, die im Gegensatz zu den Zeichnungen sehr ruhig, nahezu meditativ daherkamen. Aufnahmen von kleinen Kirchen in amerikanischen Großstädten, die alle gänzlich ohne die Anwesenheit von Menschen im Raum standen und in deren Hintergründen sich erhabene Anordnungen von Wolkenkratzern gruppierten. Die zumeist einfachen und schmucklosen Gotteshäuser – ich konnte zumindest schließen, dass es alles christliche Kirchen waren – standen verloren vor den städtischen Häusermeeren, deren Architekturen sie jeweils um ein Vielfaches überragten. Gleichzeitig behaupteten sie sich in diesen Bildern als Orte von Kulten, die doch nicht so schnell wichen, die ihre Dauer beanspruchten und behaupteten und deshalb in einer Zeit, die so hart ist, weil alles weichen muss, wie Überbleibsel aus der verlassenen Mitte des Lebens erschienen.

– Diese Bilder gefallen mir.

– An der Serie arbeite ich seit ein paar Jahren, ich mache immer ein Foto, wenn ich wieder eine neue Kirche entdecke, meistens in Städten, die ich noch nicht kannte.

– Betrittst du die Kirchen?

– Nein, ich bleibe immer draußen.

– Du betest also nicht?

– Nein, das ist sehr lange her.

Auch bei mir lag das letzte Gebet lange zurück. Vielleicht war es für mich an der Zeit, eine Kirche aufzusuchen, um zu beichten, um mich zu reinigen, von den vielen Handlungen und Gedanken, mit denen ich beschäftigt war. Bob brachte mich darauf, ohne das zu wollen, seine Bilder lösten das aus, und ich erinnerte mich auch, dass man als Katholikin in Norddeutschland immer etwas Befremdliches für die anderen darstellte, von der im Gegensatz zur protestantischen Konfirmation weitaus früheren Kommunion, deren Initiation ein Kind rascher in die Pubertät und zu Fantasien führt, für die man sich mittels der Beichte entlasten kann, bis zu den rauschhaften Gerüchen, die den katholischen Kirchen immer noch eigen sind und deren bis zur Seele dringenden Odeur man nie vergisst, auch wenn man all das hassen sollte.

Obwohl Bobs Bilder die Kirchen lediglich als äußerliches Abbild zeigten, wiesen sie auf etwas hin, das wichtig war, stets verloren ging und deshalb immer wieder gefunden werden musste. Dafür war ich ihm dankbar, und ich wusste, dass es sich bei diesen Bildern nicht nur um bloße Fotografien handelte.

- Hast du diese Serie schon ausgestellt?

- Nein, aber ich bin auch nach Europa gekommen, um Kontakte zu knüpfen. In New York ist es sehr schwierig, wenn man selbst aus der Stadt ist. Alle schauen immer noch ständig nach Europa, um neue Kunst zu entdecken. Für mich sind diese Fotos gar nicht so wichtig. Ich will die Folien ausstellen, die konnte ich aber nicht einfach mitnehmen, weil die besten zu groß sind.

Zu diesem Zeitpunkt war Bob noch nicht klar, dass ich an der Quelle saß, und mir fielen sofort zwei bis drei Galerien ein, die Interesse für seine Fotos zeigen könnten. Ich blieb zurückhaltend, denn ich wollte Bob erst besser kennenlernen. Doch ich verspürte den Wunsch, diese Fotos einem Publikum zugänglich zu machen, und ich war neugierig auf die Folien, von denen Bob mir an dem Abend dann doch kleinere Beispiele zeigte, die sich in seiner Mappe befanden. So etwas hatte ich noch nicht gesehen, ganz eigene Bildwelten zeigten sich auf hauchdünnem Material ineinander verwoben. In glänzender Farbigkeit war alles Mögliche dabei, Modefotografien, Sportdarstellungen, Film-Stills, Bilder von Politikern, Stadtansichten und Landschaften, Porträts und pornografische Aufnahmen, wie ein Patchwork aus Stanniol oder Bonbonpapier. Die ein größeres Tableau ergebenden Teile hatten, wie Bob erklärte, Bezüge untereinander, die ich auf den ersten Blick nicht nachvollziehen konnte. Sie erzählten wohl Geschichten, ich lasse mir aber Bilder nicht gern ausgiebig erklären, auch vom Künstler nicht, denn das verdirbt mir das Vergnügen ihrer Betrachtung.

Bob freute sich über mein Interesse und legte mir immer neue Arbeiten vor, die Mappe schien unerschöpflich zu sein, er breitete sein ganzes bisheriges New Yorker Leben vor mir aus.

Seine Eltern hatten beide lange Zeit für ein bedeutendes Bildreportagemagazin gearbeitet, und sie spielten besonders in den sechziger und siebziger Jahren eine wichtige Rolle in der Stadt. Sie kannten Andy Warhol und waren mit Lil Picard befreundet, Emigranten-Kunstkreise taten sich mir auf. Auch Barnett Newman, Clifford Stills, Mark Rothko, Robert Rauschenberg und Helen Frankenthaler zählten zum Bekanntenkreis. Die Familie besaß ein Haus auf Long Island, ein Nachbar hieß Jackson Pollock. Namen aus Museen und Kultursendungen, aus Lexika und Kunstkatalogen wurden in Bobs Erzählungen zu Hausfreunden. Zu ihrer Hochzeit bekamen seine Eltern von Willem de Kooning, der in seiner manischen Arbeitswut wohl keine Zeit mehr gefunden hatte, ein Geschenk zu besorgen, einen jahrelang von ihm verwendeten Pinsel überreicht. Den bewahrten sie bis heute in einer eigens hierfür gefertigten Sockelvitrine auf. Sie hatten bereits früher einige Bilder von diesem in späteren Jahren zu Weltruhm gelangten Künstler erworben. Von deren Verkäufen bestritten sie ein ziemlich auskömmliches Pensionärsleben, das zudem ausreichend Masse für Bobs Studium bereithielt. Ich stellte mir die geschilderten Familienszenen in Farben wie aus Filmen der sechziger Jahre vor, mit diesen dichten, aber gleichzeitig durch chemische Prozesse verfälschten Tönen, die den Glanz des Übernatürlichen trugen, wie die Lippen von Elizabeth Taylor oder James Deans Augen, Farben, die es so nicht mehr gab und nicht mehr geben wird. Die Häuser waren in diesen Szenerien aus Holz und hatten Vorgärten, vor denen Autos mit weich geschwungenen Formen parkten, deren Namen ich mir nie merken konnte. Das saß tief in meiner Erinnerung, obwohl ich noch nie die Vereinigten Staaten besucht hatte. Aber ich hatte all diese Filme gesehen, mich in diese Welt geträumt und später kein Bedürfnis mehr verspürt, dorthin zu reisen, weil mir die Bilder genügten. Darüber sprach ich nicht mit Bob, der an diesem so wenig spektakulär begonnenen Abend, ohne es zu wissen, viel in mir ausgelöst hatte. Ich fühlte mich entspannt in seiner Nähe, mit diesen Geschichten aus einem anderen Kontinent, und auch mit der Distanz zu den üblichen Begegnungen zwischen Frau und Mann in unserem Kulturkreis, die immer von verdeckten Annäherungsversuchen gekennzeichnet sind, die es häufig verhindern, dass sich etwas ereignen kann.

Bob existierte ganz und gar in seinem Amerika und in seiner Kunstwelt, er schenkte meinen Erzählungen und den Möglichkeiten, die ich mir mittels geschickt eingesetzter Blicke und Berührungen bei Männern in der Regel verschaffen konnte, wenig Aufmerksamkeit. Mir war die Lieblingsform der Künstlerrede, der Monolog, nicht unbekannt, und ich musste langsam mich selbst wieder etwas mehr in das Gespräch einbringen, um nicht den ganzen Abend mit der Ausbreitung des jungen, hoffnungsvollen Künstlerdaseins beschäftigt zu sein, in dem es immer um die nächste Ausstellung, die Lösung der Kostenfrage und die Überwindung der Tradition geht.

- Wie ich neulich angedeutet habe, arbeite ich ja im Bereich der Kunst, im Moment nicht für eine bestimmte Galerie, aber ich bin bei einer in Berlin sehr einflussreichen Beraterin tätig. Wir sind hier mit den bedeutendsten Galeristen in Kontakt.
- Wow, was für ein guter Zufall. Ich weiß gar nicht, welche Galerien hier wichtig sind.
- Wenn du willst, kann ich dich meiner Chefin vorstellen, ich bin sicher, dass sie etwas für dich tun kann.
Schon war es ausgesprochen, und es beinhaltete die Gefahr, dass ich jemanden mit Ruth in Verbindung brachte, der ihr wahrscheinlich nicht gewachsen war. Wenn jemand in dieser Stadt etwas für diesen völlig unbekannten, aber aus meiner Sicht durchaus talentierten Künstler tun konnte, dann war es Ruth, denn die Galeristen fraßen ihr aus den Händen.
Obwohl ich längst mit meinem Wechsel nach Norddeutschland beschäftigt war, richtete ich mir, so oft es ging, Treffen mit Bob ein, dessen Zeit in Berlin auch bald enden würde. Wir trafen uns in Cafés, besuchten Ausstellungen und unternahmen Spaziergänge im Grunewald. Häufig ging es zur abgeschiedenen Halbinsel Schildhorn.
Wir mochten uns, das war klar, und meistens war ich aufgeregt vor unseren Begegnungen. Wenn Bob dann aber auf der Bildfläche erschien, wich das Gefühl der Aufgeregtheit einer Freude, die ich lange nicht mehr so hatte erleben dürfen. Körperlich hatten wir uns einander noch nicht genähert, außer Umarmungen und dem unverbindlichen Begrüßungskuss. Vielleicht störte mich auch etwas an seinem Körper, der mir als zu stark behaart erschien.
Das Treffen mit Ruth stand kurz bevor, Bob ergänzte hierfür seine Mappe, und ich beriet ihn, so gut ich konnte. Zuvor kam es aber noch zu einer weiteren Begegnung mit der Neuen Welt, da Monica in Berlin eintraf.

Wir trafen uns zu dritt und veranstalteten ein Picknick am Lietzensee. Bob nahm eine Decke und ein Tablett aus der Küche, auf das er einfach Geschirr, Besteck und einige Lebensmittel stellte.

Monica Alvares war tief schwarzhaarig, klein, und sie blickte mit schönen braunen Augen in die Welt. Rote Lippen betonten ihre weibliche Erscheinung; ihr Körper war gut durchtrainiert, sie wirkte höchst energetisch und attraktiv. Im Berlin der damaligen Zeit, wo das Morbide kultiviert wurde, musste sie allein wegen ihres gesunden Teints sofort auffallen. Gleichzeitig verströmte sie aber auch Nervosität. In ihr arbeitete die genetische Mischung einer Italienerin und eines Halb-Mexikaners, die sich mit der Hektik einer Mega-Stadt vereinigte. Wir kamen ohne Umschweife ins Gespräch, und sie erzählte ohne Scheu von ihrer Familie. Ihr Vater sei in früheren Jahren eine Größe im New Yorker Jazz gewesen und habe sich jetzt, nach vor Jahren erfolgter Trennung von ihrer Mutter, von seinen Ersparnissen ein Appartement in Brooklyn geleistet, wovon er lange geträumt habe. Auch bei ihren Erzählungen hatte ich den Eindruck, dass sie nicht anders konnte, als New York in den Mittelpunkt der kulturellen Welt zu stellen und alle anderen Orte dieses Planeten, einschließlich denen, die sie nicht kannte, als weniger interessant zu erachten. Wenn sie mich nach Besonderheiten Berlins fragte, so erfolgte das innerhalb von Vergleichen, bei denen ich den Eindruck gewann, dass Berlin für sie nie etwas Faszinierendes haben könnte. Doch Lokalpatriotismus war ohnehin nicht meine Stärke.

Bob blieb abwartend und war bemüht, uns im Gespräch zu halten, er wollte offensichtlich, dass wir uns mochten. Die beiden waren stark aufeinander bezogen, jede ihrer Gesten zeugte von einer tiefen Vertrautheit, die etwas Geschwisterliches hatte, doch mehr hätte mich gewundert. Selbst ihr Humor war aufeinander abgestimmt, ihre Redewendungen klangen so eigen und undurchlässig, dass mir rasch klar wurde, dass ich nicht dazugehörte. In all ihren Erzählungen ging es in irgendeiner Hinsicht um die Stadt und um ihr Leben in New York City. Straßennahmen fielen, Stadtteile wurden beiläufig genannt, oder es wurden der Holland Tunnel oder das Rockefeller Center erwähnt. Sofort war ich mit meinen Assoziationen beschäftigt, ich kannte all das aus Filmen mit Kojak oder Robert De Niro, oder ich hatte den ein oder anderen Namen in Songs gehört, etwa von Lou Reed, in dessen *Coney Island Baby*, in dem er unbedingt Football nur für den Coach spielen will, das Rockefeller Center auftaucht. Eine verdammt geniale Platte, dachte ich. Die beiden Eingeborenen hatten sich das noch gar nicht so genau angehört, sie klebten mit ihren anekdotisch gereihten Erinnerungen an den Zufälligkeiten ihrer Leben, an Mum and Dad und Hank und Patricia und anderen mir unbekannten Größen.

In meiner Vorstellung war New York eine Ansammlung von Filmen: *The Godfather, Mean Streets, Dog Day Afternoon, Once Upon A Time In America*. Bob und Monica waren so mit ihrem Überleben in dieser Stadt beschäftigt, dass sie kaum Zeit zu haben schienen, ihre kulturelle Fülle wahrzunehmen. Die Konkurrenz schlief nie und ähnelte nachtaktiven Beutetieren.

Monica besaß einen Bachelor of Arts, arbeitete bei Filmprojekten mit oder gab Einwanderern Sprachunterricht. Sie ging gern mit ein paar Typen auf wochenlange Wanderungen durch die Rocky Mountains, wo sie ihr Essen vor wilden Bären verstecken mussten, solche Geschichten gefielen mir. Ich stellte mir vor, wie sie abends in gewaltiger Natur um ein Lagerfeuer saßen und dampfenden ungesüßten Kaffee aus Blechtassen tranken. Die Männer schauten ausdauernd ins Feuer, Monica lernte zu schweigen. Danach begab man sich ins Zelt und in die Mumienschlafsäcke, und jeder der Typen, die in meiner

Vorstellung karierte Hemden trugen, dachte vor dem Einschlafen daran, wie es wäre, von Monicas Körper bedeckt zu werden. Auch in ihren Träumen hörte das nicht auf, und ich wusste, dass ich an ihrer Stelle genauso davon geträumt hätte.

Das Gras, das das Ufer des Lietzensees umsäumte, wirkte angegriffen, viele Halme zeigten ausgetrocknete Stellen, und überall lagen Reste von Zigaretten und Verpackungen herum. Doch die Wasseroberfläche spiegelte glatt wie in einem Märchen, das von verwunschenen Orten handelte, nur gelegentlich wurde sie von landenden Enten in Bewegung versetzt. Ohne Unterlass sendeten Vogelstimmen unbekannte Botschaften aus. Wir saßen auf Bobs geliehener Decke aus Polyacryl und zelebrierten eine gute Zeit, an einem sehr milden Nachmittag.

Mir zeigte sich hier bereits eine Abschiedsszene, die ich wie auf einer Fotografie in der Halbtotalen sah. So schön diese Stadt mitunter auch sein konnte, ich freute mich auf Norddeutschland und war in Gedanken schon dort. Zunächst wollte ich bei meinen Eltern in Bad Oldesloe wohnen, bevor ich nach Hamburg zöge, in die Stadt der Frische und der Pfeffersäcke, die so gegensätzlich ist zum verbrauchten und ärmlichen Berlin. Bob und Monica verkörperten die Botschafter des Abschieds, sie holten mich mit ihren Erzählungen aus der Mauerstadt heraus und machten mir bewusst, wie um sich selbst kreisend das Berliner Leben sich gestaltete und nach welch mickrigen Regeln es funktionierte. Ich wollte in meinem neuen Leben unbedingt für die Kunst arbeiten, und es konnte kein Zufall sein, dass mir Bob und Monica zu diesem Zeitpunkt begegnet waren.

Eines Nachts zogen wir durch die damals angesagten Läden, den *Pinguin Club*, die *Zulu Bar* und das *X 'n' Pop*. Ich hegte leichte Bedenken, Ted oder Eric zufällig zu treffen, doch vergaß ich sie im Laufe des Abends durch den Genuss einiger russischer Wodkas, zu denen Monica uns in jeder Bar, die wir aufsuchten, einlud. Es überraschte sie einigermaßen, dass man hier im Schöneberger Kiez ein fast volles Wasserglas des Getränks eingeschenkt bekam. Wir alle merkten die Wirkung bereits nach der ersten Runde und waren rasch betrunken, nahmen aber unbekümmert weiter ziemliche Mengen ein. In aufgekratzter Stimmung liefen wir durch die Straßen in Richtung Kreuzberg. Ein wundervoller Abend entspann sich, der Vollmond warf ein unverzagtes Licht in die Stadt, das unseren inneren Regungen entsprach. Vor einem Haus in der Yorckstraße forderte Monica mich auf, ihr in einen Torbogen zu folgen, Bob war uns etwa zwanzig Meter vorausgeeilt. Diese besondere Pforte gehörte zu *Riehmers Hofgarten* und führte zu einer Enklave aus dem neunzehnten Jahrhundert, ein Ensemble von Gebäuden, kleinen Plätzen und Straßen mit Kopfsteinpflaster, das der Krieg verschont hatte. Hier gab es sogar noch alte Gaslaternen. Schritt man hindurch, bewegte man sich in der Welt E.T.A. Hoffmanns. Ich sah eine steinerne Blattmaske, die den Torbogen in seiner Mitte schmückte. Ein Wesen mit markanten Gesichtszügen, aus dessen Nase schlangenähnliche Pflanzen wuchsen. Diese Maske erinnerte mich an Ruth, die für mich in der ganzen Stadt auftrat. Wo ich mich auch befand, wohin ich mich bewegte, immer traf ich irgendwann auf sie. Ich konnte nicht entkommen, und nun löste ich etwas aus, das sonst sie bewirkte. Monica umarmte mich. Schon spürte ich ihre Zunge an meinem Mund und konnte ihre unverfälschte Zärtlichkeit nur erwidern. Die Pflanzen aus der Blattmaskennase wuchsen herunter und umhüllten uns in einem Augenblick der Lust mit prächtigen Grüntönen. Der Kuss schmeckte farblich, nach einem Grün, das ich in der Natur noch nicht gesehen hatte, aber auf einem aufwühlenden Bild. Er war möglicherweise einem Gemälde von Cy Twombly entwichen, ein Kuss des grünen Bildes. Lange dauerte dieser be-

törende Moment nicht, denn Bob rief unsere Namen in das Dunkel des Torbogens und lachte laut auf, als wir uns bemerkbar machten.
- Was habt ihr da gesucht? Gespenster?
- Nein, wir haben uns nur geküsst.
- Okay, dann habe ich auch das Recht dazu.
Bob fasste meinen Kopf und presste seinen Mund an meine Lippen, die Pflanzen waren nicht mehr sichtbar, ein Kuss im Dunkeln, der nach einem Mann schmeckte.
Während Bob offensichtlich Gefallen daran fand, bemerkte ich, wie Monica von hinten zwischen meine Beine fasste, und an meinem Hals spürte ich ihren Atem. Es war, als hätten wir durch diesen Torbogen in eine Zeitschleuse eintreten können. Ich betrachtete die unwirkliche Szenerie, diese Überlieferung, die für die so mit ihrer Gegenwart beschäftigten Amerikaner unfassbar gewesen sein muss. Monica berührte nun auch Bob. Das wollte ich nicht, die Küsse als Eintritt in diese Welt waren richtig, das genügte, der Alkohol sollte nun nicht alle Vorsicht aufheben. Mir wurde klar, dass ich etwas für Bob empfand, das ich schützen musste. Ich schob Monica sachte ein Stück zur Seite, und Bob war nicht mehr aktiv. Dann nahm ich beide an den Händen und ging mit ihnen in den Hofgarten hinein. Sie kamen aus dem Staunen nicht mehr heraus und beschrieben alles, was sie sahen, als Filmkulisse, gefolgt von Lauten wie *Gee, Wow* oder *My God*. Die alte Literatenkneipe *Ausner* gab es auch noch, mit der leuchtenden Säufersonne der *Schultheiss*-Brauerei als Außenwerbung, die hier in der Nähe, nur wenige hundert Meter weiter in Richtung Tempelhof, ihre gärenden Getränke braute. Ich konnte altklug erzählen, dass hier eine Zeit lang Deutschlands Dichter verkehrt hatten, allen voran Uwe Johnson, Max Frisch, Günter Grass und auch Ingeborg Bachmann. Die beiden kannten nur Grass, hatten von ihm allerdings noch nichts gelesen.

- So etwas gibt es nicht bei euch, oder?
- Only in Hollywood.
- Im heiligen Wald also.
Wir drehten noch eine Runde im Hofgarten und bewunderten das schwarz glänzende Kopfsteinpflaster, das wie für den Vollmond geschaffen wirkte. Zu viel mehr waren wir nicht mehr fähig, der Alkohol forderte seinen Tribut, und am liebsten hätte ich mich übergeben. Doch dieses innere Auskippen fällt mir äußerst schwer, und nur in lebensbedrohlicher Lage bin ich dazu fähig. So gingen wir in Richtung Yorckstraße zurück. Wir würden uns bald wiedersehen, ich winkte nach einem Taxi.
- Du hast beim letzten Mal nicht gezahlt und mit diesem Zeug in meinem Auto herumgesprüht!
- Du scheinst der einzige Taxifahrer in Berlin zu sein.
- Der Einzige, der deinen Weg kreuzt.
- Versuchen wir es wieder mit der Hildegardstraße, aber fahr bitte nicht so schnell, mir ist ziemlich übel.
- Ich werde mir Mühe geben.
- Hat Ruth Netzer dich geschickt?
- Letztes Mal, das war ein Zufall. Frau Netzer hat übrigens alles bezahlt, sogar noch eine halbe Ausfallschicht wegen der Verschmutzung. Da hast du einen richtigen Schutzengel.
- Ja, sie hat etwas davon. Engel sind ja angeblich immer in unserer Nähe und schützen uns, weil sie uns lieben. Sie müssen ihre Gründe haben.

7

Für das Treffen mit Ruth hatte Bob noch Zeichnungen mit Berliner Ansichten angefertigt, in denen *Riehmers Hofgarten* auch vorkam. Bleistiftzeichnungen, die mit lockerem Strich Stadtlandschaften entwarfen, mit Figuren in surrealen Gefügen. Küssende im Hofgarten wurden zu meinem Erschrecken von Pflanzen umschlungen dargestellt, selbst die Blattmaske kam auf dem Bild vor. Ich sagte nichts von meiner Wahrnehmung, es erschien mir als zu abwegig, dass zwei Menschen dieselbe Vision hatten, um etwas darüber mitteilen zu können. Viel leichter wäre es gewesen, etwas vollständig Erfundenes zu erzählen. Bob kam mir immer näher, jetzt konnte er schon etwas Ungewisses mit mir teilen. Ich wollte ihn unterstützen, und wir waren in Ruths Büro in der Fasanenstraße verabredet.

Ich war aufgeregter als Bob, der sich ganz auf seine Mappe konzentriert hatte und zuversichtlich war, etwas zum Vorzeigen zu haben, das nicht einfach abgelehnt werden konnte. Entschlossen gingen wir die Fasanenstraße entlang und genossen ihre bourgeoise Atmosphäre. Im Erdgeschoss des Hauses von Ruths Büro befand sich seit Jahrzehnten eine *Tanz-Bar*, in der vor allem Geschäftsleute die Nähe jüngerer Damen suchten. Ruth hatte dieses Haus sicherlich mit Bedacht gewählt.

Als wir das Büro betraten, gestaltete sie gerade ein Kundengespräch, es fielen Namen wie David Hockney und Richard Hamilton, hochpreisige Angelsachsenkunst, dachte ich, und Bob spitzte die Ohren. Ruth bedeutete uns, doch Platz zu nehmen. Wir setzten uns auf ihr weißes Ledersofa und blätterten in Kunstzeitschriften, die auf einem ellipsenförmigen Tisch aus hellem Holz auslagen. Darüber hinaus war der Raum nur noch mit einem metallenen Zeichenschrank und einer hohen asiatischen Stehvase mit bunten Ornamenten möbliert. Ruth wirkte sehr schick in ihrem schwarzen *Prada*-Kleid, das ihre

Figur präzise zur Geltung brachte. Der Kunde ging bald, und sie begrüßte uns noch einmal, herzlicher.

- Ich freue mich sehr, Sie kennenzulernen, Laura hat mir einiges von Ihnen erzählt. Sie kommen aus New York?

- Ja, ich bin in Brooklyn aufgewachsen.

- Darf ich Ihnen etwas anbieten?

- Oh, nein danke, wir hatten gerade einen Drink.

- Gut, dann sollten wir keine Zeit verlieren, wir sind ja hier, um uns Ihre Kunst anzusehen. Was haben Sie mir mitgebracht?

Es wurde still, und Bob zögerte etwas, die Mappe zu öffnen. Ich hatte den Eindruck, eingreifen zu müssen, nahm einige Arbeiten heraus und breitete sie auf dem Tisch aus. Ruth nahm gleich einzelne Blätter in die Hand. Es waren die Bleistiftarbeiten, sie musterte die insgesamt acht Zeichnungen jeweils nur für Sekunden und legte sie ohne jeden Ausdruck zurück, was uns verunsicherte. Sie schien damit überhaupt nichts anfangen zu können. Doch dann griff sie erneut zu und nahm sich die Zeichnung mit dem Kuss im Torbogen genauer vor.

- Das ist merkwürdig. Zwar etwas altmodisch wegen den Pflanzenformen und der Straßenszene, aber man muss es sich noch einmal anschauen. Der Blick bleibt hängen. Wann haben Sie das gemacht?

- Gestern. Das ist meine aktuellste Arbeit. Sie sehen ja, dass es dabei um Berlin geht.

- So etwas kommt hier immer an. Es gibt Sammler, die ganz auf Berliner Motive spezialisiert sind. Von den Künstlern, die hier in der Stadt leben, kenne ich keinen, der so zeichnet.

- Es ist aber auch für mich nicht typisch.

Ruth legte die Zeichnungen weg und schaute sich nun die Fotografien an. Sie betrachtete Bild für Bild und verweilte jeweils kurz.

- Interessante Arbeiten. Wie hängen die Fotos mit den Zeichnungen zusammen?

- Überhaupt nicht, das sind zwei völlig verschiedene Dinge.
- Besser wäre es natürlich, wenn sich ein Gedanke durch das ganze Werk zöge. Es sollte nicht zu Unterschiedliches vorkommen, der Käufer von Kunst will ein klares Profil.

Das klang entmutigend, aber Bob behielt seine Fassung. Am Ende ihrer Durchsicht nahm Ruth sich noch die Folienbilder vor, die ihr aber offensichtlich überhaupt nicht gefielen. Sie schüttelte den Kopf und schaute sich keine weiteren Arbeiten mehr an.

- Hier kommt noch einmal etwas Neues hinzu, das in eine völlig andere Richtung geht. Das ist verwirrend, und ich weiß auch nicht, was diese farbigen, glänzenden Kunststoffbilder in Ihrem ansonsten eher ernsten und nahezu klassischen Portfolio zu suchen haben. Das ist ein Bruch, den ich nicht nachvollziehen kann, wobei ich natürlich nur einen kleinen Ausschnitt Ihrer Arbeiten sehen konnte, wie ich zugeben muss. Trotzdem ist es irritierend.
- Für mich sind die Folien das Wichtigste. Das sind die Arbeiten, mit denen ich mich vorstellen will. Wir haben sehr viel dafür investiert, so etwas gibt es noch nicht, auch nicht in New York City. Das ist eine neue Form von Bild, das hat nichts mit Malerei, Fotografie oder Zeichnung zu tun. Es verbindet viele Ebenen.
- Darüber möchte ich mit Ihnen nicht streiten. Ich sage nur, wie es sich aus meiner Sicht darstellt. Ich bin eine Art Consultant und berate Galerien und Sammler. Ob etwas neu ist, möchte ich mir nicht zu beurteilen anmaßen.

Ruths Stimme klang nun unterkühlt. Ich wusste genau, dass man ihr Urteil mit Argumenten nicht verändern konnte. Was Bob wichtig war, hatte in ihren Augen keinen Bestand. Er war ein Anfänger in diesen Dingen, der auf eine Frau traf, die schon viele Künstler und Werke gesehen hatte. Ich griff nicht in das Gespräch ein und stellte mir vor, wie Frauen für das Kamasutra trainieren.

- Mich interessieren ihre Zeichnungen und Fotografien weitaus mehr. Für die Berliner Motive hätte ich wahrscheinlich Interessenten, die Fotografien könnte man zeigen, die sind handwerklich gut und atmosphärisch dicht.
- Beides ist leider nicht charakteristisch für meine Arbeit.
- Warum ist es wichtig für Sie, dass etwas charakteristisch ist?
- Ich möchte die Dinge in die Öffentlichkeit bringen, mit denen ich mich in der Hauptsache beschäftige.
- Und wenn dem Publikum ganz andere Arbeiten gefallen?
Bob war jetzt doch leicht geknickt und durch Ruths Fragen an einen Punkt gekommen, der deutlich machte, dass er sich manches noch nicht überlegt hatte. Mir wurde klar, dass Künstler in erster Linie an ihre Werke denken, das ganze Drumherum ist für sie nur unter größtem Nervenaufwand zu bewältigen. Sie gaben Medien ab, die in der Lage waren, etwas zu Papier, auf die Leinwand, in einen Film oder auf eine Bühne zu bringen. Ein Gedanke ging durch sie hindurch, der dann irgendwie gebannt werden musste, eine Art Umwandlung. Den Rest besorgten die Geschäftsleute und Kritiker, die ihren entlohnten Grips dafür einsetzten, dass etwas in diesen Arbeiten gesehen werden konnte, was vielleicht nicht einmal etwas mit den Künstlern, von denen sie stammten, zu tun hatte. Ich erlebte eine Situation, in der Bob nur verlieren und Ruth ihre ganze Souveränität ausspielen konnte. Er kam mir wie ein Bittsteller vor, der um ein möglichst gewogenes Urteil ersuchte.
- Den Leuten sollen die Sachen von mir gefallen, die auch mir die wichtigsten sind.
- Es ist nicht oder nicht mehr die Aufgabe des Künstlers, den Geschmack des Publikums zu steuern. Dafür sind genügend andere Instanzen vorhanden. Es gibt Berufe dafür, wie Sie wissen werden.
- Indem ich Kunst mache, arbeite ich am Geschmack des Publikums.

- Das ist ein Vorurteil. Das Publikum arbeitet immer selbst an seinem Geschmack, egal wie gut oder schlecht er auch sein mag.
- Wenn ein Künstler etwas Neues in die Welt bringt, gibt es den Geschmack noch nicht, der dazu passen würde.
- Geschmack gibt es ohnehin nicht mehr, nur das, was seine Abwesenheit signalisiert.
Das Gespräch hatte den Charakter angenommen, der Ruth besonders gefiel, sie konnte ihre Schlagfertigkeit einsetzen und jede Entgegnung so drehen, dass am Ende das geistreichere Argument von ihr kam. Sie bot uns noch einmal einen Drink an, holte Gläser und eine Flasche zehn Jahre alten *Ardbeg Single Malt*. Ich nahm mein Glas und roch den betörenden, etwas morbiden Geruch dieses Getränks, das sofort auf meinen Kreislauf einwirkte. Ruth nahm das wahr und lächelte, dann leckte sie mit der Zungenspitze den Rand ihres Glases in einer Weise, dass wir es sehen mussten. Die Gläser klickten beim Anstoßen ohne Resonanz, wir sahen uns in die Augen, auch Bob und Ruth, dann nahm sie einen unerwartet kräftigen Schluck.
- Wenn Sie wollen, können Sie die Zeichnungen und Fotos hierlassen. Ich werde sie gern einigen meiner Kunden zeigen.
- Danke, das wäre sehr freundlich von Ihnen.
Damit hatte ich nicht mehr gerechnet, aber wenn Ruth nun in dieser Weise reagierte, stimmte zumindest mein Eindruck, dass es sich bei den Fotos um chancenreiche Arbeiten handelte. Bob hatte in diesem Moment seinen ehrgeizigen Plan aufgegeben, die Folien so bald wie möglich in Berlin auszustellen, trotzdem empfanden wir das Treffen als Erfolg.

Ich traf mich noch häufiger mit Bob und Monica, den Abend im Hofgarten erwähnten wir aber nicht mehr, es sollte für alle ein einmaliges Ereignis bleiben. Dann reiste Monica ab, zunächst nach Paris und von dort aus zurück nach New York. Wir brachten sie zum Flughafen, zum Abschied gab sie mir einen ausgesprochen herzlichen Kuss, ihre süße Zunge behielt sie dabei aber für sich. Bob und ich waren jetzt allein mit uns. Obwohl ich damals recht hemmungslos sein konnte, fiel mir bei Bob jede Annäherung schwer, zu mehr als zu gelegentlichen Küssen, die aber nie die Schwelle zur explosiven Leidenschaft überschritten, kam es nicht. Und bald stand auch der Tag seiner Abreise vor der Tür. In mir mischte sich das Gefühl verpasster Erlebnisse mit der Hoffnung und Freude auf eine neue Zeit, denn die Entfernung konnte uns möglicherweise helfen.

Ich verabschiedete ihn am Bahnhof Zoo. Dort traf ich ihn in ein Gespräch mit einem jungen Polen verwickelt an. Bob drängte ihm einen gefüllten Müllsack auf, in dem sich seine gesamte Schmutzwäsche befand, die nicht mehr in den Rucksack passte, denn durch Zukäufe hatte das Reisegepäck deutlich zugenommen. In dem Sack befänden sich seine besten Hosen und T-Shirts, Sachen, die man in dieser Form in Europa nicht bekäme, leider alles ungewaschen. Er holte das ein oder andere Kleidungsstück heraus, zum Beispiel ein schwarzes T-Shirt mit der weiß bedruckten Aufschrift *Master of the Chimney Sweepers*. Es zeigte einen lächelnden Mann mit Zylinder, der einen Besen wie eine Fackel trug. Zum Schluss überreichte er dem Polen noch, was ich als seltsam, aber gleichzeitig amüsant empfand, einen etwa einen Meter fünfzig langen, fingerdicken Strick, der aussah, als gehöre er auf ein Segelschiff. Der freundliche junge Mann nahm auch dieses Geschenk an und bot uns seinerseits, da er zu seinem Zug musste, als Abschiedsgruß einen Schluck Wodka aus einer Flasche an, die er aus dem Inneren seiner Jacke hervorholte. Ich trank nicht mit.

War es möglich, auf unsere Begegnung etwas aufzubauen? In New York wäre, wie Bob sagte, alles anders, sicherlich auch unsere Gefühle, die im Schatten der Wolkenkratzer andere Tänze aufführen könnten, fern den Einfriedungen des Mauerlebens. Nichts entsteht so schnell und nichts vergeht so schnell wie ein Gefühl von Liebe. Ich wusste nicht einmal, ob es wirklich das war oder ob es sich nur um eine vorübergehende Begeisterung für jemanden handelte, der frisch in mein Leben eingetaucht und auch noch mit Kunst beschäftigt war.

Um für meinen künftigen Job in Hamburg noch Informationen einzuholen, traf ich Ruth. Sie hatte bereits nach wenigen Tagen Käufer für Bobs Zeichnungen gefunden, und für die Fotografien gab es eine Ausstellungsmöglichkeit.

- Weißt du, wie man deinen Künstler jetzt erreichen kann?
- Nein, er ist unterwegs, ich habe keine Ahnung, wo er sich aufhält, wahrscheinlich ist er in Krakau. Er wollte sich irgendwann bei mir melden.
- Sag ihm, dass etwas möglich ist. Seine Sachen kommen an, und er sollte sich beeilen, weitere Arbeiten zu liefern. Keine Folien.

Bob meldete sich tagelang nicht, und ich vermisste ihn. Vieles musste organisiert werden, die Wohnungsabnahme, der Umzug, der vorübergehende Einzug in mein früheres Zimmer in Bad Oldesloe. Noch oft musste ich an den Abend im Hofgarten denken, er schillerte in allen Seelenfarben. Ich hätte es auch gemocht, wenn Monica hiergeblieben wäre, sie war es, die den Zauber der Situation erfasst hatte und einen Schritt weiter gegangen war, als ich es mir vorzustellen erlaubt hatte. Manchmal erschien sie mir als recht schweigsam, doch wenn sie sprach, kannte sie keine Pausen und zog mich in ihren Bann. Die beiden Amerikaner befanden sich in meinem Leben und beschäftigten mich, und doch musste ich mich mit Dingen befassen, die mit einer Zukunft zu tun hatten, die zwischen Kunsthandel und Kunstbehandlung angesiedelt war.

Bob rief aus Krakau an und erzählte begeistertet von Ausstellungen osteuropäischer Künstler, die er dort gesehen hatte. Es interessierte mich nicht wirklich, ich hörte an seinen Worten vorbei und war enttäuscht, dass er nicht über das sprach, was zwischen uns geschehen war. Das ließ nichts Gutes ahnen und bereitete mir zwei schlaflose Nächte. Vielleicht war auf der Zugfahrt in den Osten alles verflogen, oder eine andere Frau hatte ihn am Bahnhof oder im Zug abgefangen, ich hatte immer wieder davon gehört, wie schön die Frauen Krakaus seien. Brav berichtete ich ihm von Ruths Aktivitäten hinsichtlich seiner Kunst und gab die Telefonnummer ihres Büros weiter. Er dachte wohl an Verkäufe, Ausstellungen, Berichte in Kunstzeitschriften und internationale Reisen und vielleicht auch an den Tag, an dem er in einem Lexikon auftauchen würde. Amerikaner leben für ihre Geschichte und ihre Nachwelt. Damit lassen sie sich immer wieder für ausgesprochen dumme Aktionen gewinnen. Auch bei unserem zweiten und dritten Telefonat seit seiner Abreise entwickelten sich nicht die Gespräche, die ich mir sehnlichst wünschte. Verletzend neutral bewegten wir uns in alltäglichen Mitteilungen und den üblichen Kunstgesprächen.

Am Tag, als der Möbelwagen vor meiner Tür stand, klingelte das Telefon erneut, Monica teilte mit, sie sei in Hamburg und wohne dort für ein paar Tage bei einem Freund. Ich freute mich, die Frau, die mir besondere Genüsse ermöglicht hatte, so bald wiedersehen zu können.

Der Umzug verlief ohne Komplikationen, ich hatte ein Unternehmen engagiert, und nachdem meine Habseligkeiten im elterlichen Haus untergebracht waren und ich die erfreuten Begrüßungen und Umarmungen hinter mir hatte, lieh ich mir von meinen Eltern einen Wagen und fuhr nach Hamburg. Es war ein sehr schöner Nachsommertag mit einem klaren Blau und prallen Kumuluswolken, die unermüdlich vergängliche Formen in den Himmel schrieben. Im Radio wurde ein brillantes Stück der Go-Betweens gespielt, *Streets of Your Town*, ich drehte lauter und fühlte mich überschwänglich wie in einem Film über leichtsinnige Freiheiten. Monica wohnte in einem der denkmalgeschützten Hochhäuser zwischen Grindelallee und Hallerstraße. Der in die Jahre gekommene Fahrstuhl brachte mich ins vierzehnte Stockwerk. Sie öffnete die Tür und begrüßte mich warmherzig, eine grüne Bluse und ein schwarzer Rock betonten ihr südliches Wesen. Die gesamte Vorderfront des Appartements bestand aus einer in verschiedene Abschnitte unterteilten Fensterfläche, die einen atemberaubenden Blick über die Stadt eröffnete. Wir konnten uns auf einer Höhe mit fliegenden Lebewesen wähnen, die Wolken waren nicht mehr weit. Monica zeigte mir die beiden Räume, eine kleine Küche und das Bad. Die Einrichtung verbreitete einen muffigen Geruch, sie war wohl seit Jahrzehnten nicht ausgewechselt worden. Dunkelbraune Holzstühle und ein Sekretär in ähnlicher Farbe mit Nikotinüberzug; ein gräulicher Teppichboden, der sicherlich vielfältige vererbte Bakterienkulturen beherbergte, und gemusterte Tapetenreste, deren Herstellungsdatum ich nicht einmal schätzen konnte. Vor einer in dunklem Grün vor sich hin gammelnden Couch stand ein rechteckiger massiver Glastisch mit Chrombeinen. Zwei Bücherregale zeigten Buchklubware und zahlreiche Ausgaben von *Reader's Digest*. Auch das Schlafzimmer machte einen in die Jahre gekommenen Eindruck und bestand nur aus einem recht schmalen Bett und einem Nachttisch, Bilder fehlten. In der sehr engen Küche gab es einen Müllschlucker. Man musste nur eine in die Wand eingelassene Metallklappe öffnen und konnte alle Abfälle nach unten befördern. Allerdings drang ein entsetzlicher Geruch aus dem Schacht. So musste Verwesung riechen.

Monica hatte in Paris keine gute Zeit verbracht und die Gelegenheit genutzt, als Mitfahrerin nach Hamburg zu kommen, wo sie einen Freund hatte, dem unter anderem dieses Appartement gehörte, das er selbst kaum nutzte. Er hatte es von einer vor drei Jahren verstorbenen Tante geerbt und die Einrichtung wohl aus Respekt nicht verändert.

- I'm sure you know that I came here to see you again.

- Yes. But why did you come back?

- I wanted to kiss you again.

Ich war überrascht und hatte doch damit gerechnet, meine Aufregung hing mit solchen Vorstellungen zusammen. Monica verströmte begehrenswerte Energien, ihre direkte Art war entwaffnend, und sie ließ keine Zeit mit zarten Annäherungen verstreichen. Sie führte mich zu dem gläsernen Tisch und legte ein kleines Briefchen darauf, das sie geschickt öffnete. Als sie einen in der Mitte halbierten breiten Strohhalm dazu legte, wurde mir klar, worum es sich handelte. Ich hatte bislang kaum Erfahrungen damit, doch in diesem Moment gab es kein Zurück. Sie zeigte mir, wie man das Pulver durch die Nase einsaugt, und ich folgte ihren Anleitungen. Es brannte höllisch, und etwas Bitteres rann mir die Kehle herunter. Erst jetzt fragte ich, was das eigentlich sei. Von der Wirkung des Kokains hatte ich oft gehört, und man hatte es mir auch hin und wieder angeboten. Monica servierte eine Flasche Multivitaminsaft, was sehr gut tat und den bitteren Geschmack vertrieb. Sie erzählte, dass sie die ganze Zeit, die sie allein in diesem Appartement verbracht hatte, den Glastisch angestarrt habe und von der Vorstellung fasziniert gewesen sei, dass ich unter dem Tisch läge, während sie sich auf ihm befände. Die

Wirkung der Droge setzte ein, ich hatte den Eindruck, als ob alle Lebensgeister gleichzeitig aktiviert würden.
Monica musste lediglich Bluse und Rock ablegen, um nackt zu sein, und sie wollte, dass ich sie genau betrachtete, jedes Detail. Die Sprache entzog sich mir, alles ereignete sich stumm und folgerichtig. Ihr in einem zarten Braunton erscheinender Körper war zierlich und kräftig zugleich, sie zeigte sich so, wie sie war, und ich erstarrte zunächst wie geblendet von ihren Blicken und Gesten. Sie räumte den Tisch mit einer raschen Handbewegung ab und legte sich ohne zu zögern auf die Glasplatte. In mir steigerte sich eine Erregung, die sich noch ganz der Betrachtung ihres Körpers hingab, aber in der Vorstellung den baldigen Abdruck ihrer Figur auf der glatten und harten Fläche schon vorwegnahm. Beinahe wäre ich zu ungeduldig gewesen, doch Monica bedeutete mir, dass ich mich erst unter den Tisch legen sollte, bekleidet wie ich war. Sie war nun höchstens vierzig Zentimeter von mir entfernt und dennoch total getrennt. Dieser Anblick war ungeheuer aufreizend, ihr weicher und zugleich so fester Körper drückte sich auf dem Medium ab. Eine solche Gestalt, eine solche Vollendung hatte ich bisher nicht gesehen, sie erschien mir als höhere Kunst. Die leichte Verzerrung ihrer Formen, wie durch einen Filter gesehen, erzeugte etwas Fremdes, das meinen Trieb verstärkte. Mir war, als hätte ich aus tiefstem Wunsch genau dieses unwahrscheinliche Bild begehrt, und die Wirkung der Droge, die meine Lust weiter anfeuerte, wurde immer intensiver. Um die Situation noch zu eskalieren, hockte sich Monica nun direkt über meinem Gesicht auf die gläserne Platte und präsentierte einen Anblick, der mich nahezu rasend machte. Ich verließ meine Lage und war schnell entkleidet, dann fanden wir beide uns auf dem Tisch, und unsere Liebkosungen ließen uns unter der Wirkung des Kokains aus der Zeit treten. Wir spürten keine Härte dieser Unterlage aus Panzerglas, es gab

keinen Schmerz, nur dieses bedingungslose Wollen des Anderen. Bewegliche Skulpturen bildeten sich, unsere Körper gingen ineinander über, gestalteten etwas Drittes, das sich nur ein einziges Mal in dieser Weise ereignen konnte. Unsere Gesten dauerten lange und vollzogen sich in der gesamten Wohnung. Selbst den Müllschlucker ließen wir nicht aus.

Wir hatten kaum ein Wort miteinander gewechselt, unsere Körper hatten sich in einer ihnen eigenen Sprache getroffen. Über Nacht zu bleiben, kam für mich nicht infrage, und Monica unterließ jeden Versuch, mich zu überreden. Während ich im Fahrstuhl abwärts fuhr, dachte ich an die merkwürdigen Schächte, die dieses Haus verwendete, um Abfälle zu transportieren. Reste von Essen, leeren Flaschen und Verpackungen fielen hier Tag für Tag hinein, um irgendwo aufgefangen zu werden. Vermutlich warteten manche Lebewesen am unteren Ende darauf. Es war mitten in der Nacht, ich begegnete niemandem mehr, die Wirkung des Kokains war verflogen. Ich startete den Wagen, *vanitas*.

Das friedliche Haus meiner Eltern am Rand von Bad Oldesloe vermittelte exakt die Atmosphäre, die ich nach dem Exzess benötigte. Sie schliefen und waren vermutlich enttäuscht darüber, dass ich den ersten Abend meiner Wiederkehr in ihre Welt nicht mit ihnen hatte verbringen wollen. Das Bett war frisch bezogen, und ich konnte die Annehmlichkeit eines solchen Aufenthaltes bei den Eltern genießen. Wie in guten Familien üblich, war mein Raum kaum verändert worden. An den Wänden hingen noch Bilder, die ich in meiner Jugend dort aufgehängt hatte. Die Zimmer, in denen ich mich an diesem Tage bewegt hatte, konnte ich nicht zusammenbringen. Der Glastisch tauchte auf und das grüne Sofa, mein Körper war noch über und über von Monica benetzt, und ich legte mich in ein Bett, das es seit meinem fünfzehnten Lebensjahr gab. Was sich heute ereignet hatte, stellte eine Initiation dar, die mich in jeder Hinsicht weiter von diesem Haus entfernt hatte. Immer wieder musste ich an Berlin denken, an Ruth, die mich in so viele Dinge eingeführt hatte und die sich oft hinter meinen Gedanken verbarg; dann wieder an den Glastisch und noch einmal an die Stadt, die ich nun endgültig verlassen hatte. Hier in meinem Jugendzimmer erinnerte ich mich an Gottfried Benns *Für Berlin*, in dem es heißt: *Jeder sieht hier etwas enden / Jeder sieht sich hier was wenden / Keiner sieht, was hier beginnt …*

Meine Eltern machten nie viele Worte, auch untereinander gaben sie sich nicht sehr gesprächig. Am Morgen zeigten sie einfach nur ihre leise Freude über meine Anwesenheit. Mein Vater stammte aus Schleswig, meine Mutter aus Baiersbronn im Schwarzwald, der Küstenmann und die Mittelgebirgsfrau lebten seit Jahrzehnten zusammen, sie hatten sich im Internat kennengelernt und waren zusammengeblieben. Schließlich hatten sie eine Firma für Reinigungsmaschinen gegründet, ein Freund aus dem Internat kam später als Geschäftsführer und Rechtsbeistand hinzu. *In meinem Elternhaus hingen keine Gainsboroughs / wurde auch kein Chopin gespielt / ganz amusisches Gedankenleben …*

Aus dem Fenster blickte ich in die leicht geschwungene holsteinische Landschaft mit ihren satten Pflanzen, die zuverlässig mit jahreszeitlichen Metamorphosen beschäftigt waren. Finn, der weise dreinblickende graubraune Weimaraner umspielte meine Beine und nahm dann unter dem Tisch Stellung, als wollte er mich beschützen. Ich empfand eine seltene und wertvolle Idylle, nichts war unbehaust, alles hatte seinen Platz, und ich war froh, diese Familie zu haben.

Wieder fuhr ich nach Hamburg, dieses Mal, um mir die Stadt und ihre Galerien anzusehen. Ich war erstaunt, wie viel zahmer und weniger aggressiv sich die hier ansässigen Galerien präsentierten und wie viel harmonischer und weltläufiger mir das Stadtbild erschien. Das erste Mal in meinem Leben hatte ich das Gefühl, für das, was ich vorhatte, nicht gut genug gekleidet zu sein, und ich suchte mir in den Boutiquen am Neuen Wall und in den Alsterarkaden einige Kleidungsstücke aus, die mit meinem früheren, der Berliner Szene geschuldeten Stil nicht mehr viel gemein hatten. Bei *Ladage & Oelke* kaufte ich ein dunkelgraues Sakko aus dicht gewebtem englischem Tweed. Ich war nicht mehr die Philosophiestudentin mit musikalischen Kenntnissen, sondern ich verwandelte mich zu einer Gespielin der Kunstwelt. Dafür war dunkle Bekleidung, gern von *Prada* oder eben in britischem Stil, unvermeidbare Pflicht, schwarze Lederhalbschuhe mit halbhohem Absatz inbegriffen. Das Outfit sollte zu mir gehören wie ich zu ihm, und Monica hatte mich, ohne es zu wissen, auch hierfür initiiert.

Ich trieb mich zunächst in den Innenstadtgalerien herum, ging dann zu Fuß zur Fleetinsel und nahm von dort aus die U-Bahn in Richtung Feldstraße, um mir mehrere Läden im Karolinenviertel anzusehen. Sie stellten ähnliche Kunststudentenkunst aus, wie sie mir aus Berlin gut bekannt war, und ich wunderte mich, wie identisch die Ansätze dieser zumeist sehr jungen Leute ausfielen. Im Vergleich dazu wirkten die Arbeiten Bobs weitaus ausgereifter und eigenständiger. Wahrscheinlich legte man in den USA mehr Wert auf handwerkliche Ausbildung. Das leuchtete mir ein, denn ich war selbst jemand, die sich immer um das gute Handwerk bemühte, in der Musik ebenso wie in der Liebe, die ja beide einen faden Beigeschmack bekommen, wenn sie schlecht ausgeführt sind. Doch ich war durch Ruth auf Maler gestoßen, die damit berühmt geworden sind, alles, was man in der Malerei falsch machen konnte, absichtlich falsch zu malen.

Was als Kunst aufging, war stets angreifbar, und mir wurde klar, wie wichtig die Leute waren, die Urteile über sie abgaben. Ruth hatte mich eingewiesen in diese Welt, die genau genommen alchemistisch funktionierte: Ein mit billigsten Farben aus dem Baumarkt gemaltes Bild wurde durch Kritiker und Zeitschriften zu etwas Wertvollem, in Gold verwandelt. Es faszinierte mich, dass die Kunst im Grunde alles so extrem umwerten konnte. Und die Menschen, die sich damit befassten, wurden auch verwandelt, mich eingeschlossen. Viele bemerkten das gar nicht.
Mein erster Gang in dieser Umgebung zeigte die neue Laura, die Kunstsachverständige, die Kuratorin, Kunstmanagerin, Kunstvermittlerin, Kunstjournalistin, Kunsthure. Da ich die Kunst nicht allzu wichtig nahm, war ich absolut geeignet, diese Rollen auszufüllen.

Bob rief in regelmäßigen Abständen an, er war nun wieder in den Vereinigten Staaten und mit seinen Folien beschäftigt. Er hatte Ruth noch einige Zeichnungen und Fotos zukommen lassen und freute sich über seine Umsätze. Es handelte sich sogar um die ersten Arbeiten, die er wirklich losbekam, zuvor hatte er nur ein paar Bilder an Freunde oder Verwandte verkaufen können. Es überraschte ihn, dass in Europa einiges für ihn möglich war und führte es auf Ruths Fähigkeiten als Art Consultant zurück, ohne meine Rolle dabei mit zu bedenken. Doch was hätte es gebracht, ihm zu erzählen, dass Ruth sich womöglich meinetwegen für seine Kunst eingesetzt hatte?

Dreimal traf ich mich noch mit Monica, bevor auch sie in die Staaten zurückfliegen musste, und ich bat sie, ihren Hamburger Freund zu fragen, ob er sein Appartement eventuell an mich vermieten würde. Sie versprach, sich darum zu kümmern. Wir hatten noch einmal Sex miteinander, doch ich konnte es nicht mit dem Ereignis vergleichen, das wir durch den Genuss der Droge hatten erleben dürfen. Es kam mir sogar eher banal vor. Ich mochte sie, aber mein Herz hing eher an Ruth, vielleicht auch an Bob, keine Ahnung. Alle Umwege waren dazu da, diese beiden für mich zu gewinnen. Einen Tag vor ihrer Abreise trafen wir uns im Alsterpavillon, und Monica stellte mir einen smart mit dunkelgrauem Anzug und schwarzen Monks bekleideten jungen Mann vor, der auf den Namen Frank Eggers hörte und nach eigenen Angaben für die Hamburger Börse arbeitete. Er hatte nicht vorgehabt, die Wohnung zu vermieten, vertrat aber auch die Meinung, dass sie endlich einmal verändert werden sollte und die Gelegenheit dazu nun gegeben sei. Es freute mich, diese originelle Innenstadtwohnung beziehen zu können, und ich sagte ihm, dass ich gern alles außer dem Glastisch und dem Sofa verändern würde. Er hatte nichts dagegen.

Wieder verabschiedete ich Monica am Flughafen und empfand deutlich, dass sie zu meinem Leben gehören würde. Während des Abschiedskusses drückte sie mir ein kleines Briefchen in die Hand, ich wusste genau, was sich darin befand.

8

Die Galerie Hyde war zwischen Harvestehuder Weg und Mittelweg angesiedelt, in einer Gasse mit dem poetischen Namen Milchstraße, in der heute zahlreiche Hochglanzmagazine residieren. Eine makellose weiße Villa mit gepflegtem Vorgarten, ein massives Messingschild wies auf den Ausstellungsraum hin. Im ersten Stock situiert, wurden hier Werke internationaler Größen gehandelt und ausgestellt, eine der führenden Institutionen der Stadt mit internationalen Dependancen. Am Counter saß eine junge Frau, wahrscheinlich eine Studentin der Kunstgeschichte, die mich mit einem öden Blondinenlächeln begrüßte. Ich musste noch ein paar Minuten warten, dann führte sie mich in das Büro des Galeristen. James Hyde, ein kultivierter Engländer in den Vierzigern, lebte bereits seit zwei Jahrzehnten in der Hansestadt und hatte hier neue Standards für die zeitgenössische Kunst gesetzt. Er verfügte über einen großzügigen und klar eingerichteten Raum mit hohen Fenstern, die viel Licht einließen und einen Ausblick in Richtung Alster gewährten. An den Wänden befanden sich überaus wertvolle Werke, ein in leuchtenden Rottönen gehaltenes Gemälde von Clifford Stills und gestempelte Zeichnungen von Beuys, außerdem einige in einen Plexiglasrahmen eingefasste abgebrannte Wunderkerzen mir unbekannter Herkunft. Das Mobiliar bestand aus Freischwingern von Marcel Breuer, einer schwarzen Couch sowie einem dunkelbraunen Schreibtisch, der mindestens vier Meter breit war. Hyde trug einen dunklen Anzug mit blauem Hemd und gestreifter Krawatte, ich war froh, entsprechend ausgerüstet zu sein.

- Ich freue mich sehr, Sie hier als unsere zukünftige Mitarbeiterin begrüßen zu können. Frau Netzer, mit der ich vorgestern telefoniert habe, hat Sie noch einmal in den höchsten Tönen gepriesen, ich bin gespannt. Wir sind eine internationale Galerie mit Strahlkraft und stellen höchste Ansprüche an unsere Mitarbeiter.

– Diese Haltung sollten sie bewahren.

Dann führte er mich durch die Galerieräume, die sich im Umbau für die nächste Ausstellung befanden, und in das Archiv, das eine schier unüberschaubare Anzahl an Kunst des zwanzigsten Jahrhunderts beherbergte. Die Werke standen hier wie beliebige Dinge herum und wirkten sehr alltäglich, in den Ecken abgestellte Metallplastiken und verpackte Gemälde, merkwürdiges Kunststoffzeugs und Schränke voller Zeichnungen. Alles, was man dazugestellt hätte, wäre einem auch als Kunst vorgekommen. Hyde zeigte hin und wieder auf ein eingehülltes Bild und nannte, vermutlich um mich zu beeindrucken, Namen wie Soulages, Warhol oder O'Keeffe. Ich dachte an meine Zeit als Kunstagentin, eine zurzeit etwas unterbeschäftigte Rolle, die hier ein exquisites Betätigungsfeld finden und Herrn Hyde schlaflose Nächte bereiten könnte, nachdem sie Zugang zu all diesen Schätzen haben würde. Wenn ich vor ihm herging, hatte ich das Gefühl, dass er meinen Hintern taxierte.

Zwei Tage später begann mein Job und damit mein neues Leben als angehende Kuratorin. Es funktionierte, ohne dass ich mich jemals intensiv mit der Kunst befasst hätte. Die Verbindung zu Ruth reichte aus, ihr Name öffnete Türen, die für mich eigentlich verschlossen waren, und ich ging diese Arbeit in der Absicht an, mich im Kunstfeld zu betätigen und dort das eine oder andere einzuschleusen. Unklar blieb mir immer noch, weshalb Ruth mich für diese Eingriffe rekrutiert hatte, möglicherweise hatte es etwas mit dem zu tun, was mich hier erwartete. Die leicht dröge Praktikantin zeigte mir erst einmal alles, was sie in der Galerie gelernt hatte. Das war nicht allzu anspruchsvoll und ging von Zubereitungen in der Teeküche bis hin zum Erledigen von einfachem Schriftverkehr. Hyde wusste genau, dass mich das unterforderte, und kam deshalb an einem Nachmittag mit einer vorzüglichen Idee an den Counter. Da es in der Galerie sehr ruhig war, schlug er mir vor, die restliche Zeit für Ausstellungsbesuche zu verwenden. Ich nahm das Angebot gern an, verwendete die Zeit allerdings dafür, meinen Umzug zu planen und einige Sachen für die Wohnung auszusuchen. Vermutlich testete er mich.

Die Fernsehnachrichten brachten Bilder von Menschen, die in Botschaften geflüchtet waren. Mein Vater meinte, die Welt würde sich bald völlig verändern, der Ostblock sei instabil. Warum auch nicht, dachte ich, was ist schon stabil. Unser Gespräch über die allgemeine Lage wurde durch einen Anruf von Bob unterbrochen, der in seinem Atelier in New Jersey gerade eine Pause machte und an mich denken musste. Ich stellte ihn mir vor, wie er, umgeben von pleitegegangenen Billardsaloons, versuchte, die künstlerische Handschrift zu finden, die ihn unvergesslich machen würde. Das gefiel mir. Außerdem kam ihm zum ersten Mal ein *I miss you* über die Lippen, ein guter Tag also. Den Schlüssel für die neue Wohnung bekam ich wenige Tage später, so konnte ich noch meine Behausung wechseln, bevor die kühleren Tage alle Bewegungen verlangsamten.

Wenige Monate später brach die Wiedervereinigung Deutschlands in mein neues Leben ein, und ich sah mir die große Käfigöffnung über den Dächern Hamburgs auf einem kleinen Bildschirm an. Jetzt musste man ohnehin nicht mehr in Berlin wohnen, wo es keine Mauer mehr gab, notierte ich in jenen Tagen. Abends waren selbst im vierzehnten Stockwerk noch die Hupkonzerte zu hören, *the sound of reunification*, wie Bob später den Vereinigungsabend telefonisch kommentierte.

Stundenlang konnte ich vor dem Fenster stehen, die plastische Reinheit des nördlichen Lichtes bewundern und Farben, Wolken und Vögel beobachten. Der Himmel öffnete sich in immer neue Schattierungen malerischer Farben und doch lebte ich in einer Großstadt mit allen Angeboten und Gesichtern.

Nach Wochen des Vorgeplänkels als Telefonistin am Counter oder als Organisatorin wenig wichtiger Ereignisse setzte mich Hyde für die Sondierung von Neuerwerbungen ein. Hierfür waren Reisen notwendig, auch New York kam ins Gespräch. Durch die Ereignisse in Deutschland verzögerte sich aber alles, der zurückhaltende Hyde erklärte mir die Zusammenhänge nicht, und ich fragte nicht nach.

- In den nächsten Jahren, da bin ich ganz sicher, meine Liebe, wird die Malerei keine so große Rolle mehr spielen. Wir müssen uns verstärkt um die neuen Medien und um konzeptuelle Kunst kümmern, auch politische Kunst wird zwangsläufig wieder stark werden. Alles läuft in Zyklen. Wir müssen die zukünftigen Trends antizipieren, und das wird vor allem auch Ihre Aufgabe sein, wenn Sie etwas werden wollen in diesem Geschäft.

- Nach meinen Beobachtungen haben sich in den letzten zwanzig Jahren künstlerische Trends im Rhythmus von fünf bis sieben Jahren abgewechselt. Es dürfte also nicht allzu schwierig sein, das ein oder andere vorauszusehen.

Mich ärgerte es, dass Bob mir manche Verabredung, die er mit Ruth getroffen hatte, nicht erzählte. Ich staunte in leiser Wut, wenn ich seinen Namen in einer Kunstzeitschrift fand oder er sogar an einer Ausstellung in Deutschland teilnahm. War er im Lande, ohne sich bei mir zu melden? Ich konnte das an meiner neuen Wirkungsstätte leicht überprüfen. Wahrscheinlich wollte er seine Kunst nun unbedingt von unserer Freundschaft trennen, und vielleicht wäre das auch besser so gewesen.

Noch im Dezember sollte ich für Hyde meine Sondierungen beginnen. Amsterdam, London und Berlin waren die geplanten Stationen, und ich hatte weiteres Glück, denn für den März des nächsten Jahres stand New York City auf dem Programm, damals das unbestrittene Zentrum der noch nicht vollständig globalisierten Kunstwelt. Hyde war offensichtlich zufrieden mit mir und hatte nach diesen wenigen Wochen schon ein solides Vertrauen entwickelt. Seine Frau war mindestens zwanzig Jahre jünger als er, nordisch blond mit makelloser Figur und immer von zwei süßen Kindern, einem Jungen und einem Mädchen in Kleidung von Benetton begleitet, United Colors, denen es an nichts fehlte. In solch einer Lebenslage werden Männer verführbar, denn ekstatische Momente finden zwischen den organisatorischen Verschachtelungen von Beruf und privatem Leben nur selten statt. Sie ereignen sich in weniger festen Mustern eher, und so werden gerade die solideren Muster dadurch instabil, dass sie das, was das Leben treibt, zu sehr ausblenden. Bei mir war das etwas anderes, es sah zwar von weitem so aus, als lebte ich nach einem geordneten Muster, doch ich gehörte eher zu denen, deren Aufgabe darin bestand, für die Dosis Instabilität zu sorgen, die das Ganze am Laufen hält. Mir war klar, dass Hyde von mir träumte und dabei vermutlich manches mit mir anstellte. Mit wenigen Blicken, Kleidungsstücken oder geschickt eingesetzten Gesten konnte ich ihn dahin bringen, in meinem Sinne zu funktionieren, ohne dass er das Gefühl hatte, etwas aus den Händen zu geben, im Gegenteil, er war sogar zunehmend stolz auf mich als seine Mitarbeiterin, denn auch die Kunden der Galerie traten mir mit Sympathie entgegen.

Bob war tatsächlich in Berlin gewesen, ohne es mir mitzuteilen, wahrscheinlich hatte er sogar einmal abends aus Berlin angerufen, am Tag der Eröffnung im Kreuzberger Künstlerhaus Bethanien, eine Ausstellung zum Thema *Internationale Stadtlandschaften*. Er sprach nicht darüber, und in welcher Beziehung das zu seinem *I miss you* stand, konnte ich mir allein ausmalen. Kurz vor meiner Abreise nach London tauchte Ruth in der Galerie auf, ich war mitten in den Reisevorbereitungen und stapelte Bücher und Papiere.

- Du weißt sicher, dass Bob gerade in Berlin ausstellt?

- Ja. Und du weißt, dass er sich nicht bei mir gemeldet hat.

- Er war nur zur Vernissage da und konnte nicht nach Hamburg kommen. In New York wartet ein Haufen Arbeit auf ihn, es läuft gut an.

- Wo hat er gewohnt?

- Bei mir, das war das Praktischste.

Wir fuhren mit dem Fahrstuhl zu meinem Appartement hoch, es dauerte unendlich lange. Zweimal hielten wir, doch niemand stieg hinzu. Das passierte hier ständig, und ich hoffte jedes Mal, in einem Rutsch in das Erdgeschoss oder das vierzehnte Stockwerk zu gelangen. Ruth sagte nichts, doch ab dem elften Stock lächelte sie vieldeutig. Sie schaute sich zunächst die Küche an.

- Du hast ja einen Müllschlucker.

- Ja, er ist sehr gefräßig. Alles, was da hineinkommt, ist verloren, gehört der Unterwelt oder wird gleich in Moleküle zerlegt und für neue Formen verwendet.

- Der Blick über die Stadt ist ein Traum. Du scheinst gut hier angekommen zu sein.

Ich nahm eine mittelgroße Flasche *Roederer* aus dem Kühlschrank und servierte Ruth ein Glas im Stehen. Der Tisch im Wohnraum sollte frei bleiben. Wir stießen auf die Zukunft und unsere gemeinsamen Geschäfte an.

- Du weißt, warum ich hier bin?

- Ja und nein.

- Es geht um deine Reise. Wenn du demnächst unterwegs bist, solltest du nicht nur für Hyde, sondern vor allem auch für uns arbeiten.
- Was heißt das?
- Ganz einfach: Wenn du interessante Künstler triffst, lass Arbeiten von ihnen für uns reservieren. Dafür bekommst du zehn Prozent vom späteren Erlös. Für Hyde bleibt sowieso genug übrig, falls du fündig wirst, denn er bekommt ja dann den Vertrag für die Vertretung des Künstlers.
- Das klingt wie ein Vorschlag, ihn zu hintergehen.
- Nicht wirklich. Es werden lediglich einige Früchte deiner Arbeit auch für dich reserviert. Wenn du willst, kannst du natürlich auch das eine oder andere Werk zerstören.
Ich lachte laut auf und verschüttete meinen Champagner. Ruth verließ die Küchenzeile und betrat den Wohnraum, sie stellte ihr Getränk auf dem Glastisch ab.
- Ich werde alles tun, was du willst, wenn du einmal tust, was ich will.
- Und was willst du?
Ich zog das Briefchen, das Monica mir vor ihrer Abreise gegeben hatte, aus meiner Hosentasche und legte es auf den Tisch. Ruth wusste sofort, worum es sich handelte, und blieb ganz cool.
- Du hast dich ja gleich richtig eingelebt. Eine nette Idee zur Einweihungsparty.
- Das ist erst der Beginn der Party.
Ich öffnete das Briefchen, zerkleinerte das Kokain mit meiner Kreditkarte und formte sorgfältig eine weiße Linie auf dem Tisch. Dann drehte ich aus einem Geldschein ein festes Röhrchen und reichte es Ruth. Ohne zu zögern, saugte sie mit ihrer schönen Nase einen Teil der Droge ein, erst in das rechte, dann in das linke Nasenloch.
- Das ist recht guter Stoff, woher hast du ihn?

- Er kommt aus Paris.

Dazu passte der *Roederer* perfekt. Ich ging zum Fenster und schaute hinaus. Lichter der Stadt flackerten, bewegten sich, schrieben mir zu, was als Nächstes folgen sollte. Als Ruth neben mir stand und auch aus dem Fenster sah, legte ich meinen linken Arm um ihre Taille. Sie wehrte mich nicht ab.

- Was willst du?

- Leg dich bitte unter den Tisch.

- Okay, und weiter?

Ich legte mich auf den Tisch und wartete, bis Ruth sich auf dem Boden direkt unter mir postiert hatte. Dann begann ich, mich zu entkleiden, und achtete dabei lieber nicht auf Ruths Blick. Obwohl ich mich in einem Zustand zwischen wie in Watte gepackter Benebelung und innerer Aufgekratztheit befand, hatte die Szenerie nichts von dem vibrierenden Ereignis mit Monica, vielmehr geriet ich in eine störende Selbstbespiegelung. Ruth lag unter dem Tisch und beobachtete jede meiner Gesten. So ging das nicht. Erneut besetzte sie die Rolle, die ihr am angenehmsten war, und ich verkörperte das, was sie von mir wollte. Ich zog mich bis auf die Unterwäsche aus und blickte Ruth dann lange durch die Glasscheibe des Tisches hindurch in die Augen. Ein bestürzender Moment, alles drehte sich nur noch um unsere Auslegungen, als ob wir uns auf einer Bühne befänden. Ich stieg von dem Glastisch herunter und begann, mich anzukleiden, auch Ruth verließ ihre Lage.

- Das ist also dein Wohnraum.

- Man kann ihn zumindest dafür verwenden.

Wir tranken noch etwas, schwiegen einige Zeit. Dann sprach Ruth wieder von meinem Londoner Auftrag. Mir war es ziemlich egal, ich nickte, bereit, in ihrem Sinne zu handeln.

- Hattest du etwas mit Bob?

- Ich vertrete ihn und seine Kunst. Vielleicht hat er als Künstler eine große Zukunft. Leute aus dem Geschäft reagieren mit

Interesse auf seine Arbeiten, das ist ein gutes Zeichen. Alles, was er mir geliefert hat, ist entweder schon verkauft oder reserviert. Als Liebhaber war er für mich nicht der Richtige, er ist viel zu vorsichtig.

- Das gefällt mir nicht.

- Entweder ich nehme das Werk oder den Künstler.

Dass es schmerzte, machte mir klar, dass ich an Bob hing und seine Zuneigung wollte. Eine metallische Leere machte sich in mir breit, die nicht mehr von dem Rauschmittel besänftigt werden konnte. Ich fühlte mich, als wäre ich im Körperinneren mit Aluminium ausgeschlagen, mit Gliedmaßen wie aus Blei, und in meinen Adern flösse Quecksilber. Von Wort zu Wort verwandelte ich mich in eine metallische Skulptur, die an jeder Stelle mit winzigen Hämmern bearbeitet wurde. Ruths Worte vermochten das, sie wurden ausgesendet, um mich in ein Wesen aus Titan zu verwandeln, in eine Figur, die man wie ein Denkmal der verfehlten Gefühle irgendwo aufstellen konnte, im öffentlichen Raum oder, wenn es so etwas gäbe, im Foyer des *Beziehungsamtes*, zumindest wäre das eine überaus sinnvolle Einrichtung. Der Rausch war ganz und gar in eine Lähmung umgeschlagen. Die gesamte Szenerie, die Aussicht, der neue Anstrich, meine persönlichen Gegenstände, der Glastisch – alles spielte gegen mich.

– Was ist nun mit deiner Reise? Kannst du dich auf meinen Vorschlag einlassen?

– Ja, ich kann das tun. Meinetwegen.

– Das ist eine Entscheidung, die dir, das kann ich versprechen, sehr nützen wird.

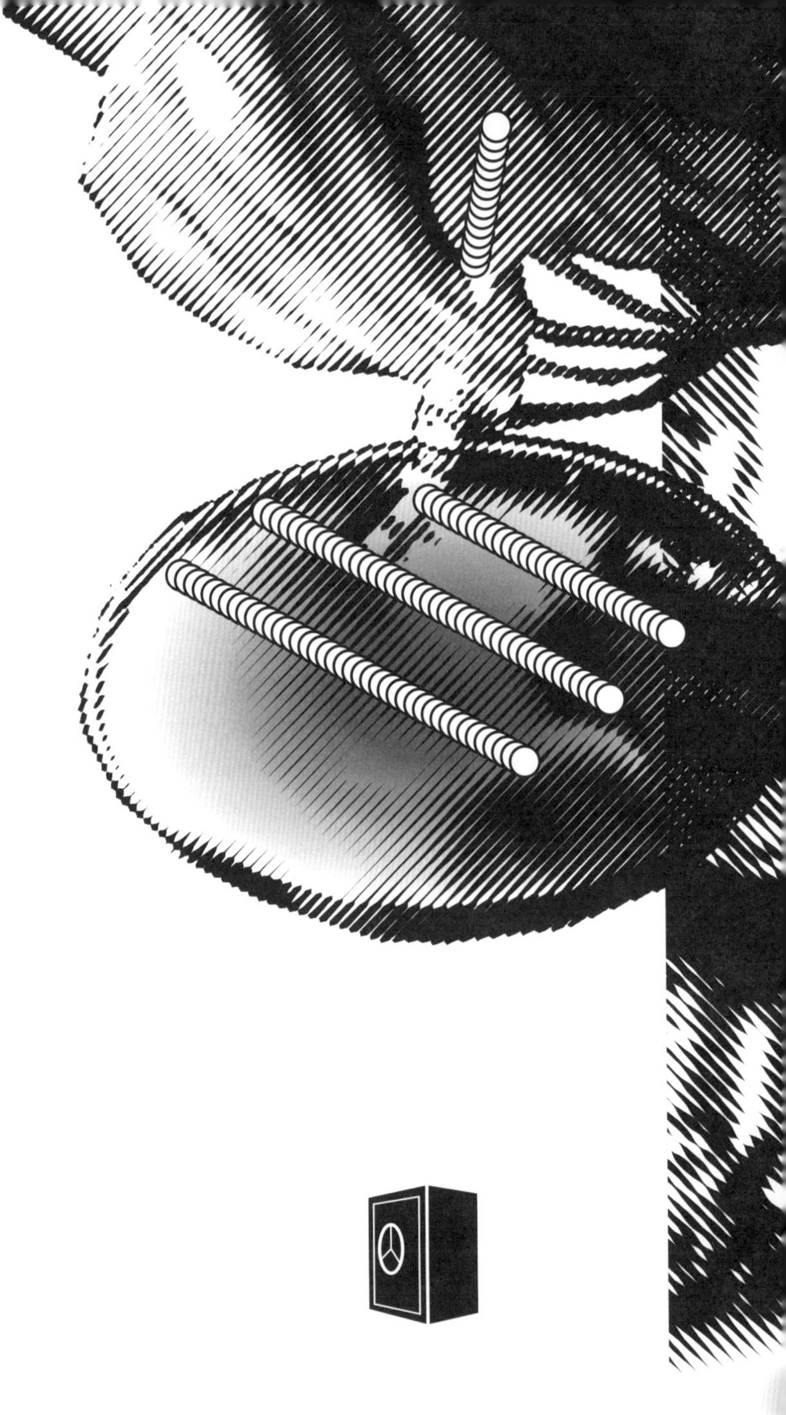

9 In Heathrow nahm ich die U-Bahn in Richtung Innenstadt, um die Atmosphäre der Stadt von der Tiefe aus zu erleben. Der Londoner Dezember war mild, während der oberirdischen Stationen sah ich weder Schnee noch Eis. Dann fuhr der Zug durch marode Tunnel mit dem typisch Londoner Untergrundgeruch und der schleppenden Zuggeschwindigkeit, bei der man denkt, dass der Wagen gleich anhält und für längere Zeit stehen bleibt, während es irgendwo brennt. Man erkennt jede Stadt an ihrem Geruch und der Geschwindigkeit ihrer Bahnen, in London ist es immer gut, einen Schraubenzieher dabeizuhaben, es könnte sein, dass etwas befestigt werden muss. In der Station Queensway war ich leicht schockiert, mit zwanzig Personen einen völlig veralteten Lift zum Umsteigebahnsteig benutzen zu müssen. Wenn er mitten in seiner Fahrt ausgefallen wäre, wären wir vermutlich an den eigenen Ausdünstungen erstickt. In der Liftkabine waren Menschen aus vielen verschiedenen Nationen versammelt, trotz der Enge ein beruhigender Anblick.

Hyde hatte es sich nicht nehmen lassen, mir persönlich ein Hotel am Hyde Park zu buchen, das *Dorchester*, ein überaus luxuriöses und klassisch englisches Haus, in dem ich mich auch mit Künstlern oder Galeristen zu einem geschäftlichen Gespräch in der Lobby oder in einem der noblen Restaurants treffen und die Galerie würdig repräsentieren konnte. Von ihrer Noblesse her konnte man die Lage kaum überbieten, Park Lane, unweit von Knightsbridge, Green Park und Buckingham Palace, durch weihnachtliche Dekorationen und Lichter wurde der luxuriöse Charakter der Gegend noch verstärkt. Hyde kannte sich bestens in London aus und hatte lange Jahre hier gelebt. Er hatte in Islington mit dem Kunsthandel begonnen und reüssierte später in der Londoner City. Mit Kunst musste sich einiges Geld verdienen lassen, die drei Übernachtungen in diesem Hotel kosteten die Galerie ungefähr so viel, wie ich monatlich verdiente. Das war, wenn ich an Ruths Angebot dachte, durchaus noch ausbaufähig. Mir behagte jedenfalls die prachtvolle Eingangshalle des Hotels mit ihren nostalgisch uniformierten Pagen, die einem sofort den Koffer aus der Hand nahmen, und auch das altenglische, holzgetäfelte Interieur meines Zimmers, das eine angemessene Kulisse bereitstellte, *Country House Style*. Noch am selben Tag durchquerte ich die Stadt und besuchte Galerien in Soho, im Westend, in South Kensington und Notting Hill. Hyde hatte mir eine straffe Zeitplanung aufgetragen, seine Vorgaben waren angesichts des Londoner Verkehrs in drei Tagen kaum zu bewältigen, möglicherweise hatte er das beabsichtigt.

Zwei Frauen, beide Mitte zwanzig, die eine hatte die Namen aller ehemaligen Sexpartner mit kleinen Schildchen in einem handelsüblichen Zelt aufgebaut, die andere machte Videos mit sich selbst als virtuellem Popstar, indem sie unentwegt sinnentleerte und unverschämte Statements von sich gab. Dann gab es einen jungen Künstler, der mit merkwürdigen Tierpräparaten arbeitete, die er zu Rudeln aus unterschiedlichsten Viechern in Rauminstallationen anordnete, so eine Art mumifizierte Arche Noah, eine originelle Idee. Die Galeristen waren sehr interessiert, diese Künstler in Deutschland zu vermarkten. Ich versuchte, direkte Termine mit ihnen zu bekommen.

Abends telefonierte ich zunächst mit Hyde, der sich freute, dass anscheinend alles gut lief und ich so begeistert über die Hotelauswahl war, die Unterbringung im *Dorchester* sah er schon als persönliches Geschenk an. Später ging ich in ein kleines chinesisches Restaurant in Soho und verzehrte ein ziemlich schleimiges Gericht, das mir nicht bekam. Nachdem ich das Lokal verlassen hatte, merkte ich bereits, wie ungut die Speise sich in meinem Körper entwickelte. Unmöglich, das

Zeug, angeblich eine südostchinesische Hühnchenspezialität, ohne Hilfe zu verdauen. Ich ging deshalb in eine Bar und bestellte mir einen Wodka, der jedoch nur kurzfristig half, in mir kamen säurehaltige Flüssigkeiten hoch, und mein Kreislauf schwächelte. Bis zur schmierig verunreinigten Toilette schaffte ich es noch, dann fielen die Bröckchen aus mir heraus, umgeben von Magensaft. Ein Gefühl von Todesnähe, so muss es sein, wenn man sich ausstülpt und auf die andere Seite vorbereitet, wenn das Innere ins Äußere gerät und auf den Boden fällt, während die Seele in die Höhe driftet. Ich machte mir nicht die Mühe, das Klo zu reinigen, und verließ die Bar, mich total elend fühlend. In der Shaftesbury Avenue hielt ich ein Taxi an.

- The *Dorchester*, please.

- Okay, du kannst aber auch Deutsch mit mir sprechen.

Ich achtete erst jetzt auf den Taxifahrer und erschrak, als ich Tom erkannte.

- Wo bin ich?

- Es ist einfacher zu erklären, als du glaubst. Ich bin dein Taxifahrer. Egal in welcher Stadt dieser Welt du ein Taxi anhältst, der Fahrer werde ich sein.

- Du bist also doch ein Engel?

- Ich mache hier nur meinen Job, und ich versuche, ihn so gut wie jeder andere zu erledigen. Dieses Mal war es allerdings nicht ganz einfach, ich hätte dich fast verpasst.

Mir war immer noch so übel von dem Essen, dass ich mich über diese Begebenheit weniger wunderte, als nötig gewesen wäre. Auf der Höhe des Buckingham Palace bat ich Tom, er möge unbedingt halten, und sprang aus dem Wagen, der sich noch leicht im Rollen befand. Dann erbrach ich mich direkt gegen eine Mauer des ehrwürdigen Gebäudes und schockierte ein älteres britisches Paar, das im selben Moment dort entlangging.

- I'm so sorry, I feel sick.

- You're such a wicked girl.
Wie immer war die Welt die Gesamtheit aller möglichen Erlebnisse. Mir ging es nun besser, und Tom fuhr mich zur nächsten Kulisse, ins *Dorchester.*
- Na dann bis zum nächsten Mal.
- Ich werde dich abholen, wenn es sein muss. Aber nur, wenn es wirklich sein muss.
Mein Bett war herrlich bequem, ein zeitlos altmodisches und viel zu weiches Merry-Old-England-Bett. Ich stellte mir vor, welche Menschen in diesem Bett schon miteinander geschlafen hatten und was genau dabei passiert war, das Bett sollte seine Geschichte erzählen und kein Detail verschweigen. Dass es so etwas gab, solch einen Platz, der die Körper im Schlaf beherbergt, erschien mir verwunderlich. Wie würde ich mit Monica oder Bob oder Ruth oder Hyde in diesen Kissen liegen? Über diesen Gedanken schlief ich ein.
Am nächsten Tag erwartete mich ein opulentes Frühstück, dass ich mir aufs Zimmer bestellt hatte, anschließend folgte eine erneute Tour durch die Stadt. Es hatte geschneit, und ich war viel zu dünn angezogen mit meiner ungefütterten Lederjacke und Halbschuhen. Ich begann zu fantasieren, die Entwicklung der Kunst der nächsten Jahre mit beeinflussen zu können, indem ich hier die Weichen dafür stellte, bestimmte Künstler in die Zirkel der nimmersatten Neuheitenfresser einzubringen.
Mir gelang es, die beiden Künstlerinnen für den Abend ins *Dorchester* einzuladen, der Dritte hatte leider keine Zeit für ein Treffen, sein Nachteil, denn es kam immer auf solche Gelegenheiten an. Tricia Bell und Ginger Parker kannten sich aus ihrer Zeit an der Kunsthochschule, die sie beide erst kürzlich absolviert hatten. In London gab es davon über zwanzig, und sie alle boten die Möglichkeit, Werke ihrer Absolventen in großen Museen oder bekannten Galerien auszustellen. Tricia

und Ginger landeten ohne große Mühe bei zwei Londoner Galerien, die wie Hyde darauf setzten, dass in Bälde neue Trends das Interesse der Öffentlichkeit und der Sammler wecken würden. Sie waren jung, sexy, skrupellos und hatten gute Ideen. Die Welt der Kunst stand ihnen offen. Wir trafen uns in einer Lobby im zweiten Stock. Beide waren zum ersten Mal in diesem Haus, es war genau der richtige Ort für ein solches Treffen. Sie witterten ihre Chancen und sahen in mir die Verbündete, die sie auf den deutschen Markt bringen konnte, wobei es mir zugute kam, dass ich nicht so geschäftlich wirkte. Hyde würde einen Vertretungsvertrag für Deutschland bekommen und Ruth einige Arbeiten einkassieren, die die Londoner Galerien noch nicht reserviert hatten. Die Künstlerinnen würden weit mehr Geld für ihre Werke bekommen als sonst üblich. Sie fühlten sich wie Popstars und wollten mir gleich am nächsten Tag in ihren Ateliers Arbeiten zeigen, die noch nicht an bestehende Verträge gebunden waren.

Ich blieb im Hotel und telefonierte gegen Mitternacht mit Bob, der nicht wusste, dass ich nach London gereist war. Es verblüffte ihn, dass es mit meinem Job bereits so weit gediehen war, er selbst berichtete von den vielen positiven Reaktionen auf seine Arbeiten in Europa. In Amerika lief es hingegen noch nicht für ihn, die Jungs waren nach wie vor hauptsächlich mit ihren Folien beschäftigt. Und die wollte auch dort keiner haben. Ich preschte vor und erzählte Bob, dass ich vermutlich im März des nächsten Jahres nach New York kommen könnte, worauf er antwortete, dass er sich sehr darüber freue und es kaum erwarten könne, mich zu sehen. Langsam wurde unsere unbestimmte Fernbeziehung leicht romantisch, trotzdem fühlte ich mich nicht gut, nachdem ich aufgelegt hatte.

In der Minibar meines Zimmers gab es mehrere kleine Fläschchen mit Whisky. Zwei davon trank ich hintereinander, dann war ich in der richtigen Stimmung, mir englisches Fernsehprogramm anzuschauen. Am nächsten Tag ließ ich zwei Termine ausfallen, um Tricia und Ginger in ihren Ateliers zu besuchen. Sie lagen örtlich weit auseinander, Tricia hatte ihren Raum in Camden Town, Ginger arbeitete in Chelsea. Überraschenderweise fand ich recht ähnliche Arbeiten vor, obwohl die beiden privat keinen regelmäßigen Kontakt hatten. Beide beschäftigten sich mit ihrer Biografie und stellten private Erlebnisse in den Mittelpunkt ihrer Arbeiten, wobei sie keinerlei Scheu vor peinlichen Indiskretionen zeigten. Ich fand das ziemlich kommerziell, denn Menschen sind immer sehr an der Sexualität anderer interessiert, viele wollen im Grunde nicht selbst Sex haben, sondern lieber die anderen dabei beobachten. Tricia konnte sich gewiss sein, dass sie mit der Nennung von Namen der Personen, mit denen sie geschlafen hatte, Aufmerksamkeit erregen würde, zumal auch ein paar zumindest in Großbritannien prominente Namen darunter waren. Ob das frei erfunden war oder nicht, spielte keine Rolle. Schon die Möglichkeit eines solchen intimen Kontaktes mit einer bekannten Person weckt die erhoffte Neugier, was ich als eine zweifellos künstlerische Leistung ansah. Ginger präsentierte sich in ihren Videos, die auf den ersten Blick wie dilettantisches Heimkino aussahen, in Wirklichkeit aber stark nachbearbeitet waren, als lasziver und launischer Popstar, der ständig Drogen nimmt und schlecht über seine Partner spricht. Dabei trug sie knallbunte Klamotten und wendete ihren drallen Körper oft in Richtung Kamera. Manchmal berührte sie sich selbst, auch an den Genitalien. Das Ganze war trashig und kalkuliert, man wollte aber wissen, was weiter passierte, und der Betrachter wurde zwangsläufig, ähnlich wie bei Tricias Arbeit, in die Rolle des Voyeurs manövriert.

Den beiden Künstlerinnen gefiel es, wie ich auf ihre Arbeiten einging, wir wurden rasch handelseinig, und sie sagten mir Zeichnungen, kleine Malereien und Skulpturen zu.

Ich rief Hyde an, dass ich fündig geworden sei und er mit den Londoner Galerien bezüglich Tricia und Ginger in Verhandlungen treten solle. Wegen der Arche Noah des jungen Künstlers, Ron Carterson, solle er sich bald mit der betreffenden Galerie in Verbindung setzen. Er war zwar etwas enttäuscht, dass ich nicht alle Termine hatte wahrnehmen können, mit dem Ergebnis konnte er aber zufrieden sein. Abends telefonierte ich mit Ruth und gab die Telefonnummern von Tricia und Ginger weiter.

- Gutes Mädchen. Ich dachte in den letzten Tagen gelegentlich an unseren Abend über den Dächern Hamburgs.

- Das wundert mich, ich dachte nicht mehr daran.

Der Whisky in der Minibar war vom Zimmerpersonal neu aufgefüllt worden. Ich musste nun doch an den Abend mit Ruth denken, und wie wir aus dem Fenster in der Hallerstraße geschaut hatten, jede für sich in einen anderen Himmel. Noch etliche weitere Bilder Ruths besetzten meine Gedanken, und vor dem Einschlafen befriedigte ich mich selbst.

Am nächsten Tag reiste ich früh nach Amsterdam, wo ich zwei langweilige Galerietermine zu erledigen hatte. Abends nahm ich in Schiphol den Flieger nach Berlin. Die Positionslichter der beiden Flughäfen zeigten mir präzise leuchtende Departure-Arrival-Bilder dieser Orte in der Dunkelheit.

10

Die vereinigte Stadt machte sich mit neuem Atem auf den Weg in eine andere Ära, gleichzeitig konnte sich jeder Reisende am Flughafen Tegel davon überzeugen, dass dieser nicht danach aussah, als wäre er für eine Weltstadt gebaut. Ich sollte nur eine Nacht in Berlin bleiben und am nächsten Tag zwei Galerien und ein Künstleratelier aufsuchen. Am späteren Abend war ich mit Ruth verabredet.
Hyde hatte für mich das Hotel *Berlin* gebucht, keine schlechte Wahl, zentral gelegen, zumindest zur alten City, unweit von der hinzugekommenen Mitte. Es war mir nicht möglich, mich ganz von dieser Stadt zu trennen, und ich lernte sie wieder lieben, wenn ich eine Weile von ihr weg war. Viele Häuser und Plätze kannte ich genau, sogar manche Bäume und Sträucher, einige dieser zufällig vertrauten Dinge würden durch die anstehenden massiven Bautätigkeiten zu Erinnerungen werden.
Ruth hatte einen Tisch im *Bovril* reservieren lassen, für zweiundzwanzig Uhr. Nach dem Einchecken machte ich mich kurz frisch und nahm ein Taxi, das vor dem Hotel auf Fahrgäste gewartet hatte. Ich wies den Fahrer an, über die Kantstraße in Richtung Olivaer Platz zu fahren. Teds Antiquitätenladen gab es nicht mehr, dort war ein Geschäft für Elektronikartikel eingezogen. In Höhe der Schlüterstraße bekam ich einen leichten Schrecken, da ich mich so in durchdringende Vorstellungen der Vergangenheit hineinbegeben hatte, dass mir ein Typ auf dem Gehweg als Eric erschien, bestimmt ein Trugbild.
Insgesamt erschien mir die Stadt ziemlich vertraut und doch verwandelt, nicht nur der Geruch, auch ihr Charakter schien sich bereits nach wenigen Wochen der Maueröffnung geändert zu haben. Eine neue Welt war im Entstehen, zumindest wenn man die Veranstaltung im europäischen Maßstab betrachtete.
Im Bovril saß Ruth bereits an einem kleinen Tisch im vorderen Teil des Lokals, ich wunderte mich über ihre Pünktlichkeit, bestellt hatte sie noch nichts.

- Du siehst exzellent aus, hast du dich in London neu eingekleidet?
- Nein, das ist alles aus Hamburg.
- Es ist gut, dass das alles so gekommen ist. Ich glaube, Hamburg ist im Moment die richtige Stadt für dich. Wir werden so weitermachen wie bisher, es gibt viel zu tun.
Wir bestellten Salate, Wasser und eine Flasche Weißwein. Ruth gab sich überaus charmant und nahezu freundschaftlich.
- In den nächsten Jahren wird viel passieren in der Kunst. Wir können irrsinnig viel Geld damit verdienen.
- Wie stellen wir das an?
- Wir brauchen ein paar Idioten, die für uns die wesentliche Arbeit machen.
- Meinst du die Künstler?
- Nein, die gehören zwar dazu, doch die bekommen wir immer, die brauchen wir nicht zu suchen, es gibt immer aufregende Kunst und interessante Künstler. Man benötigt aber Personen, die Dinge vorbereiten und verbreiten, die den Leuten sagen, welche Kunst sie interessant zu finden haben.
- Kritiker und Kuratoren?
- Zum Beispiel, aber auch Leute aus der Politik, aus öffentlichen oder privaten Stiftungen und aus den Hochschulen. Die öffnen Türen, bringen Gelder und erzeugen das Wichtigste: Glaubwürdigkeit.
Ruth lächelte und nahm einen Schluck aus ihrem Weinglas. Der Abdruck ihres Lippenstiftes blieb in einer hauchdünnen Schicht daran hängen, diese nahezu unmerkliche Beschmutzung verlieh ihr etwas Unwiderstehliches.
Ihr Plan bestand darin, einen gemeinnützigen Verein zu gründen, denn als private Galerie oder Art Consultant konnte man keine Stiftungsgelder beantragen. Sie wollte mit Künstlern zusammenarbeiten, die bei Galeristen wie Hyde unter Vertrag waren und die durch öffentlich geförderte Ausstellungen be-

kannter gemacht werden sollten. Das hörte sich ziemlich schlau an und war zudem noch völlig legal, man ging keinerlei Risiko ein. Wenn die Preise für Werke der Künstler durch deren größere mediale Aufmerksamkeit gestiegen waren, könnte Ruth von der Vorsitzenden des Vereins *Kunstprojektile Berlin e. V.* wieder in die Rolle als Art Consultant schlüpfen. Als Profil für den Verein schwebte ihr der kulturelle Austausch zwischen West- und Osteuropa vor, die dynamische politische Situation sollte unbedingt eingebracht werden.

- Und hast du schon Ideen, wen du noch ansprechen willst?

- Du solltest auf jeden Fall ein Gründungsmitglied des Vereins sein, wir benötigen sieben Personen, falls du zusagst, sind wir komplett. Mit einem Herrn von der Senatsverwaltung für Kultur bin ich wegen eines internationalen Ausstellungsprojektes im Gespräch, mit einer Vertreterin aus einem bedeutenden Stiftungsrat ebenfalls. Galeristen und Künstler haben wir ohnehin ausreichend zur Verfügung.

- Meinst du, dass Hyde bei so etwas mitspielen würde?

- Er tut es bereits, ohne es zu bemerken, und ist übrigens sehr angetan von dir. Ich glaube, er hat sogar ein Auge auf dich geworfen.

Ruth war wie immer sehr schnell und hatte bereits mit Tricia und Ginger telefoniert. In den nächsten Tagen würde sie die beiden Künstlerinnen in London aufsuchen, um ihnen Beteiligungen in der größten für das nächste Jahr geplanten Ausstellung anzubieten. Ich verstand, dass es in der Welt der Kunst offensichtlich um das Wecken von Erwartungen ging, die dann irgendwann in bare Münze konvertiert werden konnten, wenn alles so lief, wie es der Masterplan vorsah. Ich nahm mir vor, demnächst unbedingt *Great Expectations* zu lesen.

- Vorhin, auf der Fahrt hierher, musste ich an Eric denken. Hast du etwas von ihm gehört?

- Ich weiß nur, dass er immer noch in derselben Wohnung lebt. Den Laden seines Freundes gibt es offensichtlich nicht mehr. Ich habe übrigens vor, Bob für die Ausstellung im nächsten Jahr zu gewinnen. Es wäre der perfekte Zeitpunkt für ihn, hier groß präsentiert zu werden.
- Mit oder ohne Folien?
- Natürlich ohne. Ich habe schon einen ganz tollen Titel für die Ausstellung: *East-West-Divers*.
- Das klingt recht eingängig. Hast du aus Osteuropa bereits genügend Künstler?
- Die zu finden, wird deine Aufgabe sein. Hyde wird dir demnächst einen entsprechenden Auftrag erteilen.
Wir tranken weiter, die Flasche war beinahe geleert. Eigentlich gehörte Weißwein nicht in die Vorweihnachtszeit. Das war das Berlin jener Tage, in denen nichts passte, aber alles möglich war.
- Hast du einen Wunsch zum Weihnachtsfest?
- Ich wünsche mir, dass du mich im Weihnachtsmannkostüm besuchst und diese Frage wiederholst.
- Indem man Fragen wiederholt, beantwortet man sie.
Als wir ins Freie traten, fielen Schneeflocken. Ich hatte wieder den Eindruck, für diese Jahreszeit zu leicht bekleidet zu sein. Wir hielten ein Taxi an, in Höhe der Fasanenstraße stieg Ruth aus. Wir verabschiedeten uns mit Wangenküssen und wünschten einander viel Glück.

Weihnachten verbrachte ich mit meinen Eltern in Bad Oldesloe, die sich freuten, dass ich endlich wieder einmal an diesem für sie so wichtigen Fest teilnahm. Es kamen noch andere Gäste, Verwandte, die ich seit Jahren nicht gesehen hatte. Ich wurde darauf angesprochen, ob ich in einer Beziehung lebe, aber niemand war wirklich enttäuscht, als ich die Frage verneinte.

- Es gibt jemanden, der in Amerika lebt. Wir telefonieren, so oft es geht.
Meine Eltern beruhigte es, dass es sich um einen Mann handelte. Seit langem hatten sie instinktiv bemerkt, dass mich Frauen anzogen. Mehr wollte ich nicht preisgeben, und ich spürte, dass das Fest der Liebe eine gewisse Leere in meinem Herzen hervorkehrte. Meine Gefühle waren ein einziges Durcheinander, ich wusste nicht genau, an wen ich sie richten sollte. Auch lange Spaziergänge mit Finn unter hohen Wolken in der unnachahmlich sanft geschwungenen holsteinischen Landschaft mit ihren *Knicks* brachten keine Auflösung meines inneren Wirrwarrs.

Für den Jahreswechsel hatte Hyde mich zu einer Party auf der Reeperbahn eingeladen. Freunde von ihm hatten einen Club am Spielbudenplatz gemietet. Eine gute Gelegenheit, sich in der neuen Umgebung am Sylvesterabend nicht einsam zu fühlen. Die Achtziger waren vorbei, ein neues Jahrzehnt war im Kommen. Am Eingang des Ladens stand ein Reeperbahntürsteher, der mich wohl gern noch in den Achtzigern behalten hätte, leicht missmutig meine Einladung ansah und dann gönnerhaft die Tür öffnete. Vermutlich handelte es sich um eine der angesagten Partys an diesem Abend. Viele Künstler, namhafte und unbekannte, Galeristen, Autoren und andere, die sich zur Bohème der Stadt zählten, waren in den Club gekommen, der von seinem Interieur her an eine abgedunkelte Version des Kommandoraumes von *Raumschiff Enterprise* erinnerte, ergänzt durch Separees. Die Musik war irre laut, eine monotone elektronische Bassdrum drückte mir auf den Puls, und ich fragte mich, ob ich nicht vielleicht schon zu alt für diese Musik war. Beim Blick durch die Reihen erspähte ich aber weitaus ältere Gesichter. Es war schon recht voll, vereinzelte Tanzende bewegten sich rhythmisch auf dem Dancefloor, einige kannte ich sogar vom Sehen, aber ansonsten kam

ich mir in den ersten Minuten etwas überflüssig vor und wusste nicht, wohin ich mich bewegen sollte. Während ich so schwankte, sah ich, wie Hyde auf mich zukam.
- Schön, dass du gekommen bist. Du wirst nicht glauben, wer sonst noch alles hier ist!
Er führte mich in eines der Separees, das noch dunkler war als der Hauptraum. Zunächst erkannte ich niemanden, dann, als ich Konturen wahrnehmen konnte, sah ich Tricia und Ginger, die sich gerade angeregt mit einem Typen unterhielten. Als sie mich sahen, standen beide erfreut auf und umarmten mich, ich war überrascht von so viel Zuneigung, schließlich kannte ich sie ja nicht wirklich. Ich gesellte mich zu ihnen, während Hyde uns verließ und seinen Pflichten als Gastgeber nachkam. Der junge Mann, mit dem Tricia und Ginger plauderten, hieß Robert Hantelschneider und stellte sich mir vor, indem er sofort über seine beruflichen Pläne sprach, er hatte nämlich als einer der ersten eine Galerie in Berlin-Mitte eröffnet, in der Auguststraße. Die Galerie Hantelschneider spezialisierte sich seinen Angaben nach vor allem auf junge internationale Kunst. Mir war der Kerl nicht besonders sympathisch, zum einen blickte er mich zuweilen aus den Augenwinkeln an, was ich als übergriffig empfand, zum anderen bemühte er sich aufdringlich, uns von sich zu überzeugen. Ich hatte keine Lust auf solche Gespräche, in denen Berufliches und Privates ineinander übergingen. Für Tricia und Ginger war das kein Problem, in einer fremden Sprache kann man gerade durch die zwangsläufige Unbeholfenheit, die eintritt, wenn man sich um ein flüssiges Gespräch bemüht, wesentlich lockerer erscheinen als in der Muttersprache. Vielleicht fällt Falschheit in einer Fremdsprache auch weniger auf. Der Typ mimte immer mehr den Unwiderstehlichen, nachdem ich auf der Bildfläche erschienen war, und er bestellte uns eine Flasche Champagner, leider nur einen *Veuve Clicquot*. Den Korken ließ er von der

Kellnerin entfernen, das sagte alles. Ich fühlte mich in der Situation unwohl und hätte mich lieber mit Tricia und Ginger unterhalten, die ihm aber verhältnismäßig schnell aus der Hand fraßen. Er versprach, sich demnächst ihre Arbeiten anzusehen und eventuell mit Hyde eine gemeinsame Ausstellung auf die Beine zu stellen. Das Ganze nahm trotz des Champagners immer mehr den Charakter eines unverbindlichen, aber dennoch geschäftlichen Gesprächs an. Zwischendurch kam Hyde kurz vorbei und erkundigte sich nach unserem Befinden, wobei er mir einen unverschämt einladenden Blick zuwarf, den ich nicht erwiderte. Ich blieb recht still und beteiligte mich kaum an dem weiteren Gespräch. Tricia und Ginger erschienen mir sehr lebendig, anziehend und hemmungslos, Frauen, die genau wussten, was sie wollten und wo sie es ergattern konnten, wahrscheinlich waren sie vor allem am Spiel mit ihren Möglichkeiten interessiert. Hyde hatte sie in seiner vorausschauenden Art eingeladen, damit sie hier die Runde machten, dass sie hier lange Zeit saßen, erhöhte ihren Marktwert, und der Abend war noch nicht zu Ende.
Noch während Tricia und Ginger sich zur Tanzfläche bewegten, sprach mich Hantelschneider auf meinen Job an und wie es mir bei Hyde erginge. Ich antwortete recht mundfaul und bemerkte, wie sehr er darauf angewiesen war, dass der Smalltalk nicht ins Stocken geriet. Ich ließ seine banalen Sätze, die immer nur von der Kunst und ihren Chancen handelten, an mir abperlen wie verirrte Regentropfen an einem imprägnierten Trenchcoat. Ich musste ihm sehr öde vorkommen, doch er gab nicht auf und schenkte mir noch mehr Champagner ein. Zwar spürte ich die Wirkung der Drinks, doch ich ließ es mir gefallen.

- Wie sind Sie Galerist geworden?
- Können wir uns nicht duzen?
- Auf dein Wohl.

- Vor drei Jahren habe ich geerbt, ich wohnte damals in Frankfurt am Main. Berlin hat mir aber schon immer gefallen, und dann habe ich dort erst mal ein Zweitstudium in Kunstgeschichte gemacht, das hat mir viel gebracht. Nach der Maueröffnung habe ich mich entschlossen, die Galerie zu gründen. Freunde haben mir sehr dazu geraten, auch James Hyde. Berlin ist eine so geile Stadt!

Leider benutzte er die Gelegenheit, mich viel zu feucht auf beide Wangen zu küssen. Tricia und Ginger kamen zurück und beendeten die stumpfe Selbstdarstellung, sie legten einige farbige Tabletten auf den Tisch und boten sie uns an. Hantelschneider griff gleich zu.

- Was ist das?

- Some call it *X-T-C*.

Ich nahm eine der Tabletten, tat so, als würde ich sie schlucken, behielt sie aber unsichtbar in meiner Hand. Die Engländerinnen hatten ein sichtliches Vergnügen daran, andere ins Reich der Drogen zu schubsen. In einem unbeobachteten Moment steckte ich die Tablette in meine Tasche, dann stand ich auf und schlenderte etwas im Club umher. Nahezu zwangsläufig traf ich auf Hyde, der mir bedeutete, unbedingt im Laufe des Abends mit mir *in Ruhe* einen Champagner trinken zu wollen. Distanziert, als ob ich unter der Decke schwebte, erschien mir das gesamte Treiben unendlich abgeschmackt. Die Männer begehrten meinen Körper oder Teile davon, doch der war wie ein Safe, dessen Zahlenkombination niemandem mehr einfiel. Ich bemühte mich, gedanklich eine Art Panzer aufzubieten, der mich vor allem abschirmte, denn ich konnte nicht wirklich teilnehmen; irgendetwas in mir versperrte sich massiv. Und eigentlich war ich ja doch, was hier keiner wusste, die Kunstagentin, die sich eingeschmuggelt hatte und die auch am Ort des Vergnügens ihre Haltung nicht verlieren durfte. Die Szenerie verwandelte sich in ein Bild, eine Zeichnung, eine Malerei, eine Fotografie, die in diesem Augenblick den Zustand dieser Gesellschaft überscharf darstellte. Indem ich das so wahrnahm, schuf ich selbst ein Werk, das aber nicht festgehalten werden wollte. Überhaupt zeigten solche Orte des Vergnügens ungeschminkt, wohin Menschen und ihre unsicheren Zusammenkünfte sich entwickeln, meistens in Richtung Chaos. Ich ging zurück ins Separee. Wie erwartet fand ich Tricia und Ginger mit dem hirnverbrannten Hantelschneider beim Austausch von Zärtlichkeiten vor. Das musste die Wirkung der Droge sein. Ich nahm ganz selbstverständlich noch einmal Platz, es störte die drei Umschlungenen nicht, bei der Gelegenheit steckte ich noch eine Tablette ein, die ich für Ruth vorsah. Liebe und Kunst stehen immer der Verschwörung nahe. Wo sie wohl diesen Abend verbringen würde, das erste Vereinigungssylvester in Berlin, Millionen am Brandenburger Tor und am Reichstag, die sich besoffen in den Armen liegen würden, was ja auch in Ordnung ging. Tricia ließ von Hantelschneider ab und nahm sich noch ein Glas Champagner, mittlerweile war die zweite Flasche serviert worden.

- Do you enjoy the party?
- Oh yes, I think it's great.

Ich konnte solche Antworten geben und musste ihr gegenüber nicht ehrlich sein, die Frage diente mir jedoch als Anlass, das Separee wieder zu verlassen. In der Nähe des Ausgangs traf ich erneut auf Hyde.

- Es war nett, dass du mich eingeladen hast, ich will aber noch zu einer anderen Party, da muss ich vor Mitternacht sein. Die beiden Engländerinnen sind klasse, es muss unbedingt im nächsten Jahr eine Ausstellung mit ihnen geben.

Er war enttäuscht und wusste nun, dass er heute in Bezug auf gewisse Wünsche nicht mit mir rechnen konnte, also woanders Beute machen musste. Als ich den Club verließ, waren es noch etwa dreißig Minuten bis Mitternacht. Ich ging in

Richtung des Hafenkrankenhauses. Dort versammelte sich wie jedes Jahr eine Menschenmasse, um das von Schiffssirenen begleitete Feuerwerk auf der Anhöhe zu erleben. Ich stand hier unter vielen, die aus allen möglichen Richtungen kamen, und konnte aufatmen. Die Aussicht war imposant, man sah die Lichtreigen der Feuerwerksraketen, die die Bauwerke der Stadt in bunten Schimmer tauchten. Hier hatte ich Zeit und Raum, mir darüber klar zu werden, dass Bob und Ruth die Menschen waren, die ich begehrte. Beide waren in der Ferne, zu Bob entwickelte ich eine Distanzanbahnung, zu Ruth eine Labyrinthliebe. Beides versprach Unglück. Dann schallten die Mitternachtsglocken auf diese Empore der Hafen- und Vergnügungsstadt und trugen uns auf verbindenden Wellen ins nächste Jahrzehnt. Wildfremde Leute umarmten mich und boten mir Getränke an, schlechten Sekt zumeist, gern nahm ich ihn an. Alles war gut gegangen. Jeder Jahreswechsel ist ein Orakel und ein Wechsel auf die Zukunft. Ich machte mich bald zu Fuß auf den Weg in die Hallerstraße, unterwegs vielen Geschossen ausweichend. Angeblich werden zu jedem Sylvester in St. Pauli von Kiezgrößen und solchen, die es werden wollen, im Laufe des Jahres erworbene Schusswaffen getestet, sodass es immer wieder zu Unfällen durch Querschläger kommt. Ich fühlte mich wie von einem Schild umgeben und ging auch schadlos an vielen krakeelenden Betrunkenen vorbei. Ich wusste, dass meine Geschichte noch nicht enden konnte, und erreichte das Hochhaus ohne jeden Zwischenfall. Viele Fenster waren hell erleuchtet, kurzzeitig bildeten sie beliebige Ornamente.

Die erste Fahrstuhlfahrt im neuen Jahrzehnt, das erste Mal in der neuen Wohnung, das erste Telefonat. Ich versuchte es zunächst bei Ruth. Doch ihr Anschluss war ständig besetzt. Nach mehreren vergeblichen Versuchen kam Bob an die Reihe, und wir wunderten uns, dass er in seiner Zeitzone noch einem anderen Jahrzehnt angehörte. Auf diesem Planeten konnte man also in verschiedenen Welten leben.

Bob hatte verschiedene Ausstellungen angeboten bekommen, in diesem neuen Jahr würde er dafür auch mehrfach nach Europa kommen, ich durfte mich freuen. Leider kamen ihm auch Namen wie Hyde und Hantelschneider über die Lippen, mit denen er bereits in geschäftlichem Kontakt stand, sicherlich durch Ruths Vermittlung mit bewirkt. Er fand es *strange*, dass ich zum Jahresbeginn allein war, das entlockte ihm wenigstens den Satz, den ich so gern hörte. Auch wenn es heute Abend für ihn noch eine große Party bei Freunden in einem Loft am Broadway geben würde, müsse er doch so bald wie möglich in seinem Atelier in New Jersey weiterarbeiten, für Künstler gebe es keine Freizeit. Schmatzende Kussgeräusche am Ende des Gesprächs durch die Leitung. Warum bekam ich leichter ein Gespräch nach New York als eines nach Berlin?

Ich nahm die beiden Tabletten aus meiner Tasche, packte sie in eine kleine Schachtel und versteckte sie hinter Buchreihen in meinem Regal.

Magic Bus Tours

Magic Bus Tours
Magic Bus Tours

11

Im Januar reiste ich im Auftrag der Galerie nach Prag, nahm den Zug über Berlin und Dresden und bestaunte die Schönheit der Landschaft der Sächsischen Schweiz mit ihren aufragenden Felsen, die, von Schnee bedeckt, schimmerten.

Der Prager Hauptbahnhof war kalt und unübersichtlich, betriebsame Menschen wuselten umher, es gab Hinweisschilder, auf denen einfach etwas mit Filzstift geschrieben stand. Ein Taxi brachte mich zum Hotel, eine Strecke von vielleicht zwei Kilometern, der Fahrer wollte dafür 30 Dollar haben. Ich fragte ihn, ob er sich nicht getäuscht hätte, no no, that's the price. Ich wunderte mich.

Bei einem Gang durch die Altstadt wurde mir rasch klar, dass die Amerikaner sich hier maßgeblich eingenistet hatten. Offensichtlich war ihnen dieses Kleinod inzwischen mehr wert als Berlin, das sie jahrzehntelang vor dem russischen Zugriff bewahrt hatten, jedenfalls sah man überall amerikanische Firmenschilder, und ich hatte auch den Eindruck, dass viele Amerikaner in der Stadt unterwegs waren. Ihre Kultur war hier beliebt, der Staatspräsident soll gerne Velvet Underground gehört haben. Tatsächlich war ich auch hier, um amerikanische Künstler zu treffen, die sich in Prag eingemietet hatten, Hyde war davon überzeugt, dass diese Stadt sich zu einem Brückenglied zwischen dem Westen und dem Osten entwickeln würde.

Abends wurde ich mehrfach darauf angesprochen, wie viel Geld ich für gewisse Dienste nehmen würde, ich erinnerte die Amerikaner wohl an eine der hiesigen Liebesdienerinnen. Die Atmosphäre der Stadt berührte mich unangenehm, das Goldene Prag blieb mir verschlossen, und in den Kirchen verlangte man hohe Eintrittsgelder, was mir wenig katholisch vorkam. Goldgräberstimmung hatte sich epidemisch ausgebreitet, und man beschäftigte sich eifrig mit dem Renovieren und Restaurieren. Wie vorgesehen traf ich einige Künstler und Galeristen, das gehörte schon zur Routine. Sie schwärmten alle von Prag und seinen ungeahnten Möglichkeiten und vermittelten den Eindruck, als hätte man nach dem Fall des Eisernen Vorhangs neue Länder entdeckt. Und hier ließen sich die Künstler aus dem Osten finden, die ich für Ruths Projekt sondieren sollte. *East-West-Divers* konnte nur dann ernsthaft in die Wege geleitet werden, wenn das Markenzeichen *Ost-West* über allem aufleuchtete. Die Galeristen, die Künstler, die Kuratoren, das Kunstpublikum, die Kunstkritik und die Kunsthändler: Sie alle waren willig, und die Visitenkarte der Galerie Hyde reichte aus, um alle Türen zu öffnen. Prag kam mir wie eine durch und durch versaute Stadt vor. Sie hatte nichts Besseres verdient, als vom Kapitalismus ausgeschlachtet zu werden, sie wollte nichts anderes und hatte nur darauf gewartet.

Den zweiten Abend hatte ich mir frei gehalten und spazierte durch die Altstadt zur Karlsbrücke, deren Breite mich erstaunte. Gegen einundzwanzig Uhr war ich eine der wenigen verbliebenen Spaziergängerinnen. Von weitem sah ich ein schwaches Flämmchen flackern und ging in seine Richtung. In der Brückenmitte hatte eine merkwürdig verhüllte Frau eine große Kerze aufgestellt, deren Flamme durch einen Aufsatz vor Wind geschützt war. Neben ihr stand ein Schild, das in mehreren Sprachen die Aufschrift *Horoskop – Ein wahrer Blick in die Zukunft, 10 Dollar* trug.

Ich konnte die Frau in dem funzeligen Licht kaum erkennen, zudem verdeckten Tücher manche Partien ihres Gesichtes, deutlich zu sehen waren ihre Augen, die braun und golden funkelten. Ich nahm ihr Angebot an und holte das Geld heraus. Wortlos nahm sie den Schein entgegen und griff meine Hand, die sie leicht in ihre Blickrichtung drehte.

– Deine Lebenslinie ist seltsam, in sehr viele Richtungen verzweigt. Du wirst mehrere Leben haben.

– Was heißt das?
– Du wirst mehrere Leben leben. Du wirst mehrere Lieben lieben. Du kannst dich nicht entscheiden. Du musst dich nicht entscheiden. Das ist alles. Niemals vergessen.
Mich trafen diese Sätze, und ich blieb leicht verwirrt stehen, während die Wahrsagerin aufstand, Schild und Kerze packte und nach kurzer Zeit aus meinem Blickfeld verschwunden war. Ich fühlte mich wie irgendwo ausgesetzt und hatte keinen weiteren Anhaltspunkt, außer der Tatsache, total auf mich selbst zurückgeworfen zu sein. Rauchschwaden wehten über der Brücke und setzten sich in einem hellen Grau von der übrigen Dunkelheit ab. Ich fantasierte in ihnen das Antlitz Kafkas. Er war der Sprecher all derjenigen, die so wie ich empfanden, und diese Brücke musste ein Übergang zu diesen Wesen sein. Seine ungeschriebenen und unlesbaren Worte und Bilder tauchten hier auf, aus der Unterwelt der Schrift, die sich jenseits des Brückengeländers befinden musste. Ein Schauder ergriff mich, dann dachte ich wieder daran, dass das alles nur in meinem Kopf stattfand, ich war recht empfänglich für solche Eindrücke.

Auf dem Weg zurück zum Hotel ging ich zur Zerstreuung noch in eine Diskothek, die an einer Straße lag, die ich überqueren musste. Sie wurde augenscheinlich von vielen Amerikanern besucht, die dort zu Rockmusik aus ihrem Land Bier tranken und tanzten. Ich bestellte mir ein *Budweiser* und trank es an der Theke mit Blick auf die Tanzfläche. Zu dem, was ich heute erlebt hatte, hörte sich *Born in the USA* entzückend unpassend an.
Einer der tschechischen Künstler, mit denen ich mich getroffen hatte, war auch in diesem Lokal. Es dauerte nicht lange, da hatte er mich entdeckt und brachte mich an seinen Tisch. New Yorker Künstler, drei Männer und zwei Frauen, saßen

bei ihm, unterwegs auf einer Osteuropa-Exkursion der *Cooper Union*. Sie waren alle ein paar Jahre jünger als ich, und mir kam es vor, als ob man in Europa grundsätzlich älter geboren würde als in den Staaten. Die Unbefangenheit, mit der diese Menschen sich hier bewegten, war mir gänzlich unbekannt und auch nicht besonders sympathisch. Für sie war die Welt Osteuropas, die sie zum ersten Mal in ihrem Leben bereisten, ein großer Vergnügungspark, in dem fremde Themen und Kulissen inszeniert wurden, aber ansonsten alles vorhanden war, um sich bequem bewegen und das für Amerikaner Wichtigste vollziehen zu können, nämlich vom eigenen Land zu schwärmen. Bevor ich mich richtig vorstellen konnte, war ich schon zu einem Vergleich zwischen dem amerikanischen und dem tschechischen *Budweiser* aufgefordert, was ich gelangweilt ausschlug.

– Everything is so exciting in Prague.

– You're right.

Sie fragten mich, ob ich beruflich unterwegs sei, und ich plauderte aus, dass ich für eine Galerie Ausschau hielt, was ich nicht hätte sagen dürfen. Sie horchten auf und fanden das ganz großartig, denn sie bereisten ja das alte Europa, um Kontakte herzustellen. Da sie allesamt studierten, wurden sie noch nicht von Galerien vertreten. Verwundert reagierten sie darauf, dass ich New York bislang nicht besucht hatte, und ich erzählte ihnen, dass sich das bald ändern würde, da ich einen guten Freund in ihrer Stadt hätte. Bei Nennung des Namens schrie einer auf, *the foil guy*. Er kannte Bob noch vom College, traf ihn wohl auch gelegentlich und hatte sogar dessen Atelier in New Jersey aufgesucht. Er erzählte aus einer mir bislang unbekannten Perspektive über Bobs Arbeiten, die auch ihn nicht so recht überzeugten, er fand sie zu kunstgewerblich. Ich wollte Bob gern verteidigen, konnte das aber allein aus dem Grund schon nicht leisten, da ich diese viel geschmähten Folienarbeiten nur in Ausschnitten kannte. Doch mein Ehrgeiz wurde angestachelt, ein Auftrag für die Kunstagentin. Die Folien sollten unbedingt in den Kunstkreislauf gelangen. Es konnte kein Zufall sein, diese Leute hier getroffen zu haben, trotz ihres Blödsinns verschafften sie mir Erleichterung. *Du wirst mehrere Leben leben.*

Die Rückreise nach Hamburg unterbrach ich in Berlin, um Ruth einen Besuch abzustatten. Sie war in der Zwischenzeit höchst aktiv gewesen. Im Herbst sollte *East-West-Divers* zum ersten Jahrestag der Maueröffnung realisiert werden. Es sei überhaupt kein Problem, an die nötigen Summen zu kommen, um das Projekt zu realisieren, man hätte nahezu darauf gewartet. Ruth konnte auch Wissenschaftler gewinnen, die das Ganze mit Symposien und Auswertungen begleiten sollten.
– Du glaubst nicht, wie sehr Wissenschaftler hinter dem Geld her sind.
– Warum sollte ich das nicht glauben?
– Sie sind noch mehr hinter dem Geld her als alle anderen, weil sie an ihren Hochschulen ziemlich kurz gehalten werden. Meine Achtung vor all ihren Titeln und Imponiergesten ist nicht besonders groß. Sie sind sehr nützlich, weil sie sich alle jeden Tag beweisen müssen, wie wichtig sie sind, deshalb sind sie fleißig ohne Ende, produzieren dabei aber reichlich heiße Luft. Eine nahezu ideale Verfassung für unsere Zwecke.
– Das Heer der nützlichen Idioten kennt keine Nachwuchssorgen.

Abends aßen wir in der *Paris Bar*, Ruth trug einen schicken hellen Webpelz und sah wie üblich begehrenswert aus. Sie wurde in dem Lokal von einigen Leuten gegrüßt, bekannte Maler der Berliner und Düsseldorfer Szene waren darunter, Berühmtheiten, die uns ohne jede Zurückhaltung musterten und versuchten, uns mit ihren Blicken zu beeindrucken. Wir waren geübt in der Abwehr solcher Vermessenheiten und freuten uns, das Interesse dieser Meister geweckt und gleichzeitig nicht erwidert zu haben. Vielleicht hätten sie uns Bilder geschenkt, wenn wir ihnen unsere venusischen Dienste angeboten hätten: auf Servietten der *Paris Bar* mit grobem Filzstift hingeschmierte Narrheiten oder Atelierabfälle, die sie im Kofferraum für solche Gelegenheiten gelagert hatten. Stattdessen nahm ich Reste von meinem Teller und beschmierte damit eine Arbeit von einem der Künstler, die direkt hinter Ruth an der Wand hing. Niemand hatte das mitbekommen, dachte ich, und Ruth war es völlig gleichgültig.

Sie reichte mir einen Umschlag, der einen Scheck enthielt. Die Arbeiten von Tricia und Ginger waren verkauft, mein Einsatz hatte sich gelohnt.

– Was hier hängt, diese dekorativen Gemälde, wird in den neunziger Jahren kaum noch eine Rolle spielen, außer natürlich für die Sammler. Die Preise werden auch für diese Flachware steigen, aber die Kunst wird in ganz andere Richtungen gehen, dafür werden auch wir sorgen.

– Das klingt unglaublich anmaßend, wie sollten wir das bestimmen können?

– Wir sind bereits dabei. Unsere Erfahrungen mit gewissen Spielen sollten in die Kunst eingehen.

Dieses Mal hatte Ruth Rotwein geordert, einen sehr angenehmen Bordeaux, den wir recht schnell tranken, das Essen war weniger überzeugend. Ich nutzte eine Gesprächspause, um die Toilette aufzusuchen. Auf dem Gang dorthin stand einer der Maler unvermittelt neben mir und fasste meinen rechten Arm.

– Ich habe vorhin gesehen, wie du das Bild beschmutzt hast, das über deinem Platz hängt. Machst du das immer so?

– Ich weiß nicht, wovon Sie sprechen.

– Du weißt genau, wovon ich spreche, du musst mir keine Geschichten erzählen.
– War das Sachbeschädigung?
– Es war viel mehr als das, das ist keine Sache. Du hast den Künstler und seine Arbeit auf das Schlimmste beleidigt.
– Wollen Sie mich anzeigen?
– Nein, ich kann dieses Bild auch nicht ertragen, ich sehe es hier seit Jahren, und jedes Mal, wenn ich es sehe, komme ich auch auf den Gedanken, es zu zerstören.
– Ich habe mir das Bild gar nicht richtig angesehen, mein Handeln erfolgte nicht aus Hass, eher aus totaler Gleichgültigkeit dieser Kunst gegenüber.
Er ließ von mir ab und ging zurück an seinen Tisch. Ich war zum ersten Mal wirklich ertappt und gestellt worden, und gut gelogen hatte ich auch nicht. Doch wieder einmal blieb der Übergriff für mich folgenlos, es musste einen Schutzengel der bösen Tat geben, der eher den Täter als das unschuldige und hilflose Kunstwerk schützte. Aber möglicherweise existierte auch ein mir unbekannter und unsichtbarer Mechanismus, der die Welt von manchen Werken befreien wollte und mich als Werkzeug benutzte, wenn auch nicht ganz konsequent. Letztendlich empfand ich die Vorstellung als grauenvoll, dass die Erde nach und nach mit Kunst zuwuchs.
– Was wollte er von dir?
– Ich soll keine Kunst mehr kaputt machen.
Obwohl wir viel getrunken hatten, kamen wir uns nicht näher. Später schlief ich auf ihrem Gästebett und hüllte mich in Ruths Laken ein. Kurz vor dem Einschlafen stellte ich mir vor, wie auch sie erwartungsvoll an die Decke starrte. Sicherlich ein abwegiges Bild. Es verhielt sich wohl eher so, dass Menschen wie Ruth, die etwas erreichen wollen, asketisch unterwegs sind. Alles andere kostet sie zu viel Energie.

Am nächsten Tag fuhr ich nach Hamburg zurück, Ruth hatte schon vor dem Frühstück das Haus verlassen und mich mit einem niedlichen Zettel verabschiedet: *Ich freue mich schon jetzt auf unser Wiedersehen.*

Was die neuesten Entwicklungen betraf, schien Ruth Hyde über alles zu informieren. Er hatte als Kooperationspartner gemeinsam mit Hantelschneider bereits einen Termin mit den Wissenschaftlern, die die Ausstellung begleiten und auswerten sollten. Diese hatten eigens dafür ein Institut gegründet, wie Hyde erzählte, auch, um sich in der außeruniversitären Welt bekannt zu machen.

– Ich habe ihnen dargelegt, dass in der internationalen Kunstszene sehr viel Geld fließt und dass man mit guten Kontakten und einigermaßen begründeten Anträgen einiges davon abzweigen kann. Wenn das Geld da ist, folgt das Renommee automatisch. Und Geld kommt zu Geld und Renommee zu Renommee.

Das passte zu dem, was Ruth mir erzählt hatte, und es machte klar, wie sehr es darauf ankommen würde, gewisse Kontakte zu pflegen und immer wieder und überall an den winzigen unsichtbaren Schrauben zu drehen, bis man schließlich die Kunst, die man auf Lager hatte, zu unglaublichen Preisen verkaufen konnte. Ich fragte mich, wie sehr Hyde von Ruth dirigiert wurde, denn schließlich war er viel länger in diesem Geschäft als sie und hatte dazu noch Kunstgeschichte studiert.

Meine Reise nach New York sollte tatsächlich im März stattfinden, und dafür war noch einiges vorzubereiten. Ich hatte vier Tage für alles und hoffte sehr, dann mit Bob zu irgendeiner Form der emotionalen Klärung zu kommen. Um dafür Gelegenheit zu haben, musste ich einen perfekten Zeitplan gestalten, der mich nicht zu lange in Galerien, Ateliers oder

Museen festhielt. Hyde kannte Bob mittlerweile durch Ruths Anpreisungen als Künstler, wusste aber nicht, dass ich mit ihm befreundet war. Deshalb schöpfte er auch keinen Verdacht, als er einen Atelierbesuch in New Jersey auf meiner Vorschlagsliste fand.

Einen Reiseführer brauchte ich nicht, denn Bob wollte mir die Stadt *from the bottom to the top* zeigen. Erwartungsvoll saß ich in jenen Tagen abends im Hallerstraßenhochhaus, blickte in den Hamburger Himmel und hörte die Stimme aus der anderen Zeitzone. Für Bob lief es weiterhin gut, zumindest in Europa weckte seine Kunst Interesse, und die Angebote für Ausstellungen häuften sich. Da man im eigenen Land, in der eigenen Stadt als Künstler in der Regel nichts gilt, störte es ihn nicht, dass der Erfolg sich einseitig in der Alten Welt ereignete. Wer aus New York stammte, wurde dort in der Regel ignoriert, viel mehr zählte die Anerkennung des Auslands. Ich brachte das Gespräch hin und wieder auf die Folien, denn das war mein kleines unausgesprochenes Projekt mit Bob. Soviel ich verstand, hatte er seine Methode, die Folien miteinander zu verschweißen, immer weiter verfeinert. Allerdings sei die ganze Sache ziemlich ungesund, man müsse mittlerweile mit Atemschutzmasken arbeiten. Er wolle nicht alles verraten und warte ungeduldig auf meinen baldigen Besuch in den Staaten.

In einer Nacht wachte ich mit einem großen Schrecken auf, da mir etwas über das Gesicht lief, zunächst hatte ich versucht, es in meinen Traum einzubinden. Ich schlief in einer Scheune auf einem Bauernhof im Stroh, und eine Maus überquerte mein Gesicht. Ich schnellte auf und hörte ein kurzes Piepen. Das Tier musste hier schon länger leben, in den von den Parasiten umgestalteten Hohlräumen. Mein neues Heim hatte also bereits andere Bewohner, und ich diente ihnen als Wirt. Vielleicht waren sie auch über den Müllschlucker hierher gekommen, eine perfekte Straße für Nager und andere Lebewesen. Mir fiel sofort ein Name für die Maus ein: Nick. Mit ihr lebte ich jetzt zusammen.

Der März brachte mildes Wetter und farbiges Licht. Ich ging so oft wie möglich an der Elbe spazieren, begleitete Schiffe, die von anderen Ländern und Kontinenten kündeten, zeichnete Wellen nach, die am Övelgönner Sandstrand anschlugen, und schrie die unvermeidlichen Möven an, die auch mich als Schiffbrüchige nicht verschmähen und ihre furchterregenden Schnäbel in meine ungeschützten Augen hacken würden. Bei jedem Gang an diesem begradigten und ausgebaggerten Fluss wurden alte Geschichten wach, und manchmal kamen mir ein paar Tränen angesichts solch unergründlicher Schönheit, die das Offene der Welt pries und mich so ausgiebig beschenkte. In der Kunst ging es weniger um Schönheit, das wurde mir jeden Tag deutlicher, und Hyde klärte mich langatmig und nicht ohne Blasiertheit darüber auf, dass die Kunst der Gegenwart ohne das Schöne auskommen könne, denn das sei ein veraltetes Programm. Heute ginge es vielmehr darum, die Grenzen des, wie er sich ausdrückte, *Kunstmöglichen* ständig zu erweitern, und diese Erweiterungen hingen nicht mehr von der Schönheit, vom Handwerk des Künstlers oder seinem Material ab, sondern einzig und allein vom Denken, also vom künstlerischen Konzept. Gut, dachte ich, das habe ich auch.

12

Ich hatte nur einen kleinen *Samsonite*-Koffer gepackt, den ich mit in die Kabine nehmen konnte. Der Flieger hob in Fuhlsbüttel sanft ab und ließ Deutschland und seine Befindlichkeiten bald hinter sich. Während des Fluges teilte der Kapitän immer wieder unsere Position mit, und ich nahm an der Überwindung der großen Distanz innerlich teil, Turbulenzen ereigneten sich nicht. Ich las Zeitschriften und konnte später ein wenig schlafen. Ab und zu stand ich auf, um mir die Beine zu vertreten, die Maschine war bis auf den letzten Platz gefüllt. Neben mir saß ein junger Mann, der seinen Walkman während des gesamten Fluges nicht herunternahm, manchmal nervte die Lautstärke, ich sagte nichts. Mitten in den Wolken bekam ich meine Menstruation, eine merkwürdige Reaktion des Körpers, vielleicht gegen diese Überlassung an eine Maschine gerichtet, die ich selbst überhaupt nicht beeinflussen konnte. Was wäre, wenn die Piloten beide einschliefen? Dann gäbe es immer noch den Autopiloten. Was aber, wenn auch der Autopilot einschliefe? Die Stewardessen der *Air France* waren auch für solche Fälle gerüstet.

Bei der Einreise in Newark gab es eine kleine Komplikation, da ich das Formular nicht richtig ausgefüllt hatte. Der genervte Zollbeamte drückte mir ein neues Formular in die Hand, und ich musste mich noch einmal hinten einreihen. Dadurch verspätete ich mich um mindestens eine Stunde, und Bob musste entsprechend länger auf mich warten. Er trug einen Cowboyhut und legte ein breites Lächeln auf. Auf seinem T-Shirt war der in glänzender Folie angebrachte Schriftzug *L'Aura welcome* zu lesen. Unsere Begrüßung verlief überaus herzlich.

– Was war los?

– Ach nichts, nur Bürokratie.

Wir verließen das Flughafengebäude, und Bob brachte mich zu seinem Wagen, ein rostiges Pritschenfahrzeug mit großer Ladefläche.

–Ich zeige dir zuerst das Atelier, Jeff ist jetzt auch dort. Es ist gar nicht weit von hier, etwa zehn Meilen. Später fahren wir dann nach Manhattan.
Schon aus dem Flugzeugfenster waren mir die Farben der Landschaften, Gebäude und Straßen anders erschienen, als ich sie aus meinem bisherigen Leben kannte. Ich hatte das den Scheibenfiltern der Maschine zugeschrieben, doch das Bekannte sah hier tatsächlich leicht abweichend aus. Der kleine Unterschied gewann eine große Wirkung, banale Dinge erschienen verzaubert, Autobahnschilder und Fahrbahnmarkierungen glänzten wie wertvolle Materialien. Ich sah alles durch ein Brennglas, das jeden Gegenstand in seinem Fokus veredelte. Das Atelier in Jersey City befand sich in einem imposanten achtstöckigen Gebäude, das wie eine misslungene architektonische Mischung aus einem Bunker und einem Kaufhaus aussah. Hier verteilten sich einst über mehrere Stockwerke die Säle, in denen Snooker oder Carambolage gespielt wurde. Heute war als einziger Betrieb ein Chinarestaurant übrig geblieben, dessen Leuchtreklame in Höhe des zweiten Stockwerks unausgesetzt glimmte. Durch eine schwere Eisentür gelangten wir in das Gebäude, der Aufzug funktionierte sogar. Wir fuhren zunächst in den zweiten Stock, wo sich eine gespenstische Szenerie eröffnete. Riesige leer stehende Hallen, in denen alte Billardtische und Barhocker herumstanden, reihten sich aneinander. An den mit Graffiti markierten Wänden hingen noch Überbleibsel von Plakaten, die auf Sportveranstaltungen ferner Tage hinwiesen. Der Fußboden war über und über mit leeren Spraydosen und Bierflaschen besetzt. Reste von kleinen Feuern und verwesender Unrat lockten düstere Visionen hervor: eine Zeit nach der Apokalypse, in der alles im Chaos versunken ist und die wenigen Überlebenden ihr verwahrlostes Dasein in aufgegebenen Gebäuden fristen. Auch dieser Film war bereits gedreht.

– Manchmal ist es etwas unheimlich, besonders, wenn wir bis in die Nacht hinein arbeiten. Hier laufen schon komische Typen rum. Aber die kennen uns und wissen, dass wir okay sind.
– Du könntest das gesamte Teil als Kunst ausstellen, das alles ist eine perfekte Installation. In Europa würde das Kunstpublikum davon begeistert sein.
– So einfach ist es nicht.
– Doch, im Moment jedenfalls.
Das Atelier befand sich im vierten Stock. Ich wunderte mich über die Leute, die in solch einem Panikhaus ein chinesisches Restaurant besuchten, und wurde dann aufs Neue durch die spektakuläre Räumlichkeit überrascht, die Bob und Jeff hier angemietet hatten. Sie füllte eine enorme Fläche aus, die durch Betonpfeiler unterteilt war. Auch hier gab es Billardtische, nur wurden die von den Künstlern als Ablagen für ihre zahlreichen Materialien verwendet. Sie teilten sich die Halle mit zwei Malerinnen, die ihre Ateliers in den hintersten Ecken aufgebaut hatten. Fantastische Arbeitsbedingungen, Bob und Jeff konnten in ihren Pausen sogar Soccer spielen, ohne jemanden zu stören, das Ganze maß an die fünfhundert Quadratmeter.
Ein süßlicher und gleichzeitig leicht beißender Geruch zog durch das gesamte Geschoss, Lösungsmittelaromen. Atemschutzmasken lagen einsatzbereit herum. Von weitem war eine hagere Gestalt mit dunklen Haaren auszumachen, die sich durch unser Kommen nicht in ihrer Beschäftigung stören ließ. Jeff war gerade dabei, Schichten von Folien auf eine Aluminiumplatte aufzutragen, wofür er eine Art Rakel benutzte. Bob stellte uns einander vor, Jeff, der eine schwarze Hornbrille trug, grüßte kurz und setzte dann seine Arbeit fort. Er kam mir vor wie ein europäischer Vorstellung entsprungenes Cliché des coolen New Yorker Künstlers.
– Man muss die Folien auftragen, solange sie heiß sind, danach geht es nicht mehr.

Bob zeigte mir eine mit lasierenden Farben überzogene Metallplatte. Ein Ockerton dominierte, der in der Tiefe ein leichtes Purpur freigab. Darauf gruppierten sich applizierte Bildmotive exotischer Tiere, ein Tiger, ein Kakadu und ein Wasserbüffel, die mit aus Zeitschriften oder Zeitungen herausgerissenen Textfetzen und Bildern aus dem Tagesgeschehen ergänzt wurden. Foliencollagen, die stark glänzten und Schicht für Schicht neue Bedeutungen freigaben. Die Dinger waren ziemlich schick.

– Wie lange arbeitet ihr an einem Bild?

– Ein bis zwei Wochen. Wir arbeiten aber immer an mehreren Bildern gleichzeitig, es gibt schon über fünfhundert Arbeiten, in allen möglichen Formaten und auf ganz verschiedenen Trägern. Wir können die Folien auf fast alles auftragen. Wenn ich das nächste Mal in Europa bin, werde ich einige dieser Bilder dabeihaben, wir werden immer besser.

Jeff schaute etwas unverständig herüber und hielt kurz inne, dann grinste er und klebte weiter an seiner Platte herum. Ich fand diese Arbeiten dekorativ und stark an Patchwork orientiert, ihnen fehlte der gewisse Effekt, der mich beim zweiten Hinschauen festhielt und für das Bild einnahm. Das lag sicher auch daran, dass hier Oberflächen über Oberflächen montiert wurden und der lasierte Grund allein nicht genug Tiefe hervorbrachte. Der Blick verweilt nie sehr lange an einer Oberfläche, die nur aus sich selbst besteht.

– Wir fahren jetzt nach Manhattan, es ist eine gute Zeit dafür. Danach bringe ich dich nach Brooklyn zu Monica, dort kannst du übernachten, ich werde heute noch lange arbeiten.

Er hatte meinen Besuch in seinen Arbeitstag eingebaut, ohne viel Zeit für eine mögliche Begegnung zu reservieren. Dafür war gleich ein Wiedersehen mit Monica geplant. Ich war sicher, dass er nichts von unserem Erlebnis wusste. Um Bob herum passierte viel, doch die kaum zu unterbrechende Konzentration auf seine Kunst und nichts als seine Kunst sorgte für klare Verhältnisse.

Wir verließen das sinistre Gebäude und fuhren in Richtung Manhattan. Im Holland Tunnel staute sich der Verkehr, die ortsüblichen übergroßen Bremslichter blendeten. Unsere Fahrt wurde jetzt durch ein nicht mehr aufzulösendes Stop-and-Go bestimmt, wir kamen nur noch meterweise voran, und aus allen Richtungen ertönte unaufhörliches Hupen. Als wir endlich aus dem Tunnel herausfahren konnten, kamen die Türme Manhattans in Sicht, die von Straße zu Straße weiter in den Himmel ragten und von innen leuchteten. Ich musste lachen, dass es so etwas gab, alle Hochhäuser Europas kamen mir dagegen niedlich vor.

– Der Verkehr fließt meistens so zäh um diese Uhrzeit, wir werden noch eine Stunde brauchen bis Brooklyn, heute ist es besonders schlimm.

Die langsame Geschwindigkeit hatte den Vorteil, dass Bob eine Stadtführung veranstalten konnte, und es bereitete ihm Vergnügen, herauszustellen, welches Gebäude in welchem Jahr das höchste dieser Welt gewesen war. Die Autofahrer benahmen sich recht aggressiv, mehrfach sah ich, wie Leute aus ihren Fahrzeugen ausstiegen und herumbrüllten: Stauforschungen. Die Brooklyn Bridge empfand ich als romantisch, an ihrem Ende wand sich die Zentrale der *Watchtower Society* in die Höhe, ein würdiger Ort, um das Weltenende herbeizusehnen, über vergifteten Wassern, umgeben von unzähligen leeren Gebäuden, in denen ehemals menschliche Geschicke gebündelt ihres unvermeidlichen Schicksals harrten. Wohin ich blickte, erschienen mir die Straßen belebt und geschäftig, trotzdem ließ mich der Eindruck von Leere und Verlassenheit, der auch gut zu all den anderen hier sichtbaren Farbtönen passte, nicht mehr los. Ich erfuhr New York als eine ungemein lebendige Geisterstadt.

Das Haus, in dem Monica lebte, war zweistöckig und durch ein schweres Eisengitter geschützt. Wir klingelten, und es dauerte nicht lange, bis sie mit ihrem Lächeln an das Gitter trat, es mit einer routiniert ruckartigen Bewegung wegschob und mir um den Hals fiel. Sie teilte dieses Haus mit einem Goldschmied aus der Karibik und einer Freundin, die den kleinsten Raum im Obergeschoss bewohnte. Außerdem schlichen zwei Katzen durch die Gänge, deren Wände über und über mit Filmplakaten tapeziert waren. Monica hatte uns erwartet und einen Salat zubereitet, dazu reichte sie Bier, *like in Germany*. Mir gefiel diese Atmosphäre, wenig Möbel, aber viele Bücher, Platten und CDs, alles so eingerichtet, als könnte man jederzeit umziehen. Bob hielt sich nicht mehr lange mit uns auf, trank kein Bier, nahm nur etwas Salat und verabschiedete sich. Er würde mich am nächsten Tag in der Mittagszeit abholen. Ich dankte ihm, enttäuscht, denn sein Kuss wirkte beliebig.

Telefone klingelten oft in diesem Haus, manchmal schalteten sich die Anrufbeantworter nacheinander an und spulten ihre gespeicherten Ansagetexte ab, als ob sie sich miteinander unterhielten.

Monica erzählte von ihrem Job, sie arbeitete zurzeit für eine Low-Budget-Produktion, die an Originalschauplätzen in Brooklyn und Manhattan gedreht wurde. Ihr Vater hatte sein Appartement für den Film zur Verfügung gestellt, sogar sein Trampolin bekam einen Kameraeinsatz. Ein älterer Herr, ehemaliger Jazzmusiker, der abends allein in seiner Wohnung Sprünge ausführte, die Mieter unter ihm wussten Bescheid.

Ich schlief unruhig unter einer sehr kratzigen Decke, die nach Katze roch. Von draußen drangen Geräusche wie von Sylvesterfeuerwerk in das Haus, und gelegentlich klingelte immer noch eines der offenbar zahlreichen Telefone. Beim Frühstück erzählte mir Monica, dass die Geräusche von einer Schießerei gestammt hatten. Eine berüchtigte Straße, in der Drogen gehandelt würden, befinde sich in unmittelbarer Nähe, manchmal komme es dort zu Streitereien. Vor wenigen Wochen habe man in einer Mülltonne um die Ecke einen weiblichen Torso entdeckt. Auf keinen Fall solle ich in dieser Gegend einen Briefkasten benutzen, es sei unsicher, ob er überhaupt jemals geleert werde.

Unsere Begegnung wies nichts von der erotischen Spannung auf, die sie in Berlin und Hamburg ausgezeichnet hatte. Man brauchte nur den Kontinent zu wechseln, um alles zu neutralisieren, was sich zwischen uns in dieser Hinsicht ereignet hatte, obwohl ich Monica hier irgendwie noch anziehender fand. Wir kamen nicht darauf zu sprechen, und sie vermied es, mich auch nur im Entferntesten einladend anzusehen. Dann unternahmen wir noch einen kleinen Spaziergang im Viertel, tagsüber sei es ungefährlich, mittags holte mich Bob dann endlich ab. Er hatte seinen Wagen nicht dabei, da Jeff ihn für einen Transport benötigte, außerdem sei es ohnehin fast unmöglich, in Manhattan zu parken. So nahmen wir die Untergrundbahn, die sich unglaublich langsam fortbewegte und den Eindruck vermittelte, äußerst reparaturbedürftig zu sein. Ich genoss es, das New Yorker Völkergemisch beobachten zu können. Unwahrscheinliche Kreuzungen, wie die zwischen Afrikanern und Chinesen, waren hier überzeugend gelungen und zeigten sich selbstbewusst im städtischen Raum. Wir stiegen am Broadway aus, und ich inhalierte den Atem dieses quirligen Straßenzuges mit seinen viel besungenen Eigenschaften. Bob bemerkte, wie aufregend ich es fand, hier zu sein, der Himmel hatte sich geöffnet und verwöhnte uns mit ersten wärmenden Frühlingsstrahlen. Er nahm meine Hand, und in diesem Moment bildeten wir so etwas wie ein Paar.

Indem Bob mir die Stadt zeigte, konnte auch er sie mit anderen Augen sehen. Das World Trade Center fand ich wenig eindrucksvoll und einfach nur geschäftig. Wir gelangten mit dem

Lift in einer langwierigen Fahrt nach oben. Ich genoss den Wind und die Aussichten auf Manhattan und New Jersey weitaus mehr als das stahlglasige Bauwerk. Das noch mehr Stein zeigende Iron Steel Building, das mittlerweile von deutlich höheren Ensembles umringt war, jedoch eine charaktervolle Architektur zeigte, gefiel mir viel besser. Bob bereitete es Freude, immer wieder die Entstehungsjahre der Gebäude zu kommentieren, er kannte sich bestens aus in der Geschichte Manhattans. Für eine Pizza fuhren wir auf Rolltreppen in den vierzehnten Stock eines Wolkenkratzers.

– Es ist perfekt, in dieser Höhe zu essen. Du kannst den ganzen Mist unten lassen, jedes Stockwerk ist eine eigene Welt, ein eigenes Level, du fühlst dich hier komfortabel.

– Aber es dauert lange, bis du unten bist, wenn es brennt.

– Das passiert hier selten. Nicht so oft wie in Europa.

– Bist du oft hier?

– Nein, das ist vielleicht das fünfte Mal. Nur wenn ich Besuch habe, komme ich an diesen Ort, sonst habe ich keine Zeit, ich bin fast immer im Atelier.

– Im Moment scheint es sehr gut bei dir zu laufen.

– Ja, ich komme mit der Produktion kaum hinterher, die Leute wollen aber Zeichnungen und Fotografien, dabei arbeite ich hauptsächlich an den Folien.

– Es ist ja nicht schlecht, wenn du verschiedene Werklinien hast. Vielleicht solltest du zusätzlich noch mit Rauminstallationen arbeiten. Bei all dem Zeug, das ihr in dem Gebäude habt, bietet sich das an.

– Das scheint dich ja nicht loszulassen. Es ist aber eigentlich nicht meine Arbeit.

– Das wird in den nächsten Jahren kommen, da bin ich sicher.

– Dann mach ein paar Fotos von den Räumen. Wir bieten Hyde dann Rauminstallationen an. Wenn er sie nimmt, bist du mit zehn Prozent beteiligt.

– Alle geben mir nur zehn Prozent.
– Gut, du bekommst zwanzig Prozent. Haha.
Er ahnte nicht, dass ich das verfolgen würde. Wir besuchten die *Morgan Library*, dort befanden sich Handschriften von Balzac. Sie waren über und über in schmaler spitzer Schrift auf bereits korrigierten Druckfahnen angebracht, angeblich soll er noch in der Druckerei letzte Korrekturen vorgenommen haben. Texte, die nie aufhören, nie perfekt sind, alle immer wieder umgeschrieben werden können. Mich berührte die Vorstellung, dass der große Schriftsteller auf diese Blätter geschrieben hatte, es waren Seiten aus einer anderen Zeit, die sich nun an mich richteten. Bob warf mir einen sentimentalen Blick zu, mehr nicht. Unser Stadtbummel begann verheißungsvoll, doch wir beließen es beim Stand der Telefonate, trotz aller Versuche sprang der Funke nicht über, der mehr Gefühl hätte entzünden können. Monica gegenüber verhielt es sich ähnlich. Auch sie machte keine Anstalten, mich anders als freundschaftlich zu berühren, die ganze Atmosphäre in ihrem Haus in Brooklyn vermittelte nichts Erotisches. Ich hatte den Eindruck, dass es in den USA in Gesprächen zwar ständig um Sex ging, die Ausführung aber wenig sorgfältig vorgenommen wurde.
– In den nächsten Tagen habe ich verdammt viel zu erledigen, der Wagen muss noch in die Werkstatt. Es wäre vermutlich besser, wenn du bei Monica bleiben könntest, ich werde in New Jersey schlafen.
– Heute ist auch mein einziger freier Tag hier, ich habe eine volle Liste mit Aufträgen von Hyde. Ich wollte auch noch ein paar Fotos von eurem Atelier machen.
Am nächsten Tag besuchte ich Künstler und Galeristen in Manhattan, in Soho und Greenage Village. Es waren ein paar interessante Leute dabei, aber ich hörte nicht wirklich hin. Bob ging mir aus dem Weg, das verdarb mir den Aufenthalt,

mit solchen Widerständen hatte ich nicht gerechnet, und ich war wie gelähmt. Die einzige Chance, die ich noch hatte, war mein dritter Tag in der Stadt. Nachmittags war ich mit Bob in New Jersey verabredet, um Aufnahmen seiner Arbeiten vor Ort zu machen.

Er war allein im Atelier. Während ich fotografierte, dabei auch nicht das Billardsaalgerümpel vergaß, bereitete er Kaffee zu. Wenn das verkäuflich wäre, müsste es irgendwann auch mit den Folien klappen. Bob konnte dann als Allrounder vermarktet werden. Er war jemand mit vielfältigen Talenten, was er selbst aber noch nicht erkannt hatte.

Ich räumte einige Gegenstände beiseite und setzte mich auf einen der beiden Billardtische des Ateliers. Das gab einen guten Kontrast zum dunkelgrünen Spielfeld und seiner braunen hölzernen Umrahmung. Ich wollte keine Zeit mehr verlieren. Als Bob in meine Nähe kam, öffnete ich meine Beine und zog ihn an mich heran. Er hatte nichts dagegen und versank in einen langen befreienden Kuss, der salzig und durchaus gierig schmeckte. Es war nicht besonders warm in dem Raum, und so schliefen wir miteinander, ohne uns zu entkleiden, mir kam das ziemlich amerikanisch vor.

Die Tage vergingen rasch, und wir hatten keine weitere Gelegenheit zu solchen Zärtlichkeiten, die in ihrem unerwarteten Ernst auch nicht verabredet werden konnten. Ich war froh. Es wäre eine unbegreifliche Auslassung gewesen, hätten wir uns nicht auf diese Weise getroffen. Nun gab es dieses Band zwischen uns, wir würden uns in dem Bewusstsein wiedersehen, vielleicht ein Paar abgeben zu können. Ich würde auf ihn warten und er auf mich. Monica wusste nichts von alldem, und wir sprachen in der ganzen Zeit auch wenig über persönliche Dinge. Da wir beide viel zu tun hatten, sahen wir uns nur abends zum Essen. Vor meiner Abreise lud ich Monica, Bob und Jeff zu einem Abschiedsessen in ein Restaurant ihrer

Wahl ein. Sie suchten sich einen Inder ohne Lizenz zum Ausschank von Alkohol aus. Jeff überwand das Verbot, indem er einen Sixpack besorgte und den Inhaber fragte, ob wir in seinem Lokal Bier trinken dürften. Er hatte nichts dagegen, und so stellten wir uns den Abend zusammen, in unmittelbarer Nähe des legendären *Chelsea* Hotels. Am nächsten Morgen brachte Bob mich zum Flughafen, und wir spürten den zehrenden Hauch aufkommender Sehnsucht.

– Take care.

– And you too.

Dann saß ich wieder in der fliegenden Aluminiumröhre und überantwortete meinen Körper unbekannten Piloten, die ihn tausende von Kilometern befördern sollten, hin zum alten Kontinent, der klein, eng, überbevölkert und ständig mit überkommenen Geschichten beschäftigt war. Man brauchte dort nur wenige Kilometer zu reisen, um in eine andere Sprache zu gelangen. Bob ließ ich zurück. Ich wollte gut zu ihm sein. Das war möglich, indem ich etwas für seine Kunst tat. Ein Künstler existiert nur durch sein Werk und ein Liebhaber nur durch seine Liebe, doch manchmal wächst das Werk auch mit dem Liebhaber, dachte ich.

13

Die Aussicht auf *East-West-Divers* bestimmte die nächste Zeit. Die Galerie Hyde war mit mehreren Künstlerinnen und Künstlern vertreten und ließ sich von Ruth beraten, auch die Kooperation mit Hantelschneider verlief anscheinend zufriedenstellend. Meine Vorschläge waren auf offene Ohren gestoßen, und Hyde wollte unbedingt eine Rauminstallation von Bob präsentieren, den er für einen Protagonisten der aktuellen amerikanischen Szene hielt. Ein Team von Wissenschaftlern hatte ein Forschungsprojekt zur Ausstellung beantragt und bereits signalisiert bekommen, dass Fördermittel fließen würden, im Stiftungsrat saßen befreundete Kollegen, was das Verfahren beschleunigte. Hyde führte mit einem leicht dämonischen Lächeln auf den Lippen hierzu aus, dass die Gründung eines Vereins notwendig gewesen sei, da eine Universität solche Mittel nicht direkt erhalten dürfe. Zusätzlich böten diese Gelder die hervorragende Möglichkeit, über Material- und Anzeigenrechnungen Grafiker und Journalisten zu entlohnen, die sich dann wiederum für das Netzwerk bezahlt machen würden. Das war alles findig ausgedacht und dabei vollkommen legal. Dass das Geld für diese Projekte, mit denen sich Hyde und Hantelschneider später schmücken konnten, von der Allgemeinheit stammte, als deren Elite sie sich wähnten, stellte keinen Widerspruch dar. In einem Telefonat machte Ruth noch einmal die Zusammenhänge deutlich. Mir war all das längst klar, ich hörte es mir aber ohne Widerwillen an.

– Wir weisen eine eindeutige Orientierung an der Hochkunst auf, bei uns geht es nicht um populistische Events. Wir arbeiten dort, wo Eliten sich bewegen und wo Gelder vorhanden sind, Fördermittel und internationales Kapital.

– Wie kommt man da ran?

– Viele ehemalige Achtundsechziger sind heute unter denen, die uns unterstützen. Sie haben aus ihren Erfahrungen gelernt und wissen, wie ein Markt funktioniert. Es kommt immer darauf an, wie und wo man sein Wissen einsetzt, denn es muss ja zu etwas nütze sein. Da in den Stiftungsräten ähnlich gestrickte Leute sitzen, kommt man am besten über die sozialkritische Schiene an die Töpfe, das ist hierzulande so. Und wenn du mich fragst, gehören progressive Haltung und bürgerliches Interieur einfach zusammen.

Mit Bob telefonierte ich oft, auch wegen der Rauminstallation. Was er anfangs als abwegige Idee angesehen hatte, wuchs durch meine vorsichtigen und doch unnachgiebigen Einflechtungen in Hydes Kunstweltbildgedanken zur Chance, voluminösere Arbeiten zu gestalten und neue Interessentenkreise anzusprechen. Ich hielt mich im Hintergrund, da ich Bob gegenüber nicht den Eindruck erwecken wollte, ihn aus Freundschaft überall zu protegieren und dann womöglich Ansprüche an ihn zu stellen. Das wäre mir äußerst unangenehm gewesen, und es gehörte auch zur labilen Balance unserer Beziehung, keine offensichtlichen Abhängigkeiten zu schaffen, denn davon gab es in der Gesellschaft der Kunst schon viel zu viele. Ich musste mich zurückhalten, was das Unmittelbare betraf, in der Kunst wie in der Liebe.

Hyde kam begeistert aus New York zurück, und er war auch in New Jersey gewesen. Bob hatte für dieses Treffen eine Rauminstallation aufgebaut, bei der zwei Billardtische übereinander gestapelt und an ihrer Holzumrahmung mit Abfällen aus der Folienproduktion geschmückt waren. Auf dem Spielfeld des oberen Tisches befand sich eine kleine kitschige Skulptur, zwei betende Hände aus Porzellan und das T-Shirt, auf dem *L'Aura welcome* stand. Die Löcher dieses Snookertisches waren mit breitem Tape verklebt, auf dem sich wiederum Folienbildabfälle mit Fetzen aus dem Tagesgeschehen befanden, sogar Bilder vom Mauerfall waren dabei. Hyde grinste, während er mir die Fotos dieser völlig beliebigen und, wie ich Bob einschätzte, bewusst inhaltsleer hergestellten Installation zeigte.

– Das ist genau das Ding. Solche Arbeiten werden in den nächsten Jahren überall in Museen stehen. Das ist ein erstaunlich sicherer Stil, wie diese amerikanischen Ikonen miteinander verbunden und mit heutigen europäischen Ereignissen in einen Zusammenhang gestellt werden.

– Ja, die Arbeit wirkt sehr durchdacht.

– Genau, sie ist durchdacht, aber nicht nur das, sie ist auch frisch. Das ist genau das richtige Wort. Es ist eine frische Arbeit, sie hat die Frische einer sich neu formierenden Künstlergeneration.

– Sollen wir sie für *East-West-Divers* erwerben?

– Das ist bereits geschehen. Ich habe mit Ruth Netzer telefoniert und sie für meine Idee begeistern können. Auf diese Arbeit habe ich ein Vorkaufsrecht, hier ist der Vertrag.

Als ich den Preis las, bekam ich einen Schrecken, zweihunderttausend Mark waren für einen Künstler wie Bob, der nun nicht gerade berühmt war, eine Menge Geld, und mein Anteil würde mir ein ziemliches Sümmchen bescheren. Unglaublich, wie das funktionierte. Leichte Beeinflussungen, hier und da eingeflochten, erreichten alles. Am besten, man ließ die Leute in dem Glauben, sie seien selbst darauf gekommen, und dann gab es plötzlich Kaufinteressenten, die bereit waren, sechsstellige Summen für etwas zu bezahlen, was einer schrägen Idee entsprungen war. Die alchimistische Umwandlung wurde hier möglich durch die Urteile und Vorgaben einer auserlesenen Gemeinde, die die Geschicke der Kunst leitete und den weniger Verschlagenen einen Geschmack vorstellte, den diese in ihrer Unbedarftheit als wegweisend annahmen. Das war faszinierend und genau aus dem Stoff, der Leute wie Ruth, Hyde und mich zu ungeahnten Leistungen antrieb.

Hyde verkaufte Bobs Billardtische schon vor der Ausstellung und machte dabei noch ein ausgezeichnetes Geschäft, wie er mir voller Jägerstolz mitteilte. Ein Londoner Sammler und Inhaber einer großen Versicherungsgesellschaft kaufte die Arbeit mit dem Titel *L'Aura welcome* für das Foyer der Zentrale seines Unternehmens im Londoner Westend, wo sie nach der Berliner Ausstellung ihren endgültigen Platz finden sollte. Die Ausstellung hatte nun auch die Aufgabe, das Werk bekannt zu machen, wodurch es für seinen Besitzer und das Unternehmen in jeder Hinsicht an Wert gewönne. Hyde brachte den Titel zum Glück nicht mit mir in Verbindung, und Bob hielt sein Versprechen. Wenige Wochen nach dem Erhalt des Erlöses schickte er mir einen Scheck mit meinem Anteil, einer fünfstelligen Summe. Davon kaufte ich mir gleich einen französischen Kleinwagen. In Telefonaten mit Bob fand ich es erstaunlich, dass er *L'Aura welcome* nun ohne jede Einschränkung als seine Arbeit ansah und auch ihre Ernsthaftigkeit betonte. Er wirkte sogar verletzt, als ich ihm in Erinnerung rief, unter welchen Umständen das Werk entstanden war. Im Sommer wollte er nach Deutschland kommen, auch, um mich wiederzusehen. Seine Arbeiten hatten inzwischen ihren Weg in die Kunstpresse gemacht, und es hatte sich herumgesprochen, dass er an *East-West-Divers* teilnehmen würde. Die Ausstellung hatte bereits im Vorfeld einigen Wirbel verursacht, da mehrere Künstler erst ein- und dann wieder ausgeladen worden waren, nachdem man ihre Verstrickung mit staatlichen Sicherheitsdiensten aufgedeckt oder auch nur vermutet hatte. Eine bessere Werbung konnte es nicht geben, und wahrscheinlich hatte Ruth ganz bewusst auf dieses Pferd gesetzt.

An den Wochenenden dieser Monate fuhr ich gern durch die Hamburg umgebenden Landschaften, durch die versteckten Idyllen von Orten wie Ahrensburg, Jork, Stade, Ratzeburg,

Mölln oder Lüneburg. Nord- und Ostsee besuchte ich regelmäßig, das Brodtener Ufer mit seiner unentwegt Land dem Meer überlassenden Steilküste war mir aus Kindheitstagen vertraut. Es hatte, obwohl es sich ständig verkleinerte, etwas Paradiesisches. Und wenn es in Ratzeburg bessere italienische Restaurants gegeben hätte, wäre auch dieser Landstrich dem Paradies nahe gewesen, denn in der Nähe seines Domes konnte ich nicht anders, als von einer Strahlung erfasst zu werden, die mich eine andere Dimension erahnen ließ. Ein auserwählter Ort, dessen Zauber sich gegen die von zahlreichen Wählern gewollte Nachkriegsstraßenplanung behaupten konnte. Ich spazierte, begleitet von Tagegeistern, eher durch Charaktere als durch Orte. Hinter Bäumen und Büschen hauchten mich verborgene Wesen an, die keiner Worte bedurften. Dort konnte ich in eine Traumzeit eintauchen, die sonst überall verschüttet ist, von Beton, Asphalt und Millionen von Aufgaben. Dieses Feenniveau überraschte mich, denn wo ich meinen Beschäftigungen nachging, fand sich unter dem Pflaster höchstens Sand. Ich dachte daran, Bob den ein oder anderen dieser Orte zu zeigen. Für Ruth war das nichts, sie konnte sich nur in der Stadt so verwirklichen, wie es ihr vorschwebte. Manchmal nahm ich Finn mit, der sich dann durch die Landschaften schnupperte und mich mit seiner Freude ansteckte.

Bob kam Ende Juni und blieb zwei Tage in Hamburg, die er hauptsächlich mit Galeristen und Journalisten verbrachte. Die späteren Abende hatte er für mich eingeplant. Er wohnte in der Hallerstraße. Wir liebten uns am ersten Abend ausgiebig und mit der Heftigkeit Dürstender, doch schwiegen über das, was uns am meisten bewegte.

– Die Leute hier sind sehr hilfsbereit. Hyde will so schnell wie möglich neue Installationen von mir. Du weißt ja, dass ich nichts auf Lager habe. Ich arbeite weiter an den Folien. Das geht nicht anders.

– Aber du kannst doch die Folien auf jeden Gegenstand kleben, ich sehe da kein Problem.

– So kann ich nicht denken. Die Form muss ja künstlerisch entwickelt sein.

– Aber sie braucht nicht unbedingt vom Künstler zu stammen. Das wäre zumindest ein etwas veraltetes Konzept.

– Wie meinst du das?

– Alle Dinge können eine künstlerische Form gewinnen, das war es doch, was Duchamp entdeckt hat, dass die Kunst in allem stecken kann.

– Aber gerade deshalb ist es schwierig, gute Kunst zu machen. Du kannst nicht einfach etwas wiederholen.

– Es kommt darauf an, wie du es wiederholst. Wenn du hier zum Beispiel diesen Glastisch nimmst, der ist für dich absolut geeignet, aus dem kannst du eine großartige Bob-Schultz-Arbeit machen.

– Okay, ich klebe also ein paar Folien auf den Tisch und stelle noch irgendein Ding darauf und dann habe ich die Arbeit?

– Genau das meine ich. Du hast ja schon deine Handschrift, der Erfolg von *L'Aura welcome* weist dir die Richtung.

– Dann brauche ich noch ein T-Shirt.

Ich ging zu meinem Kleiderschrank und zog ohne hinzusehen ein T-Shirt aus dem Schrank. Es hatte eine olivgrüne Farbe und trug den schwarzen Aufdruck *THE FUTURE IS STUPID*. Ein Satz der Künstlerin Jenny Holzer, die solche Schriftzüge in öffentlichen Räumen oder auf Gebrauchsgegenständen anbrachte.

– Aber das ist ein Plagiat, wenn ich das verwende.

– Wieso? Du wiederholst den Satz doch in völlig anderer Weise. Ich legte das Shirt auf den Glastisch und stieg auf seine Oberfläche. Dann zog ich mich halb aus. Nur mit Büstenhalter und Unterhose bekleidet, kniete ich auf allen Vieren auf

diesem Gestell, das bereits denkwürdigen Auftritten gedient hatte. Das T-Shirt war unter mir, die Schrift nach oben.
–Das ist auch geklaut, von Allen Jones gibt es eine ähnliche Sache mit einem Dummy, da wurde die Tischplatte von der Puppe getragen.
–Je mehr es geklaut ist, desto mehr Leute können überhaupt etwas in einer solchen Arbeit sehen. Es ist ja nicht genauso wie bei Jones.
–Bleib bitte so, nur eine Minute.
Bob holte eine Kamera und nahm mich samt Glastisch auf. Ich hätte mir ein romantischeres Motiv für ein Foto gewünscht, aber so konnte er sich die Idee gut merken.

Alles lief planmäßig, und Anfang August kam Bob zum zweiten Mal nach Deutschland. Nun ging es ihm hauptsächlich um die Ausstellung, und er verbrachte nur einen Tag in Hamburg. In der Zwischenzeit hatte er die Installation mit dem Glastisch angefertigt, die er in der Galerie mit Fotografien präsentierte. Statt einer weiblichen Puppe saß nun ein von pornografischen Folienbildern mit einigen sogenannten *Cum Shots*, wie Bob mir erklärte, eingerahmter lebensgroßer Plastikschornsteinfeger auf der Tischplatte, den er nach eigener Aussage bei seinen Fahrten durch New York gefunden hatte, in Queens, genauer gesagt. Ich fand das Objekt ziemlich witzig, Hyde war nahezu verzückt.
–Eine irre Arbeit. Da ist alles drin, die Sechziger, die Siebziger, die Achtziger, die Neunziger und das, was noch kommen wird. Das ist so sexy und aggressiv. Auch der subtile Bezug zu Holzer ist klasse, die war ja mal wichtig. Man muss die Arbeit in einen leicht abgedunkelten Raum stellen, da würde sie hervorragend zur Geltung kommen.
–Daran dachte ich auch. Es freut mich, dass Ihnen die Arbeit so gefällt.

– Was den Preis betrifft, so können wir nach *East-West-Divers* sicherlich noch höher ansetzen, das dürfte kein Problem sein. Man kann davon ausgehen, dass ihr Marktwert deutlich steigen wird. Gut wäre es, wenn wir bald eine Einzelausstellung realisieren könnten und danach am besten noch eine in London hätten.

– Das klingt sehr gut.

Miterleben zu können, wie ein Künstler seinen Weg machte, ließ mich für einen Moment vergessen, auf welch schmalem Grat sich das Ganze abgespielt hatte. Immerhin waren Bobs Folien mit im Spiel, das vermittelte den Eindruck, dass er sein Werk weiterentwickelt hatte, zumindest sollte er sich das immer wieder sagen können. Mir war aufgefallen, dass im Feld der Kunst eine ununterbrochene Selbstüberredung herrschte, an jeder Stelle waren die Akteure damit beschäftigt, sich von sich, ihrer Institution oder ihren Produkten zu überzeugen, und das Wichtigste war, das die Überzeugung auch auf andere übersprang, denn nur dann bestand die Chance auf die Verwandlung einer künstlerischen Vorstellung in harte Währung. Wo die Ideen herkamen, war nebensächlich, entscheidend blieb stets ihre Verwertung. Wenn ich Bob einen Impuls für eine Arbeit lieferte, dann wurde mein Gedanke, indem er sich mit ihm befasste, zu einem Auslöser für sein späteres Werk, mehr bedeutete ihm das nicht. Wenn ich mich mit ihm über ein künstlerisches Problem unterhielt und dabei auf Dinge kam, die ihm nie eingefallen wären, gab es später doch Verstimmungen, wenn ich ihn darauf ansprach. Ich konnte damit leben und sagte mir, Künstler müssten auf der Lauer liegen, es überall darauf absehen, neue Ideen aufzugreifen. Oft besteht der Hauptanteil ihrer Arbeit in solchen Aufnahmen von aus anderen Köpfen stammenden Kostbarkeiten, die der entsprechende Sender meist gar nicht zu würdigen weiß. Immerhin sicherten wir unter uns meine finanzielle Beteiligung, auch was die neue Arbeit betraf, die den Titel *Table Dancers* erhielt.

Wegen dringender Termine, die mir Hyde ausgerechnet in den Tagen von Bobs Besuch aufgetragen hatte, konnte ich nicht mit nach Berlin kommen. Mich störte es, dass Bob bei Ruth übernachten würde, für die er auch eine Fotoserie und einige kleinere Folienbilder mitgebracht hatte, die mit Zeichnungen angereichert waren, aber ich sagte nichts dazu. Sie hatte ihm sogar den Flug spendiert. An unserem einzigen Abend rief Ruth auch noch an und telefonierte eine halbe Stunde mit Bob, wer weiß, worüber. Ich gab mich abweisend, und alles in mir verstockte, schließlich hatte ich lange auf ihn gewartet. Ein angespanntes Treffen, an dem ich mich entzog, nur Floskeln von mir gab und keine Lust mehr auf Bob hatte, dessen Künstlerdasein mich immer mehr zu einer kommoden Randerscheinung werden ließ. Als er sich im Badezimmer für die Nacht fertig machte und ich hörte, wie er urinierte, verließ ich die Wohnung geräuschlos und ging in der Gegend umher, so, wie ich es von Männern aus vielen Filmen kannte. In der Grindelallee suchte ich eine Bar auf und bestellte einen Scotch ohne Eis. Es dauerte nicht lange, bis mich ein Idiot ansprach, ich passte offenbar in das Beuteschema von Männern, die glaubten, unterwegs zu einem Abenteuer zu sein. Ich musterte ihn auf eine fiese Weise, indem ich mir seine Klamotten ganz genau ansah, was er mitbekommen haben musste. Alles, was er trug, war absolut mittelmäßig, für Hamburger Verhältnisse substandard, in Berlin wäre er vielleicht noch durchgegangen. Das gestreifte Hemd war von schlechter Stoffqualität, die Farben zum Weglaufen, wahrscheinlich eine Kaufhauserwerbung. Seine Hosen hatten Bundfalten, für mich der geschmackliche Supergau. Sie wurden von einem billigen Gürtel gehalten, die Schuhe schaute ich mir gar nicht mehr an. Woher diese plötzliche Härte in der Beurteilung des Erscheinungsbildes?

– Es müsste Bars geben, die nur für Leute sind, die einfach nur in Ruhe nachdenken und etwas trinken wollen. Das Reden müsste untersagt sein. Das wäre eine Marktlücke, in den Großstädten würde das funktionieren.

– Könnte ich Ihnen dabei möglicherweise behilflich sein?

– Nein, die Idee ist von mir, und ich werde sie mit niemandem teilen.

Er merkte schnell, dass wir nichts gemeinsam hatten, zumindest fasste er es so auf, und ich ließ mich nicht berühren, weder mit Worten noch mit Körperteilen.

Als ich in die Hallerstraße zurückkam, lag Bob im Bett und konnte nach seinem langen Künstlertag nun selbst unter den wach haltenden Bedingungen einer persönlichen Verstimmung schlafen, was mich ärgerte, aber einfacher war, als wenn er für ein Gespräch auf mich gewartet hätte. Er gab kein anziehendes Bild ab. Seine Socken lagen auf dem Boden, sie trugen das Signet einer bekannten Sportartikelfirma und rochen muffig, die Decke gab sein linkes Bein frei, das recht behaart war, einen Schlafanzug benutzte er so gut wie nie, wahrscheinlich hatte er wieder diese weißen amerikanischen Boxershorts an, die er meistens trug. Sein Mund war leicht geöffnet und schnappte nach Luft, möglicherweise träumte er gerade davon, wie er durch die *Tate Gallery* spazierte und seine Werke ausgestellt fand, im Gebäudeabschnitt für Gegenwartskunst. Liebte ich dieses mittlerweile wenig mitteilsame Etwas, das mich auf seinem Höhenflug mit einer Art Stewardess verwechselte? Ich legte mich neben ihn und war doch froh, ihn hier zu haben.

Gleißende Sonnenstrahlen weckten uns, der Tag gab seine Chancen und Risiken frei, wir hatten noch etwas über eine Stunde Zeit für ein gemeinsames Frühstück. Ich stieg aus dem Bett und schaute auf die erhellte Stadt, die einen heiteren und irgendwie jungen Eindruck machte. Mir wurde zum ersten Mal bewusst, dass die Skyline Hamburgs von Kirchtürmen dominiert wird, deren Patina wie präzise gesetzte Farbtupfer wirkten. Der Anblick gab mir eine Dosis neuen Muts.

Bob fragte mich nicht, warum ich die Wohnung verlassen hatte, er lag mit offenen Augen im Bett, sichtlich mit Beziehungsgedanken beschäftigt. Ich wendete mich ihm wieder zu und dankte ihm für sein anständiges Schweigen mit einem perfekt ausgeführten Quickie, bei dem ich nichts ausließ. Gegen Ende kostete ich sogar zum ersten Mal seinen Samen, der etwas zu bitter schmeckte. Romantisch zu sein, fällt mir leichter, wenn ich allein bin.

– Nach der Ausstellung musst du unbedingt wieder nach New York kommen, nur privat, ohne Kunstjob. Anfang September ziehe ich in ein neues Appartement in Manhattan. Wir werden durch den Verkauf von *Table Dancers* verdammt viel Geld machen, du kannst dann doch zum Urlaub kommen.

Wir werden alle zu wenig verführt. Ich war überrascht von Bobs Angebot und erleichtert, dass wir uns in dieser letzten Stunde vor seiner Abreise wiedergefunden hatten. Die Dinge waren nun mal so, wie sie sich entwickelt hatten, und Bob musste mitspielen, solange er im Mittelpunkt des Interesses stand. Vielleicht sollte ich sein Leben eine Weile mitspielen, mein Job hing ja auch daran. Intensive Berührungen können alles lösen, im Nu. Wir sind, egal wo wir uns auch befinden mögen, Berührungsabhängige.

Ich fuhr Bob zum Flughafen, der Verkehr stockte, uns blieb kaum noch Zeit, und die Verabschiedung gestaltete sich hektisch. Vor der Ausstellung würden wir uns nicht mehr sehen. Ehe mein Freund in die Abflugszone ging, drückte er mir einen Umschlag in die Hand. Er enthielt eine sehr schöne Bleistiftzeichnung, die den Glastisch zeigte und mich, wie ich auf der Tischplatte kniete. Ich fand mich gut getroffen. Eine kleine bunte Folie befand sich unten rechts auf der Zeichnung aufgeklebt, ein Kinderfoto. Darauf war ein kleiner Junge mit altmodischer Schiebermütze zu sehen, am Meer neben einer Sandburg kauernd. Im Hintergrund türmte sich eine hohe Welle auf.

14

In jenem Sommer sollte ich mehrfach nach Berlin reisen und für die Vorbereitung der Ausstellung arbeiten. Der schwierig zu bespielende Gropius-Bau verlangt Künstlern einiges ab, seine Innenarchitektur voller Zierrat ist für eine Kunst gedacht, die sich nicht zurücknehmen kann und Pomp benötigt. Ich betreute Künstler und sah das Projekt langsam wachsen, außerdem nahm ich auch einen Teil der Öffentlichkeitsarbeit wahr und beschäftigte die Wissenschaftler, die dem von ihnen ausgerichteten Symposion entgegenfieberten, damit sie sich ihrer *Scientific Community* in Bestform präsentieren konnten, mit Materialien, die die Künstler mir zur Verfügung gestellt hatten. Ich hatte vor allem mit zwei Forschern zu tun, die das Ganze wie vom Mars aus betrachteten und wenig Sinn für die Besonderheiten der Werke aufbrachten. Fragte ich sie nach bestimmten Details einer Arbeit, so hatten sie diese mit Sicherheit noch nicht gesehen. Viel wichtiger war es ihnen, einschätzen zu können, was andere von dieser Kunst hielten und darüber äußerten, das eigene Urteil hielten sie zurück. Mir fiel auf, dass sie meistens schlecht rasiert waren und, wenn überhaupt, synthetische Düfte trugen, die ihnen vermutlich ihre Frauen, Freundinnen oder Mütter geschenkt hatten. Ich spekulierte, was von unserer Kunst übrig bliebe, wenn Außerirdische sie doch noch eines Tages entdeckten.

Über den von Ruth gegründeten Verein waren Mittel in ihre Institute gelangt, von denen sie früher nicht einmal zu träumen gewagt hatten. Damit konnten sie nun herumreisen und ihren Aktionsradius erweitern. Ich hatte ein ungutes Gefühl dabei, mir vorzustellen, dass diese Leute durch ihren zunehmenden Einfluss den Gang der Kunst steuern könnten, und sah meine Begegnungen mit ihnen als willkommene Gelegenheit an, die Kunstagentin aufleben zu lassen, die ich bei all den Verpflichtungen etwas aus den Augen verloren hatte. Meine Impulse,

die ich in die Kunst einbrachte, konnten als Fortsetzung dieser Veranlagung gelten.
Die Herren Forscher konnte ich mühelos schockieren, indem ich ihnen Fragen stellte, die nicht mit ihren Begriffen und Denkmustern zu beantworten waren, zum Beispiel, ob sie es einmal erlebt hatten, dass ein Kunstwerk direkt auf ihr Nervensystem wirkte? Für sie war diese Frage absurd, und hätte ich nicht für die Galerie Hyde gearbeitet, wäre ich vermutlich als naiv und idealistisch abgetan worden. Meist waren sie zu zweit, beide mit schwarzen Hornbrillen, ein glatzköpfiger Großer mit undurchdringlichem Blick, der auf den Namen Kleber hörte und ein stets etwas verunsicherter dunkelhaariger Kleinerer mit sorgenfaltigem Gesicht, der dem Kollegen bei jeder Gelegenheit beipflichtete. Auch sonst waren sie nie allein, denn sie hatten ein Weltbild oder wenigstens ein Bild von der Welt, das sie auf all ihren Gedanken und Wegen begleitete. Nie in meinem Leben war ich Männern begegnet, die mich so wenig als Frau betrachteten, sondern mich stets nur als Funktionsträgerin ansprachen. Vermutlich war es das, was ihre Theorien aus lebendigen Wesen machten. Kunstwerke sind ja letztlich Wesen, zumindest haben sie, wenn sie gut sind, mehr damit gemein als mit toter Materie. Ich vermutete eine Erkrankung, die durch entsprechende homöopathische Maßnahmen kuriert werden könnte. So streute ich die ein oder andere Provokation in unsere Gespräche ein, aber die Wissenschaftler waren natürlich darauf vorbereitet. Da sie die wesentlichen Textbeiträge für den Katalog liefern sollten, konnte ich ihnen sachlich nicht beikommen. Ich setzte bewusst Frivolitäten ein, wie Andeutungen über mein angeblich extremes Verhalten vor Bildern von Balthus, der mich in Zustände höchster Erregung versetze. Wenn Ruth in die Ausstellung kam und auf die Wissenschaftler traf, machte sie umgehend einen gelangweilten Eindruck und fragte dann nach mir, was genau die richtige Dosis Ver-

achtung für diese Typen war. Doch sie bemerkten das nicht einmal, so blind waren sie auf dem emotionalen Auge.

Die Ausstellung wuchs Stück für Stück. Es erfreute mich, ganz aus der Nähe mitzubekommen, wie die Arbeiten miteinander in Kontakt zu treten schienen und sich hierdurch für den Betrachter immer neue Bedeutungen herstellten. Von Bob waren beide Installationen zu sehen, *L'Aura welcome* und *Table Dancers*, die Folien hatten also doch die heiligen Hallen der Kunst geentert, wenn auch nicht in dem Maß, das er sich gewünscht hatte, aber dafür richtig sperrig und wertvoll. Tricia Bell und Ginger Parker waren mit einer Gemeinschaftsarbeit zu sehen. Sie hatten lebensgroße Farbfotos aller Galeristen angefertigt, von denen sie jemals ausgestellt worden waren, und Namen sowie Adressen der Galerien mit glitzerndem Nagellack auf die Bilder gemalt. Der Titel der Ausstellung wurde einwandfrei umgesetzt, es gab eine Reihe von Künstlern aus Osteuropa und – mit Blick auf die Zukunft der Kunst – auch aus Asien, von denen einige bereits von Hantelschneider und Hyde oder ausländischen Partnern der beiden Größen vertreten wurden. All das geschah auf der Grundlage solider Finanzierungen. Mit den Wissenschaftlern im Hintergrund stellte es keine große Mühe dar, Anträge zu verfassen, die die gesellschaftliche Bedeutung der Ausstellung angesichts der europäischen Entwicklungen herausstellten. Außerdem sprachen die Bewerber die gleiche Sprache wie die Entscheider, sie trugen ähnliche Kleidung und erkannten sich anhand bestimmter Stichworte überall sofort wieder. Sie lebten ähnliche Leben und besuchten dieselben Restaurants und Bars. Stets auf der Seite des Fortschritts und des richtigen Bewusstseins, bekamen sie die Anerkennung von Personen, die an den wichtigen Stellen saßen. So funktionierte Politik, und es wurde dafür gesorgt, dass die kritischsten Geister mit im Boot saßen, damit es nicht leckte. Ich fand es leicht bizarr, dass Leute, die sich solche

Ausstellungen niemals ansehen würden, sie über ihre Steuern mit bezahlen mussten, ob sie es wollten oder nicht. Als Kunstagentin profitierte ich von beiden Seiten, von den Wertschöpfungen der Etablierten und von den subversiven Taten ihrer Widersacher, die als Teil des Ganzen dazugehörten, doch das behielt ich für mich.

Alle wichtigen Kunstzeitschriften schrieben über dieses Projekt, das zum ersten Mal nach dem Fall der Mauer das Kunstschaffen von Ost und West miteinander vereinte. Die Rechnung war aufgegangen. Ruth agierte gewandt im Hintergrund und überließ Hyde und Hantelschneider die meisten Interviews. Erotisch stand sie ihnen vermutlich nicht nahe. Ich befürchtete aber, dass sie, was Bob betraf, durchaus noch Interesse hatte, auch wenn es sich vielleicht nur aus ihrem Wissen speiste, dass wir ein unbestimmtes Paar abgaben. Die Vorstellung belastete mich, wie Bob und Ruth in ihrem luxuriösen Bett in der Fasanenstraße lägen und sie ihm erzählte, welch tolle Künstler sie gerade in Paris oder Mailand getroffen hätte, und er ihr darauf mit verklärtem Blick über die Haare striche. Für mich waren beide begehrenswert. Ich hatte mit Ruth in dieser Hinsicht keineswegs abgeschlossen, eines Tages würde sie auf mich zukommen, davon war ich überzeugt. Sie tauchte in meinen Eifersuchtsvisionen als obskures Objekt der Begierde auf, von dem ich mich nicht lösen konnte, und mir war nicht klar, wem die heftigere Eifersucht galt. Visionen zogen auf, die sich verselbstständigten, wiederholten und steigerten, die mir keine Ruhe ließen und ununterbrochen in meinem Kopf umherschwirrten. Ruth sendete sie aus, nur auf diesen Umwegen konnte sie zu einem durchdringenden Empfinden gelangen, und sie war deshalb für mich so reizvoll, weil ich diese Umwege, die durch manch verwunschene Gärten und Straßen führten, unbedingt kennenlernen wollte.

Die Augustabende waren von einer verdichteten Wärme, doch sie führten die leichte Melancholie des an Kraft verlierenden Sommers mit sich. An einem Abend, an dem ich mit Ruth in einem italienischen Restaurant am Savignyplatz gegessen hatte und wir uns in einer konspirativen Stimmung befanden, machte sie mir einen gewagten Vorschlag. Sie kannte die neue Adresse von Eric, er wohnte seit dem Frühjahr in einer Seitenflügelwohnung in der Knesebeckstraße, und sie behauptete, den Schlüssel zu haben.

– Du spinnst, das kann nicht sein.

– Hier ist er, das ist der Schlüssel zu Erics neuer Wohnung. Dieser Mensch interessiert mich, ich muss immer genau wissen, was er macht.

– Aber warum?

– Ich bin noch gar nicht dort gewesen. Ich habe gewartet, weil ich nur mit dir die Räume ansehen möchte.

– Das können wir nicht machen.

– Aber wieso nicht? Eric gehört zu uns, er ist einer von uns. Wir müssen wissen, wie er lebt und was er vorhat.

– Lass uns das Kapitel mit Eric und Ted nicht wieder neu aufgreifen.

– Aber beide sind interessant. Viel interessanter als deine Galeristen und Wissenschaftler, vielleicht sogar interessanter als die Künstler. Wir sollten ihre Schutzengel sein, das ist das Format, das ich so liebe.

Wir hatten beide jeweils eine Flasche sardischen Rotwein getrunken, der den in ihm wohnenden Geist des Übermutes in unsere Körper trieb. Nachdem wir das Mahl mit einem Glas Grappa abgerundet hatten, machten wir uns zur Wohnung Eric Derts auf, die in fußläufiger Entfernung lag. Ruth wusste, dass Eric nicht in der Stadt war, das Risiko, entdeckt zu werden, war gering. In Berlin achtet niemand darauf, wer wo wann welche Tür aufschließt, da es in dieser Stadt der permanenten Übergänge sehr üblich ist, Wohnungen auf Zeit zu vermieten oder sie Freunden zur Verfügung zu stellen. Wenn man einen Schlüssel hat, ist man legitimiert. Niemand muss erkannt werden.

Es war aufregend, mit Ruth wieder so etwas zu unternehmen. Der Schlüssel für das Vorderhaus passte, und wir betraten den Seitenflügel. Ein schönes Gebäude, gepflegtes Haus, typischer Berliner Altbau, wahrscheinlich von Oberstudienräten und Wendeunternehmern bewohnt, eine vertrauenswürdige Besatzung also. Erics Wohnung lag im zweiten Stock. Ruth steckte, als ob sie sich hier schon auskennte, den Schlüssel ins Schloss und bewegte ihn ohne jede Behutsamkeit. Wir betraten den Flur leicht kichernd, die Tür fiel geräuschvoll zu. Wie kaum anders zu erwarten, war die Wohnung karg eingerichtet. Überall standen unausgepackte Umzugskisten herum, man gewann den Eindruck, als wäre der Mieter bereits wieder auf dem Absprung. Die Kartons stammten von der *Spedition Duden*. Es gab zwei Zimmer, eine Küche und ein Duschbad, alles war nur mit dem Nötigsten ausgestattet. Ich wunderte mich, dass Eric nun Räume bewohnte, die eine klare Trennung von Schlaf- und Arbeitszimmer aufwiesen, zudem fehlten technische Geräte fast vollständig. Im Schlafzimmer diente ein Karton als Nachttisch, das Bett hatte einen kalten schwarzen Metallrahmen und war mit gemusterter blaugrauer Satinbettwäsche von Paloma Picasso bezogen, die leicht glänzte und nagelneu aussah.

Ruth setzte sich auf das Bett und zurrte an ihrem Kleid, als ob sie unentschlossen wäre, den gewagten Weg weiterzugehen. Ich blieb unschlüssig stehen, fand ihre Geste aber ziemlich aufreizend. Ihre eleganten Hände spielten ausdrucksvoll mit dem Stoff des Kleides.

– Siehst du ein, dass wir uns um ihn kümmern müssen?

– Ich glaube, dass er ganz gut ohne uns zurechtkommt.

– Nein, er wird uns immer brauchen, denn wir sind seine Schutzengel, ohne uns verliert er alles.
– Mit uns vermutlich auch.
Dann fasste Ruth mich am Arm und zog mich zu sich auf das Bett. Im nächsten Moment überwältigte mich eine heftig vorgetragene Liebkosung, und dann fand in Erics Schlafstätte ein extrem unwahrscheinliches Geschehen statt. Ich spürte Ruth innen und außen und erwiderte ihre Zärtlichkeiten mit allem, was ich mir für sie schon seit langem ausgedacht hatte, in verhaltenen Annäherungen, Tagträumen und nächtlichen Sorgenfahrten. Ich gab ihr alles auf aggressive Weise, biss und kratzte, was ihr offensichtlich gefiel. Es befreite ungemein. Auch auf den Kartons mit der beziehungsreichen Aufschrift *Spedition Duden* bewegten wir unsere Körper in aufgebrachter Lust. Der Raum wurde von einer Schwingung erfüllt, die von wirklichen Kräften stammte.
– Ich lebe mittlerweile so sehr in *East-West-Divers*, dass mir alles wie eine ununterbrochene Kunstinstallation vorkommt. Zum Beispiel diese Wohnung hier, sie sieht derart künstlich aus, wie eine Arbeit. Ja, das könnte eine Arbeit von Bob sein.
– Eine blendende Idee! Von ihm haben wir ohnehin zu wenige Objekte, wo er mit so viel Platz bedacht worden ist. Wir müssen ja nur die Kartons und so ein ähnliches Bett nehmen, und er kann dann noch seine Folien draufkleben.
Wir lachten und schauten in Erics Kühlschrank nach etwas Trinkbarem. Leider gab es nur mittelmäßigen Supermarktrotwein, der auch noch viel zu kalt gelagert worden war. Wir tranken trotzdem einen halben Liter und stellten die verkorkte Flasche bedenkenlos zurück. Das Arbeitszimmer hatten wir bislang vernachlässigt. Es sah nicht sehr ansprechend aus, Bücher und CDs waren in einer für uns undurchschaubaren Ordnung einfach auf dem Fußboden abgestellt, und auf dem Schreibtisch lagen viele übereinandergestapelte Papiere. Un-

willkürlich nahm ich einen Stoß zur Hand und sah sofort, dass es sich um Aufzeichnungen Erics handelte. Er erschien nun als Autor auf unserer Bildfläche.

– Hier, schau dir das an, Eric hat seine Erlebnisse aufgeschrieben.

– Worauf wartest du? Lies vor!

Aus den Aufzeichnungen Eric Derts (1)

Mein Freund Ted Morrissey hatte seinen Charlottenburger Altwarenladen aufgegeben und die noch übrige Ware günstig an einen Deutschrussen, der sich erst seit wenigen Monaten in Berlin aufhielt, verkaufen können. Nach unseren ausschweifenden Klangexperimenten, die eine Zeit lang im Mittelpunkt unseres Lebens gestanden hatten, war für ihn klar, dass auch seine zukünftige Tätigkeit etwas mit Musik zu tun haben müsste. Er entwickelte die Idee, eine Band mit dem Namen BDR (Berlin Dance Riot) zu gründen, und suchte dafür die passenden Musiker. Seine Rollen hierbei waren die des Managers und Komponisten in einer Person, so eine Art Berliner Malcolm McLaren. Das Image der Band stand für ihn auch schon fest, sie sollte zwischen Punk und House angesiedelt sein. Er fand die Bandmitglieder über eine Anzeige in einem Stadtmagazin. Es meldeten sich drei ziemlich schräge Jugendliche aus einem Nordberliner Villenvorort. Man einigte sich, auf was, kann ich nicht sagen. Dann ging alles sehr schnell. Der erste Auftritt fand in Kreuzberg statt, im Dogshit Club. Es war ein spektakuläres Ereignis, das sich schnell in der Stadt herumsprach. Beim nächsten Konzert der Gruppe waren bereits Scouts aus London dabei, die so von dem Act überzeugt waren, dass ihre Firma zwei Wochen später ein außerordentlich hoch dotiertes Angebot machte. Ted war mit zwanzig Prozent dabei und fiel ziemlich schnell in wildeste Jugendzeiten zurück. Er besorgte sich eine neue Grundausstattung: Sportwagen, hochwertige Kreditkarte und jede Menge Columbian Marching Powder, um Zeit, die im Schlaf dahinschmilzt, für wichtigere Dinge einsetzen zu können.

Für mich lief es weniger spektakulär, ich ernährte mich mit einer nicht enden wollenden Kette schlecht bezahlter und sinnloser Jobs. Wenn man einmal in diese Mühle geraten ist, fällt es schwer, den Kopf herauszuhalten. So hatte ich im Rahmen einer Aushilfstätigkeit beim Statistischen Landesamt Berlin an einem Augustsonnabend die Kennzeichen vorbeifahrender Kraftfahrzeuge auf der Putlitzbrücke zu notieren. Die Erhebung sollte der Ermittlung des tatsächlichen Fahrzeugaufkommens der Hauptverkehrsadern dienen.

Der heftige Sommersturm hatte in der Nacht zahlreiche Straßenbäume entlaubt, der normale Verbrauch des Lebendigen hatte stattgefunden, und ich war durch die Geräusche um ein sanftes Aufwachen gebracht worden, das die Quelle eines Tages für mich ausmacht: das wache Träumen mit Blick zur Decke, Gedanken, die im Schatten der Jugend das Gefühl nahender Veränderungen im Kopfkissen versinken lassen. Keine Zeit mehr, liegen zu bleiben, ich machte mich auf den Weg zum Rathaus Tiergarten, ging durch einen warmen Sprühregen, der das Pflaster befeuchtete. Ein hässliches, graues Gebäude im Nazi-Stil, auf dem Vorplatz ein orangefarbener VW-Bus, Bäume, Papierkörbe und eine etwa zwanzigköpfige Gruppe von Menschen, denen man ihr Nachtleben ansah: zerzauste Frauenhaare, gefärbt und toupiert, angefressene Fingernägel, unrasierte Männergesichter, Akne, fahle Gesichtshaut, Alkoholfahnen, Zigaretten morgens um neun. Der Wille zur Coolness mergelt auch die aus, die schön aussehen könnten. Schwarze Lederjacken ließen mich in eine Anonymität eintauchen, die sich so leicht achselzuckend gibt, trotzdem grüßte ich bekannte Gesichter. Ich wartete und war schließlich an der Reihe. Die Aufgabe wurde mir ohne große Umschweife erklärt, Block und Bleistift bekam ich gestellt, zwölf fünfzig die Stunde, kein Spaß bei diesem Wetter, einen Schirm hatte ich nicht dabei.

Wässrig und schmierig glänzend verlängerte sich der Asphalt optisch wie ein versteinerter Flusslauf über die Brücke. Als ich etwa die Hälfte der Strecke zurückgelegt hatte, war ich an die Nässe gewöhnt. Ein Kollege erwartete mich bereits. Wir begrüßten uns kurz und legten fest, *wer welche Seite übernehmen sollte. Ich entschied mich für diejenige, an deren Fußende das Heizkraftwerk Moabit liegt, ein altes Backsteingebäude, das von innen her modernisiert und zum modernsten Kraftwerk der Stadt werden sollte. Mein Kollege willigte ein, ihm war gleichgültig, auf welcher Seite er arbeitete, er hatte bereits öfter auf dieser Brücke gestanden und Fahrzeuge gezählt. Früher ein Raubrittergeschlecht, ziert der Name derer von Putlitz noch heute die Brücke. Keine leichte Aufgabe, doch der Job war in Ordnung, der Regen nicht. Die reinste Abschussrampe für Fahrzeuge aller Art. Auf der Brücke, nach den ersten beiden Eintragungen B-AD und B-UM, entdeckte ich ein neu aufgestelltes Mahnmal aus poliertem Metall, eine leicht geschwungene Treppe, die über das Geländer hinweg ins Nichts oder in den Berliner Himmel führt, darunter ein Judenstern mit Inschrift. Unter der Brücke befindet sich der Bahnhof Putlitzstraße, von hier aus sind Deportationen durchgeführt worden. Egal wo man in diesen verdammten Sand gestellt wird, überall quillt einem Krieg entgegen; direkt aus der Erde oder aus der Luft. Sentimental kann ich hier nicht mehr aufwachen, wo man auch gräbt, findet man alte Munition und Knochen. Putlitz, Auschwitz: mörderische Geschichten, die sich im Sand verloren und weiterwirkten. Es war nicht an der Zeit, sich damit zu befassen, ich wollte nicht. Ich wollte so bald wie möglich schlafen und danach in einem sauberen Kissen liegen und die Zimmerdecke anstarren. Mir entwischten mindestens einhundertfünfzig Fahrzeuge. Unter der Brücke stehen Leute an der Rampe, die mit Stockhieben verfrachtet werden, man erzählt ihnen Lügen über ein Gefangenenlager, doch die von der Perspektive verschluckten Bahngleise verraten die Wahrheit. Hier schrien Leute aus dem Auto heraus, manche rasten und lachten: Wenn ich nass wurde, bereitete es ihnen Vergnügen. Ich wechselte die Straßenseite, Fußgänger passierten diese Brücke äußerst selten, meistens wurden sie dabei überfahren, doch ich hatte Glück, von der anderen Seite ist das Mahnmal höchstens noch Kunst am Bau. Innerhalb einer Stunde notierte ich etwa zweihundertfünfzig Fahrzeuge, ist das viel?, darunter etwa zwanzig Einsatzwagen der Polizei, die hier ständig patrouillieren und mit Blaulicht in Seitenstraßen vorpreschen, zum nächsten Imbiss. Ich machte eine Pause, schaute vom Geländer auf das Westhafengelände mit seinen Lagertürmen herunter, sah auf die Brandmauern der angrenzenden Häuser in der Quitzowstraße und die stillen Biotope neben dem Hafenbecken, deren Halme und Kleintiere vom täglichen Kampf des Kitsches gegen den Zynismus zeugen. Durchnässte Erinnerungen, zu viel, um damit fertig zu werden, im nächsten Moment weggespült, Gedanken, gesiebt von Geräuschen und Blicken, ein Zustand des Zerfahrens, schnelle Wechsel, in denen man übergangen wurde, ohne festgestellt zu haben, was genau in einen hineinlangte. Gleise in der wimmernden Flucht, die hämmernden Reifen der Treppe, das Rumoren eines Gerüchts, der Geruch der Truppe, Eisen, Beton, Auspuffgase, Schweiß, Blutergüsse, Gummi, Aus. Der Krieg ist unsterblich durch die Vorstellung seiner Orte, zu jung, um dabei gewesen zu sein, dieses Ich, wurde verfolgt von Ähnlichkeiten, die durch ein kurzes Stehenbleiben unvermeidlich hervortraten. Jetzt stand ich auf der dem Bahnhof gegenüberliegenden Seite, notierte forsch, was heißt hier schon Pause, manche Orte kennen keine Pause. Beim nächsten Blick über das Geländer sah ich einen Kiosk, dessen metallene Rollläden beschmiert waren. Flüchtig las ich »DESTROY ist begründet« und musste lachen. Dieses skurrile Motto beschrieb den Charakter heutiger Auseinandersetzungen präzise. Vandalen zogen in Kampfausrüstung und mit dem Willen zur Zerstörung brandschatzend durch die Szene und verbreiteten Schlagzeilenrhetorik, angesichts paralysierender Verhältnisse zum wohlüberlegten Racheaktprogramm ausholend. Als ich mir den Kiosk genauer ansah, dabei erneut alles andere vernachlässigte, stellte ich fest, dass das ursprüngliche Graffiti »Bullen Eure Angst ist begründet« lautete, das zweisilbige DESTROY stand darüber, wahrscheinlich von einem anderen Autor hinterlassen. Jemandem, dem das sentimentale Erwachen fehlt, unterlaufen zwangsläufig Ablesefehler. Die Gegenwart blutete wie die Vergangenheit unablässig in Andeutungen, von einem Brückengeländer zum anderen ging keine*

Geschichte, DESTROY *war angesichts des Bahnhofs Putlitzstraße begründet, weg mit ihm, weg mit der Erinnerung. Stumpfsinnige Arbeit, laute Geräusche und langweilige Bücher retteten einen vor der Auflösung durch Überbleibsel,* DESTROY *sorgte für kurzweiligen Ausgleich. Oder man lebte in einer Kleinstadt, der man die Zeit nicht allzu schmerzhaft anmerkte.*
*Ich hatte meinen Job fast erfüllt, es reichte jedenfalls, und mein Kollege am anderen Ende der Brücke wusste genau, wo wir unser Geld abholen konnten. Von weitem sah ich, dass er am Geländer lehnte und Bier trank, offensichtlich war ihm diese Arbeit gleichgültig, es gab ohnehin niemanden, der uns überwachte. Senatsjobs waren auf jeder Ebene verantwortungslos. Wir begrüßten uns, dann lud er mich noch zu sich ein, das Geld wollten wir uns später holen. Seine Wohnung lag etwa zehn Gehminuten entfernt, Sanierungsgebiet Unionsplatz, alte, verfallene Gebäude, er wohnte im Hinterhof. Parterre, Außenklo, Ofenheizung, türkische Nachbarn, der komplette Unterschichtstandard eben. Die von Silberfischchen belebte Küche war mit zahllosen Zeitungsausschnitten beklebt, ein Motiv tauchte dabei immer wieder auf: der Politiker Uwe Barschel tot in der Badewanne, in allen möglichen Variationen. Ich fragte ihn, warum ihn gerade dieses Motiv so fasziniere, und er antwortete, dass es »irgendwie gut« aussehe. Ich sagte ihm, dass ich die Brücke ekelerregend gefunden und auf der Westhafenseite an einen Kiosk »*DESTROY *ist begründet« gesprüht gesehen habe. Er hatte das Graffiti auch wahrgenommen und äußerte, dass der Spruch »voll in Ordnung« gehe.*

– Das war also der erste Teil von Erics Erzählungen.
– Das klingt alles nicht gerade erbaulich, siehst du jetzt ein, dass wir uns um ihn kümmern müssen? Der Gute hat einen gewissen Hang zum Selbstmitleid.
– Vielleicht sollten wir ihn ab und zu besuchen, wir sind ja nicht seine Feindinnen.
– Genau, und notiere bitte unbedingt die Idee mit den Kartons, das ist etwas, was wir gut für Bob verwenden können. Er wird

uns dankbar dafür sein. Erics Leben hat genau die Ausstattung, die wir als Bobs Kunst gebrauchen können. Das ist grenzgenial.
Ruth hatte wohl tatsächlich noch etwas mit Bob am Laufen, jedenfalls kümmerte sie sich auffällig um ihn und wollte, dass ich das mitbekam. Wir saßen hier in dieser fremden Wohnung, in der wir miteinander geschlafen hatten, und machten schon wieder Pläne, was wir demnächst mit unserem Künstler anstellen wollten. Wir verließen die Wohnung, ohne uns um unsere Spuren zu kümmern, was aber ohnehin zwecklos gewesen wäre, wahrscheinlich sah man der Bettwäsche ihre verlorene Unschuld an. Eric konnte damit rechnen, dass wir uns irgendwann wieder bei ihm melden würden.

Unterdessen war Bob durch die Einsätze von Ruth und der Galerie Hyde kein Unbekannter mehr in der Kunstwelt. Vielleicht hatte er deshalb auch das Selbstbewusstsein, jede von außen kommende gute Anregung begierig aufzunehmen, besonders wenn sie sich mit seinen Folienarbeiten kombinieren ließ, und so wanderte auch die Kartonnummer in die Berliner Ausstellung. Sie bekam den von Ruth vorgeschlagenen Titel *T* und war tatsächlich in einer aus einem Eisenbett und mehreren Umzugskartons gebildeten T-Form komponiert, Ruth hatte das mit Bob am Telefon besprochen. Jahre später sollte eine große Telefongesellschaft den Versuch unternehmen, sich diesen formschönen Buchstaben patentieren zu lassen.
Die an sich stille Arbeit wurde nun von laut-grellen Folien ergänzt, die hauptsächlich aus Kriegs- und Folterszenen bestanden. Bob hatte Jeff mittlerweile als Assistenten eingestellt, der ständig auf der Suche nach krassen Bildern war, die dann vielschichtig in Folien übertragen werden konnten. Ein Metallbett mit Umzugskartons erweckte zunächst Assoziationen zum Wohnen in Übergängen, eine schnell zusammengestellte, auf

das Wesentliche beschränkte Einrichtung, auf die Schlafstätte und etwas Lagerraum für die persönlichen Habseligkeiten, was in unterschiedlichen Ausprägungen jedes menschliche Wesen benötigt, sodass die Installation also als eine Vergewisserung der Existenz gedeutet werden konnte. Kam man aber näher heran, wurden die Folien mit ihren Schreckensszenen sichtbar, die überspannte Allgegenwart von Krieg und Marterung in bunten Bildchen. Und schließlich war das *T* auch die Form des Kreuzes, des Leidens wie der möglichen Hoffnung und Erlösung. Es steckte also einiges in dieser Arbeit, die in Erics Wohnung geboren worden war. Zumindest konnte das so gesehen werden.
Hyde war total aus dem Häuschen, als er von der Arbeit hörte. Er sah darin eine konsequente Weiterentwicklung von Bobs Stil, der für die Kunst der Neunziger fraglos zum Standard gehören würde. Für alles, was von Bob kam, hatte er schon solvente Käufer gefunden, sie brauchten die Arbeiten nicht einmal gesehen zu haben und waren doch bereit, sechsstellige Summen zu investieren, Hydes Worte genügten. Entscheidend war allerdings auch, dass es von Bob Schultz nur eine überschaubare Anzahl an Werken gab, was die Preise oben hielt.

Im Sommer kam Bob noch mehrfach nach Deutschland, jedes Mal war er hauptsächlich mit dem Aufbau seiner Arbeiten beschäftigt. Er musste viele Kontakte bedienen und wichtigen Leuten vorgestellt werden, was viel Zeit in Anspruch nahm. Er wohnte kein einziges Mal bei mir, sondern zog es vor, in Berlin und dort meistens bei Ruth zu übernachten, was für ihn sicherlich bequemer war, weil er mit ihr viele geschäftliche Dinge regeln konnte. Ich litt nur am Anfang darunter und bemerkte eine Veränderung in meinen Gefühlen, die doch von seiner wenigstens gelegentlichen Präsenz abhingen. Trotzdem geriet ich in manchen Augenblicken ziemlich durcheinander, was nicht nur an meiner Beziehung zu Bob lag. Alle Menschen, die mir etwas bedeuteten, schienen sich mir irgendwie zu entziehen, und ich fragte mich, was ich machte, worin mein Leben bestand, für wen oder was ich mich vergeudete und auf was alles hinausliefe. Die unausgesprochenen Erwartungen und nicht endenden Ansprüche der Kunstwelt passten auf fatale Weise zu meinen unklaren und uneingelösten Lieben zu Bob und Ruth. Und nun waren die beiden womöglich auch noch ein Paar, wenngleich ich mir das noch nicht so recht vorstellen konnte.

15

Die Ausstellungseröffnung im Herbst wurde ein gigantisches Ereignis, zu dem die internationale Kunstwelt einflog und Berlin in eine Randzone des schönen Scheins verwandelte. In den *Tagesthemen* wurde *East-West-Divers* als eine der wichtigsten Ausstellungen der Nachkriegszeit bezeichnet. Ich kleidete mich für diesen Anlass in meinen neuesten Erwerbungen, wohl wissend, dass auch Ruth nicht mit solchen Effekten geizen würde. Der Kultursenator hielt eine Eröffnungsrede, sogar ein Kanzler war für den späteren Abend angekündigt. Viele große Museen dieser Welt waren vertreten, von der unübersichtlichen Menge der Galeristen und Künstler ganz zu schweigen, und die Kunstpresse hatte aufgeboten, was Rang und Namen hatte. Champagner floss ohne Unterbrechung, das Büffet war rasch abgeräumt, und die Herren Hyde und Hantelschneider wichen den ganzen Abend über den Kulturpolitikern und Chefredakteuren nicht von der Seite. Sie wurden umschwärmt von einer Reihe attraktiver Studentinnen aus dem Institut Klebers, der augenscheinlich größten Wert darauf gelegt hatte, dass seine zukünftigen Absolventinnen den direkten Kontakt zu ihrem späteren Berufsfeld bekommen sollten. Dazu gehörten sicherlich auch gewisse Dienste, die die beiden Galeristen nicht abzulehnen geneigt schienen, konnten hier doch unterschiedliche Interessen gleichzeitig befriedigt werden.

Bobs Werken kam eine zentrale Stellung innerhalb der Ausstellung zu, sie erregten das Aufsehen, das sie verdienten. Es gab Kritiker, die in ihm den neuen Andy Warhol sahen und seine Arbeiten als Meisterwerke der Gegenwartskunst bezeichneten. Das war zwar alles höchst erfreulich und so, wie wir es geplant hatten, ich wurde aber doch langsam etwas unruhig bei dem Gedanken, dass seine Präsentation zum großen Teil von meinen Ideen lebte, nicht etwa, weil ich gern als

Autorin gegolten hätte, sondern weil ich nicht wusste, ob er das allein auch geschafft hätte. Ich tröstete mich damit, dass es in der Kunst nur wenige allein schafften. Meine besondere Art von Kunstbehandlung bestand ja nicht unbedingt in der Zerstörung von Werken, sondern in der Erweiterung ihrer Möglichkeiten durch kleine Eingriffe und ungewollte Ergänzungen. Ich fand es sehr gut, dass es Kunst gab, es musste sie geben, weil sonst diese Möglichkeit, die Welt zu sehen, nicht existiert hätte.

Durch den Erfolg Bobs wurde unser persönliches Verhältnis noch schwieriger, wir hatten nun die Ebene der öffentlichen Wahrnehmung zwischen uns. Bob sprach auf der Eröffnung nahezu kein Wort mit mir, und irgendwann hatte ich den Eindruck, auch zu diesen Studentinnen von Kleber zu gehören, die im Laufe des Abends noch mit Hyde oder Hantelschneider zu tun haben würden. Sicherlich gab es einige Leute, die mit Bob sprechen wollten oder mit denen er reden musste, doch ich fühlte mich verletzt, so an den Rand gedrängt zu werden. Auch Ruth sah ich kaum in dem allgemeinen Menschengewimmel, in dem sich die wichtigen Leute von den unwichtigen dadurch unterschieden, dass sie sich ununterbrochen im Gespräch mit irgendwem befanden. Ich hatte das Gefühl, unangenehm aufzufallen, weil ich häufig allein stand und mich an meinem Weinglas festhielt. Im Laufe des Abends kamen etliche Gläser zusammen.

– Na, und was du meinst du zu alldem hier? Du hast viel hierzu beigetragen.

– Du bist zu charmant, Hyde, aber ich bin eine der Frauen im Hintergrund.

– Das sind die wichtigsten. Hast du Tricia und Ginger schon gesehen?

– Nein, ich komme hier kaum durch die Menge.

– Ich weiß, wo die beiden stecken.

Ich wankte schon etwas, und Hyde führte mich in das obere Stockwerk, Hindernisse aus menschlichen Körpern überwindend. Um Selbstkontrolle bemüht, schaute ich im Vorbeigehen einer Frau im engen Rock auf ihren Hintern, sie sah sich um, und ich kam mir sehr vulgär vor. In ihrer unkomplizierten britischen Art kamen mir Tricia und Ginger gleich entgegen, als sie mich sahen, und fielen mir um den Hals. Auch ihre Arbeiten erregten Aufsehen, sie fühlten sich bereits wie Popstars. Wir sprachen über unser letztes Treffen in Hamburg und leerten dazu weitere Gläser, die beiden führten eine Flasche Champagner mit sich. Ich hatte angenommen, dass sie Hantelschneiders Werben in dem Hamburger Club nachgegeben hatten, doch meine Sorge war ganz unbegründet, denn trotz der Drogen hatten sie ab einem bestimmten Zeitpunkt wohl von ihm abgelassen. Außerdem gingen sie nach neuesten Aussagen grundsätzlich nur mit angehenden Rockstars ins Bett, wenn sie sich einen Mann teilen wollten. Das war kein schlechtes Prinzip, auf hiesige Verhältnisse aber kaum übertragbar. Mir wurde schlecht, als ich an die deutschen Rockstars dachte, an ihren gepressten Gesang, ihre schlechten Klamotten und ihre humorfreien Bekenntnisse.

– And what about Hyde?

– No, not at all.

– Not really. But he's a clever businessman. Look at all these people.

Langsam wurde mir richtig übel, und ich merkte, wie sich mein Mageninhalt gärend bemerkbar machte und nach oben drängte, begleitet von gasigem Aufstoßen und einem leichten Schwindel. Ich hatte zu wenig gegessen und den Alkohol über die geringe Substanz gegossen. Zu meiner rechten Seite befand sich eine merkwürdige Skulptur aus Polen, ein hölzerner Engel, der eine Kalaschnikoff oder ein ähnliches Instrument anlegte. Ich fühlte mich bedroht, wendete mich ab, die beiden

Ölbilder hinter mir zeigten in blutigen Tönen gemalte Frauen unbekannter Herkunft in verrenkten Posen, ich konnte sie nicht zuordnen. Bereits im nächsten Moment brach es aus mir heraus. Ginger konnte mich gerade noch etwas zur Seite drehen, bekam dadurch aber selbst Erbrochenes ab und konnte nicht ganz verhindern, dass sowohl der Holzengel wie eines der Bilder von meinem Mageninhalt getroffen wurden. Einige Leute machten sich mit einem Aufschrei bemerkbar und traten zur Seite, ich nahm alles wie in Zeitlupe wahr. Es dauerte nicht lange, bis jemand vom Wachpersonal da war und mich unsanft packte. Tricia versuchte, das zu verhindern, und schubste den Wachmann weg, der sogleich wütend wurde und sie mit einem ziemlichen Stoß wegschleuderte, was ein Fehler war. Ihr Körper traf den Sockel des armierten Holzengels, der sich nun seinerseits aufmachte, dem Sog der Schwerkraft zu folgen und auf den Boden zu fallen, vor Schreck verging mir das Kotzen. Ich hörte noch das Lachen Gingers, die die Absurdität dieser Bergungsszene begriff und nicht an sich halten konnte, im nächsten Moment vereinte uns aber bereits das Problem eines schwer beschädigten Kunstwerks, das dadurch, dass es in diesem Rahmen präsentiert wurde, Hochwertigkeit erlangt hatte.
Der Wachmann schob uns sofort die Schuld zu und versuchte, mich und Tricia gleichzeitig zu fixieren. Wir wussten nicht, wie uns geschah, und wurden außerdem im nächsten Moment von zahlreichen Blitzlichtern geblendet. Die Berliner Lokalpresse nutzte die Gelegenheit, ein passendes Vernissagenfoto zu schießen, das ihren Lesern alle Vorurteile über das Leben in der Kunstszene bestätigen helfen würde. Zeitgleich tönte Hydes Stimme durch den Raum.
–Ladies and Gentlemen, the curators of *East-West-Divers* proudly present you tonight live from London Tricia Bell and Ginger Parker, two of the most promising young European artists of our time.

Er hatte wohl in der Nähe gestanden, uns beobachtet und dann Geistesgegenwart bewiesen, Fotografen waren hier überall zu bekommen. Indem er den Unfall in eine Performance verwandelte, konnte er zwei schwierige Lagen auf einmal beseitigen und dabei sogar noch eine Arbeit herausholen, die ihren Preis haben würde. Das war genial. Ich wurde zunehmend wieder nüchtern und betrachtete die Umherstehenden mit verwunderten Augen. Die Wirklichkeit selbst hatte etwas Traumhaftes angenommen, oder waren es nur diese Leute, die agierten, als seien sie Agenten surrealer Weltenläufte? Der Holzengel war in der Mitte gespalten, die Kalaschnikoff lag ausdrucksvoll daneben, in einer bereits angetrockneten Lache, die einen strengen Geruch ausströmte, den in dieser Situation aber niemand witterte. Es gab lebhaften Applaus, und Ginger kicherte in sich hinein. Der Wachmann hatte längst von uns abgelassen, und die beiden Wissenschaftler, die ich ansonsten den ganzen Abend über nicht gesehen hatte, waren aufgetaucht und machten sich Notizen. Ich sah die schwarz behaarte Handoberfläche von Dr. Kleber aus diesem Bild herausstechen und empfand sie als obszön. Eine andere männliche Hand hob mich auf und führte mich, sie gehörte Bob.

Angeblich soll ja in der Gefahr das Rettende nah sein, ein Satz aus dem Studium, den ich behalten hatte. Wir wurden nicht aufgehalten und schwebten nahezu aus dem theatralen Kunstpalast heraus. Bei unserem Abgang nahm ich noch wahr, wie Hyde uns zuzwinkerte. Vor dem Gropius-Bau erfrischte uns eine Luft, die uns mit kühlfeuchten Anflügen des Herbstes einhüllte, die kein allzu langes Warten gestatteten.

– Müsstest du nicht lieber in der Ausstellung sein?

– Nein, es ist mir wichtiger, bei dir zu sein. Außerdem reicht es mir.

Bob öffnete die Tür des ersten Taxis in der Reihe und hielt sie mir auf. Ich war von einem Glücksgefühl erfüllt. Der Wagen brachte uns zu Ruths Wohnung. Ruth war nicht zu Hause, wir brauchten also keine großen Rücksichten zu nehmen. Nach einer schönen und erfüllten Nacht saßen wir beim Frühstück am späten Vormittag wie ein Paar zusammen und lasen die erste Ausstellungskritik einer Berliner Tageszeitung, die kurz nach der Vernissage verfasst worden sein musste. Es war darin von einem epochalen Projekt die Rede, das zum ersten Mal Ost und West auf verblüffende und neue Wege beschreitende Art und Weise zusammengebracht habe, die Namen der Kuratoren Hyde und Hantelschneider fielen mehrfach, auch Politiker wurden genannt und die für das Ganze so wesentliche Kooperation mit einer Berliner Universität, was zukunftsweisend sei. Im weiteren Verlauf sprach der Artikel noch die ein oder andere Arbeit an und nannte Künstlernamen, doch das waren nur Schlaglichter. Ausführlich würdigte er hingegen einen der Höhepunkte der Vernissage, die Performance der beiden jungen Londoner Künstlerinnen Tricia Bell und Ginger Parker, denen es gelungen sei, ein an Schocks gewöhntes und gelegentlich übersättigtes Publikum noch einmal nachhaltig zu irritieren. Die beiden international hoch gehandelten Künstlerinnen hätten mit ihrer Performance *Angel's Vomit* einen Maßstab für die Kunst der Neunziger gesetzt. Diese Arbeit vereinige alles, was für die Fortsetzung der Kunst wesentlich sei, ihre formale Strenge sei ebenso überzeugend wie ihr inhaltliches Engagement und die sinnliche Präsenz. Unerwähnt blieb hingegen der Name der osteuropäischen Künstlerin, von der der Holzengel stammte. Ich erlebte Bob das erste Mal im Zorn.

–Das ist absoluter Bullshit, der Journalist muss blind gewesen sein, diesen Fake nicht zu bemerken! Das ist eine totale Abwertung der anderen Arbeiten, die hier nicht einmal genannt werden. Seid ihr alle total durchgedreht in diesem Land?

–Das kann eben auch Nachteile haben, wie du siehst.

– Ich verstehe das nicht, Leute wie Hyde und Hantelschneider vertreten ihre Künstler, sie können doch nicht einfach irgendeinen Schwachsinn zur Kunst erklären und das dann der Öffentlichkeit verkaufen!
– Sie vertreten in erster Linie ihre Galerien und damit sich selbst. Außerdem haben sie Tricia und Ginger im Programm.
– Willst du das verteidigen? Du weißt nicht, wie verletzend so etwas für einen Künstler ist. Ihr seht immer nur die Seite des Spektakels und des Geschäfts und ob sich etwas durchsetzen kann. Es geht aber um viel mehr.
– Das war alles nicht geplant, mir war wirklich schlecht, und Tricia und Ginger wollten mir helfen.
– Das soll ich glauben? Und woher kamen die Fotografen so ganz auf die Schnelle, die sofort zur Stelle waren, als die Figur auf dem Boden lag?
– Ich weiß nicht, wie Hyde das geschafft hat, vermutlich war es Zufall, dass sie in der Nähe waren, es wurde überall fotografiert. Alles, was ich sagte, überzeugte Bob nur noch mehr davon, dass diese angebliche Performance ein abgekartetes Spiel gewesen sei. Ruth sah ich nicht mehr an diesem Vormittag, und ich wunderte mich darüber, dass sie auch während der Vernissage im Hintergrund geblieben war.

Ihre Installationen und Performances sind Inszenierungen, in denen sich Versatzstücke aus der alltäglichen Wirklichkeit zu einem ästhetischen Mikrokosmos zusammenfügen, ohne ihren ehemaligen Gebrauchszusammenhang abzulegen. Mit spielerischer Leichtigkeit konstruieren sie umfassende Raumfantasien, die das utopische Potenzial von Gegenwelten bergen.

Zurück in Hamburg erlebte ich einen triumphierenden Hyde, der glaubte, alles unter Kontrolle zu haben, und darüber jubelte, welcher Coup ihm mit *Angel's Vomit* gelungen war.

Die polnische Künstlerin, von der der Engel stammte, war stumm geblieben, da Hantelschneider diese Arbeit bereits im Vorfeld erworben hatte und sie sicherlich davon hatte überzeugen können, dass es für ihre weitere Karriere wenig förderlich wäre, wenn sie den Fake auffliegen ließe.

– Mit *Angel's Vomit* kommen wir in eine völlig neue Lage der Kunstentwicklung. Das ist ein neues Stadium. Es sind jetzt nicht mehr nur die Künstler, die die kreative Rolle haben, sondern wir Kuratoren tragen direkt zur Produktion der Kunst bei, ja die Kunst kommt auch von uns. Das wird das ganze Feld auf den Kopf stellen, und wir sind an der Spitze der Bewegung, die Zeit ist reif für die kuratorische Komposition!

– Dann geht es ja den Künstlern demnächst noch schlechter, und sie werden von noch mehr Leuten abhängig sein.

– Sie gewinnen aber auch den Vorteil, sich besser in Szene setzen zu können, durch professionelle Netzwerke. Der einsam in seinem Atelier werkelnde Künstler hat ausgedient, das haben mir auch Kleber und sein Mitarbeiter bestätigt, die diese Tendenzen untersuchen.

Etwas in mir sträubte sich, aber ich konnte Hyde nichts entgegensetzen. Zu allem Überfluss zeigte er mir noch den Ausstellungskatalog, der zur Vernissage nicht vorgelegen hatte, die Druckerei hatte Fehlfarben gedruckt, die hatten korrigiert werden müssen. Ein fünfhundert Seiten schwerer Foliant in Übergröße, keine Ahnung, wer das in seinem Regal unterbringen sollte. Politiker hatten Vorworte geschrieben, namhafte Kunstkritiker Stellung zu den künstlerischen Positionen genommen. Den Arbeiten wurde in vorzüglichem Druck viel Raum gegeben, ein weiterer aufwändig gestalteter Band des renommierten Kasseler Kunstverlages Kaiser. Zahlreiche Sponsoren, von Banken bis zu Fluggesellschaften, präsentierten ihre Logos im Rahmen der Kunst. Auch für diese Publikation gab es öffentliche Förderungen, denn schließlich sei ein solches

Projekt von größtem öffentlichen Interesse, wie Hyde immer wieder betonte. Leicht aufgeregt schaute ich mir die abgebildeten Arbeiten von Bob an, *L'Aura welcome* und *T* sprangen ins Auge, sie sahen sehr cool aus, und ich wünschte mir, dass er dieses Urteil teilen würde.

Der November begann unerwartet sonnig, manche Tage erreichten achtzehn Grad Celsius, aber um den Zehnten herum ließ der Spätherbst den Vorhang fallen und tauchte die Hafenstadt in eine opake Hülle aus kleinsten Wassertröpfchen, durch die kaum noch natürliches Licht drang. Hamburg wurde zeitloser, legte das Jahrhundert in manchen Augenblicken ab und ließ in die Vergangenheit blicken, als noch Holzkisten per Hand verladen wurden und Pferde das städtische Leben prägten. Mir machte der Nebel nichts, im Gegenteil, ich freute mich über die größere Ruhe, die dieses Wetter erzwang.
Die Aufgaben in der Galerie erledigte ich engagiert, nach *East-West-Divers* hatten wir viel zu tun, ich wartete geduldig auf meine Urlaubstage und die nächste Reise nach New York. Zur Ausstellung waren viele Artikel erschienen, die Pressemappe wuchs täglich. Die meisten Journalisten verwendeten Abbildungen mit Arbeiten von Tricia und Ginger, die sich nun wohl auf dem Weg zum Ruhm befanden. Obwohl die Engländerinnen sich ein Team von Assistenten zugelegt hatten, die ihnen bei der Produktion weiterer Werke halfen, konnte die Nachfrage nicht mehr befriedigt werden. Vornehmlich handelte es sich um ehemalige Freunde aus der Kunsthochschulzeit, die nun für Tricia und Ginger zeichneten, malten, zimmerten, fotografierten oder Videos drehten. Sie hatten immer für diesen Erfolg gelebt, ihn auch erwartet, und sie waren bereit, alles dafür zu tun. Und es funktionierte. Hantelschneider reiste überall in der Welt herum, um mit Interessenten über den Ankauf von Werken von Tricia und

Ginger zu sprechen, wobei er nur Fotografien und Entwurfszeichnungen zeigen konnte, denn die meisten Arbeiten befanden sich noch im Planungsstadium. Als Label hatte Hyde sich einfallen lassen, die beiden nur noch unter Bell & Parker firmieren zu lassen, das sei eine völlig neue Bezeichnungsweise für ein Künstlerinnenduo. Anklänge an Markennamen waren durchaus erwünscht. Wir füllten Reservierungslisten aus und hätten in kürzester Zeit an mehrere große internationale Museen verkaufen können, doch leider war nichts mehr da, und die Assistenten kamen auch mit nahezu baugleichen Vervielfältigungen früherer Arbeiten kaum noch hinterher. Bell & Parker mussten, wenn sie im Geschäft bleiben wollten, auf Massenproduktion umsteigen, also mehr Leute einstellen, größere Ateliers beziehen und ihr Repertoire erweitern, das heißt, nicht mehr so viele Elemente der Performance in ihre Arbeiten einbauen, die zu schwer zu kopieren waren und zu viel Zeit banden.
In internationalen Kunstmagazinen sah man in fast jeder Ausgabe Fotos von ihnen, einmal wurden sie sogar geteert und gefedert gezeigt, in einem mittelalterlichen Waschhaus, wobei sie von ihnen selbst geschneiderte historische Gewänder trugen. Das war sie nun, die Sensation aus *East-West-Divers*, wir entschwebten alle in die betäubende Sphäre des Erfolgs, die keinen Gedanken mehr an die Schwerkraft des Lebens vergeudete.

Hantelschneider lud uns in ein Luxusrestaurant mit Elbblick ein, um all das zu feiern, zum Glück konnte ich auch Ruth unter den Gästen finden. Das gesamte Lokal war für rund dreißig Personen reserviert worden, inklusive Jazzband. Ruth drängte darauf, dass ich neben ihr sitzen solle. Das Ganze geriet förmlicher als erwartet, denn auch die Hamburger Kultursenatorin nahm an dieser Soiree teil. Hantelschneider hielt die erste Rede, in einer Mischung aus Anmaßung und

Dummheit hob er die Bedeutung der Galerie Hyde für die Hansestadt hervor, führte dann aber langatmig aus, wie sehr seine Galerie in diesen Erfolg involviert war. Ich wurde aufmerksamer, als er auf Ruth zu sprechen kam, die mädchenhaft neben mir saß und ab und zu meine Hand ergriff. Auch Kleber war mit von der Partie, sein Mitarbeiter hingegen fehlte; während der Rede füllte er sich zweimal aus einer Rotweinflasche nach, einen *Corbières*.

– Ich möchte am heutigen Abend vor allen Dingen Frau Ruth Netzer besonders herausstellen, die die Exklusivverträge mit den beiden Künstlerinnen schon zu einem Zeitpunkt abgeschlossen hat, als die Kunstwelt noch nicht ahnen konnte, welche Sterne mit ihnen aufgehen würden. Als Anteilseignerin unserer Galerien hat sie beide Unternehmen mit dieser Maßnahme konsolidiert und sowohl der Stadt Hamburg wie der Stadt Berlin viel Gutes zuteilwerden lassen. Ich erhebe mein Glas auf Ruth Netzer.

Ruth nickte, leicht verlegen in dieser Rolle, vielleicht auch nur gespielt, dann erhob auch sie ihr Glas und führte es, nachdem sie mit allen symbolisch angestoßen hatte, an ihre Lippen.

– Mir war nicht klar, dass dir Anteile an den Galerien gehören.

– Meinst du, ich hätte mich sonst so angestrengt mit der Ausstellung?

– Und auch mit der Performance?

Sie lächelte nur leicht und führte ihren Zeigefinger auf meine Lippen. Es war eine zärtliche und gleichzeitig bevormundende Geste. Kleber hatte das mitbekommen und lächelte nun seinerseits, er sah es augenscheinlich gern, wenn Frauen sich so verhielten.

– Und was ist mit Bob? Es gab nicht sehr viel positive Presse zu seinen Arbeiten. Wie schätzt du das ein? Ich hatte mit mehr gerechnet.

– Du weißt doch, woran das liegt. Erstens will keiner die Folien sehen, zweitens ist der Anteil von Bob in Bobs Arbeiten zu gering. Die Betrachter merken das, irgendetwas ist nicht ganz stimmig. Die Arbeiten sind unpersönlich, ganz anders als bei Bell & Parker, die eine sofortige Wirkung erzielen.

– Das klingt ziemlich hart, bisher hattest du ihn doch unterstützt.

– Das werde ich auch weiterhin. Außerdem sind die Arbeiten bereits verkauft. Bob muss sich nur darüber klar werden, wohin die Reise für ihn gehen soll. Er hat hier eine Riesenchance verpasst, das weißt du selbst am besten.

Im Verlauf des Abends wurden noch einige Flaschen geleert, der *Corbières* immer wieder durch Champagner ersetzt, der euphorisierte und diese seltsame Veranstaltung unterhaltsam werden ließ. Zwischendurch konnte man in die frische Luft treten und Werftarbeiten beobachten. Im diesigen Licht lag ein leuchtender Luxusliner, der die Ferne in sich trug und mysteriöse Geräusche aussendete. Was immer das schwimmende Metall gesehen hatte, es berührte mich, ohne dass ich es kannte. Sein Anblick ließ die Hebelwirkungen meiner gesellschaftlichen Mühen, die immer in eine subtile Form von Galeere mündeten, kurz vergessen. Dann stand Ruth neben mir und flüsterte, dass sie die Nacht mit mir verbringen wolle. Sie wusste, dass ich das nicht ablehnen konnte, denn sie war auch an diesem Abend zauberhaft und schrecklich.

Wir ließen die Feier und ihre wortgewaltigen Freier hinter uns, niemand ahnte etwas von unseren geheimen Handlungen. Der durch unzählbare Fußnoten getrübte Wissenschaftlerblick von Kleber konnte sich die Wonnen einer durch chemische Substanzen angereicherten Liebesnacht gewiss kaum ausmalen, und Hantelschneider und Hyde, die in dieser Hinsicht über entsprechende Erfahrungen verfügten, dachten nur so weit, wie Männer es eben vermögen.

Wir küssten uns im Fahrstuhl, der ohne Unterbrechung seinen Weg in den vierzehnten Stock bahnte. Ein muskulöser Oberschenkel Ruths presste sich gegen mich, und der Alkohol sorgte für die nötige Dosis Hemmungslosigkeit, die eventuelle Vorbehalte ausschaltete. Die Droge hatte sich nicht von selbst verbraucht und befand sich noch in ihrem Versteck. Wir nahmen sie gleich ein. Obwohl unsere Erregung sich weiter steigerte, wollten wir nicht hier bleiben, weil Ruth ein Zimmer im Hotel *Atlantic* hatte, das wir unbedingt ausprobieren wollten.

Im Taxi hatte ich den Eindruck, dass die Droge das Diffuse des Alkohols zurückdrängte und nach und nach alles Wahrgenommene in scharfen Konturen zeichnete. Ruth bestellte an der Rezeption noch eine Flasche Champagner, dann begaben wir uns auf ihr Zimmer. Es lag im dritten Stock, mit Blick auf die Außenalster.

– Willst du noch ein Bad nehmen?

– Ja, warum nicht.

Ruth ließ das Wasser einlaufen und zeigte mir den Standard dieses Hotels. Es gab Bademäntel und Hausschuhe, außerdem Parfüm und edle Substanzen für das Badewasser. Übermütig schütteten wir eine wilde Mischung in die sich füllende Wanne.

– So müssen wir jetzt immer leben, das ist der Stil, der zu uns passt. Aller Aufwand wäre sinnlos, wenn wir uns nicht jeden Wunsch erfüllen könnten.

– Und was ist dein Wunsch?

– Mit dir zu schlafen, als wäre es die Kunst, die wir noch nicht kennen.

Was folgte, näherte sich dem Satz Ruths an: das Spiel in der Badewanne mit ausschweifenden Liebkosungen, die an barocke Bilder erinnerten, die Verwendung des Raumes als Bühne für unser Begehren und unser Austausch von Champagner und Körperflüssigkeiten. Aus einem unendlichen Reservoir schien sich unsere Ausdauer zu speisen, die Kraft der Droge hielt alle Energien auf pulsierender Stufe. Nach Stunden versanken wir erschöpft ineinander und konnten doch noch nicht schlafen, zu viel Aufputschendes hatte den biochemischen Haushalt aus dem Gleichgewicht gebracht. Wir zogen die Bademäntel an und setzten uns vor die Fensterfront. Auf der Alster spiegelten sich Laternen und Fahrzeuge: Wasserbilder. Wir knirschten mit den Zähnen, rieben den Zahnschmelz ab und belasteten unsere Kiefer. Wir saßen wie in einem Kino, in dem ein minimalistischer Film läuft, der die Aufmerksamkeit auf kleinste Veränderungen der Objekte in der Zeit lenkt. Ruth leerte die Minibar und holte alles Essbare heraus, die Mischung aus salzigen Erdnüssen und Chips mit Schokoladenriegeln half, unsere Herzschläge zu verlangsamen. Manche Körperteile schmerzten, es gab Spuren von Bissen und Schrammen, die von unseren Fingernägeln verursacht worden waren. Die Nacht war fast vorbei, und der Verkehr nahm von Minute zu Minute zu.

– Wir könnten auch den Zimmerservice anrufen.

– Nein, ich kann jetzt niemanden sehen, das Frühstück wird ohnehin bald serviert, in etwa einer Stunde.

– Meinst du, die anderen waren verwundert darüber, dass wir die Feier so früh verlassen haben?

– Nicht wirklich. Hantelschneider und Hyde wundern sich bei mir über nichts.

Wir schwiegen längere Zeit, einschlafen konnten wir nicht. Dann machten wir uns notdürftig zurecht und waren die Ersten beim Frühstück. Ansehnlich drapiert erwartete uns das opulente Büffet, allein an die zwanzig Fischsorten wurden vorgehalten. Als wir Platz genommen hatten, kam der nächste Gast. Es war der Sänger der Rolling Stones, die hier oder in der Nähe ein Konzert gegeben hatten. Er grüßte uns und lächelte charmant, wohl instinktiv bemerkend, welche Nacht wir hinter uns hatten.

Wie gewohnt ließ Ruth sich nicht groß aus zu ihren geschäftlichen Plänen. Mir bereitete das ein wenig Unbehagen, da ich mutmaßte, dass ihr Interesse an Bob nach der Ausstellung deutlich abgenommen hatte. Sie kam nie von selbst auf ihn zu sprechen, wenn wir uns trafen, und hörte eher gelangweilt zu, wenn ich ihr etwas über ihn oder seine Kunst erzählte. In kürzester Zeit setzte sich das in der Galerie fort, Hyde war fast nur noch mit Bell & Parker beschäftigt und stellte ununterbrochen heraus, wie toll die neue englische Kunstszene sei.
– In London gibt es mehr als zwanzig Kunsthochschulen, staatliche und private. Welches Potenzial an Künstlern dort herumläuft, das ist Weltspitze. Auch für die kommenden Jahre.
Er machte mir klar, dass es für eine Galerie ausreiche, einen Topseller zu haben, alles andere komme dann wie von selbst. Für Bob fand sich auch in Hydes Kopf nur noch wenig Raum, alle vermittelten den Eindruck, dass er irgendwie seine Chance verpasst hatte. Ich kam mir etwas hilflos vor. Obwohl ich entscheidende Dinge zu den Erfolgen beigetragen hatte, verfügte ich nicht über den Einfluss, der für Bobs weitere Karriere notwendig gewesen wäre. Für Ruth war er jedenfalls absolut uninteressant geworden, auch als Lover.

Im Dezember flog ich mit *Air France* nach New York, mit Zwischenlandung in Paris. Ich hatte fünf Stunden Aufenthalt und nahm deshalb von Roissy aus den Zug in die Innenstadt. Mein Gepäck bestand aus einem kleinen Koffer, den ich mitnahm, weil ich in diesem kalten und verbauten Betonflughafen kein Schließfach fand. Dennoch mochte ich diesen unübersichtlichen Bau, in dem es in einer Aufenthaltsnische auch eine vortreffliche Installation von Daniel Buren gibt, die sich hinter Glasscheiben unter einem Ausschnitt freien Himmels befindet. Ein Hain aus künstlichen Palmen vor einem rundlichen hellgrauen Pavillon, der auf einem mit Burens regelmäßigen Streifen gestalteten Boden steht, gewährt innerhalb der maschinenhaften Architektur des Flughafens einen Ausblick in freiere Formen.

Ich saß mit meinem kleinen Koffer im Zug und näherte mich der Traumstadt, in der meine Philosophen wohnten und gewirkt hatten oder auch *Jane und Serge*, die für mich als Teenager einmal den Inbegriff einer exzessiven Beziehung dargestellt hatten. Alles an ihnen war wild und erotisch. Ich wusste nicht, wohin ich mich begeben sollte, wollte einfach nur in die Innenstadt und stieg an der Station Châtelet aus.

Der fremde Bahnhofsgeruch empfing mich, und ich stellte mir vor, wie die vielen vorübergehenden Menschen aus unterschiedlichsten Nationen alle mit ihrer Kunst beschäftigt waren, wie sie Gespräche mit Sammlern und Galeristen anbahnten oder versuchten, in ein Magazin zu kommen, wie sie unentwegt nach neuen Ideen lechzten und Material sammelten, wie sie alle auf das Wunder warteten, das sie entweder reich oder mächtig oder beides werden ließ, und wie sie sich selbst verloren und verrieten und dabei doch immer den Eindruck von sich hatten, alles richtig gemacht zu haben. Ich lachte laut auf.

Ein junger Afrikaner nahm mich wahr und bot sich an, meinen Koffer zu tragen. Das wollte ich nicht, aber ich ging mit ihm in ein Café in der Nähe des Bahnhofs. Er sprach so gut wie kein Englisch, und mein Französisch reichte nicht aus, um unterhaltsam zu sein. Ich schwieg einfach und wartete, was passieren würde. Der junge Mann stand plötzlich auf und ging aus dem Café heraus. Innerhalb von wenigen Minuten kam er zurück und drückte mir ein Buch in die Hand, den Autor Jacques Mesrine kannte ich noch nicht. Überall auf der Welt konnte ich Männer zu ungewöhnlichen Taten veranlassen. In meiner Gegenwart wollten sie sich erklären, auch wenn sie mich überhaupt nicht verstanden. Das war die Lehre, die mir Ruth beigebracht hatte. Wir verfügten über ein seltenes Gut, die Aussicht auf ein Abenteuer, und es reichte, wenn das in der Vorstellung geschehen konnte. Das war schon alles. Ich gab nicht einmal meine Adresse heraus, und der Junge sagte nur kurz *Adieu*. Paris war ein Kartenspiel, man spielte einen Trumpf, dann musste reagiert werden, oder man passte, und der Zug bedeutete *Ihr könnt mich nicht mehr verfolgen*.

Bei Flügen mit der *Air France* kommt stets das Gefühl auf, ununterbrochen bedient zu werden, von allen Seiten nähern sich Stewardessen mit Getränken oder Decken, geben Kopfhörer aus und versprühen diesen unvergleichlichen Charme der französischen Frau, die sich zwischen Distanz und Provokation bewegt und jedem klarmacht, wo er steht. Ich versuchte, sie mir nackt vorzustellen oder in ihrer sicherlich ausgewählten Unterwäsche, diese Kostümfiguren mit ihren rasierten Beinen und Achseln, großartig marionettenhaft beim Demonstrieren von Rettungsweste und Sauerstoffmaske. Wir landeten am frühen Abend lokaler Zeit, dieses Mal kam ich am John-F.-Kennedy-Flughafen in Brooklyn an. Die Einreiseprozedur verlief überraschend problemlos, und ich erkannte Bob in der Menge der wartenden Abholer gleich. Mir war immer wichtig, wie ich begrüßt werde, von daher war diese Ankunft zwiespältig. Bob begrüßte mich zwar freundlich, aber irgendwie belastet, etwas nagte an ihm, das machte schon seine erste Umarmung deutlich, die eher lau war. Solche Gesten können sich verstellen, aber nicht lügen. Er war mit dem Wagen gekommen, und wir fuhren gleich zu seinem neuen Appartement in Manhattan. Da ich diesen Weg noch nicht kannte, schaute ich neugierig aus dem Wagenfenster. Auf dem Mittelstreifen der Fahrbahn ritten in Höhe Bedford Stuyvesandt drei dunkelhäutige Personen in Cowboykleidung, die von den Lichtmasten der Straße angestrahlt wurden.

–Die sind hier öfter, *The Black Riders.*
–Ein unglaubliches Bild.
–Laura, die Dinge laufen schlecht. Die Wissenschaftler, die für die Ausstellung beschäftigt waren, haben eine Studie verfasst. Die ist noch nicht fertig, aber sie haben schon erste Ergebnisse weitergegeben, zum Beispiel an Ruth, die mir erzählt hat, dass meine Arbeiten von den meisten Besuchern gehasst wurden. Wenn die jetzt mit solchen Methoden arbeiten, kann man als Künstler einpacken. Die wollen alles unter Kontrolle haben.
–Das wusste ich nicht.
–Aber du musst etwas mitbekommen haben, das Ganze ist doch auch durch dein Büro gegangen.
–Nein, Ruth hat mir nichts davon erzählt.
–Hier in Amerika ist überall Wettbewerb, wir sind immer bereit, uns mit anderen zu messen. Aber Fairplay und Respekt sind auch wichtig, es ist uns fremd, solche Spielchen zu veranstalten. Ob die Mehrheit ein Kunstwerk gut oder schlecht findet, kann kein Maßstab sein.
–Du, ich komme gerade hier an, ich möchte nicht gleich in solchen Problemen versinken. Lass mich doch bitte erst einmal durchatmen.
–Sorry, aber ich habe mich in den letzten Tagen ununterbrochen mit diesen Fragen beschäftigt, ich kann das nicht vermeiden.
Die Fahrt über die Manhattan Bridge mit ihren heiteren Positionslampen und der Aussicht auf die monumentale Skyline setzten ein Gegengewicht, Wolkenkratzer funkelten im nächtlichen Wasser. Bob lächelte, obwohl er diese Brücke häufig überquerte.
–Ich bin froh, jetzt hier bei dir zu sein.
–Ja, es ist gut, dass du da bist.
Das neue Appartement lag direkt an der Grenze zu Chinatown in der Canal Street, in der sich auch schon Melvilles

Bartleby herumgetrieben hatte, *I would prefer not to*. Der Hauseingang war mit einem schweren Eisengitter geschützt, Bob öffnete es für uns. Im Hausflur lagen überall Werbebroschüren herum, die niemand entsorgt hatte, und der Aufgang machte einen schäbigen Eindruck, der durch den durchdringenden Geruch eines chinesischen Restaurants, das im angrenzenden Haus untergebracht war, noch bestärkt wurde. Wir gingen in das erste Stockwerk, ich wunderte mich, wie konventionell die Wohnung eingerichtet war. Nichts deutete auf den ersten Blick auf ein Künstlertum hin, die Möbel waren ohne jede Klasse, so stellte ich mir eine Junggesellenlebensmaschine vor.

– Für morgen Abend sind wir zu einer Party eingeladen, bei einem Freund, der gerade die Kostüme für einen erfolgreichen Film gemacht hat. Es werden eine Menge Leute dorthin kommen, viele Künstler, du weißt, hier ist jeder ein Künstler.

– Das klingt traurig.

Ich ging ins Badezimmer, um mich zu erfrischen, die Wasserhähne funktionierten nicht richtig, und das Waschbecken war voller Schmierfilm und Haare. Auch das Klo war leicht verstopft. Dafür war ich tausende von Kilometern in einer Aluminiumröhre geflogen.

– Willst du noch etwas essen?

– Nein, aber ein Bier wäre gut. Hast du Kinderbilder?

Bob kramte eine ganze Kiste voller Fotografien aus seiner Vergangenheit hervor. Er war ziemlich süß als Kleiner, manchmal etwas zu dick. Er zeigte mir auch Bilder aus seiner Studienzeit, auf mehreren war eine strahlende Monica zu sehen, die herausfordernd in die Kamera lächelte. Ich bekam Sehnsucht nach ihr.

Diese Nacht wollte ich nicht in Bobs Bett liegen, ich musste an die Haare im Bad denken, sie verdarben mir die Nähe. Er hatte Verständnis dafür, das ich nach dem langen Flug verspannt war. Ich wusste noch nicht, ob ich meinen Aufenthalt überhaupt hier verbringen sollte, die Gegend gefiel mir nicht, sie hatte etwas von einer Gangsterfilmkulisse, bei Monica fand ich es weitaus einladender, trotz der Schüsse. Es mag auch daran gelegen haben, dass dieses Appartement von einem Menschen in der Krise bewohnt wurde, eine Behausung im Übergang, jeder einzelne Gegenstand strahlte etwas Ungewolltes oder Unentschiedenes aus, nichts war mit Bedacht ausgesucht worden. Das erinnerte mich an eine Schilderung meines alten Berliner Freundes Wahnfried. Dieser hatte die Wohnung einer Frau, die er gerade zum ersten Mal für ein Rendezvous betreten hatte, nach kürzester Zeit wieder verlassen, weil ihm kein einziger Einrichtungsgegenstand darin gefiel. Ein vorzügliches Bleibekriterium. An jenem Tag musste ich aber dortbleiben und schlief auf dem Sofa, das Bob für seine Gäste angeschafft hatte. Am nächsten Morgen servierte er ein interkulturelles Frühstück, mit italienischem Espresso, Panetone, jüdischen Bagels, chinesischen Glückskeksen und polnischen Gewürzgurken.

– Was ich dir noch nicht erzählt habe, ist, dass Hyde mich angerufen hat und hier in New York eine Ausstellung mit mir machen will. Er sagte Dinge wie *Das machen wir ganz groß, riesige Folien* oder *Du musst unbedingt dein Format ändern*. Von den Installationen war überhaupt nicht mehr die Rede, obwohl sie ja alle verkauft worden sind. Von dem Erlös kann ich mehrere Jahre leben. Aber er versucht mich schon wieder in eine Richtung zu drängen, auf die ich keine Lust habe. Es geht bei mir ja um die Überlagerung von Bildern und nicht darum, Wandschmuck herzustellen.

– Das macht er bei allen Künstlern, er fühlt sich halt aufgefordert, kreativ zu sein.

– Das ist nicht sein Job, er soll verdammt noch mal das machen, wofür er bezahlt wird, nämlich Künstler zu managen und ihnen Organisation abzunehmen, er ist kein Künstler und wird es auch niemals sein.

– Er meint, das in den nächsten Jahren die Kuratoren zu Superkünstlern werden, die die Künstler, die sie für ihre Ausstellungen engagieren, wie Material verwenden. Das sieht Hyde als seine Erfindung an.
– Das ist absoluter Blödsinn, erstens gab es das schon früher, und zweitens sollen die Kuratoren sich nicht zu sehr einmischen.
– Er hat Leute, die über diese Themen schreiben und das ziemlich hip finden. Es ist kaum aufzuhalten.
– Ich mache da nicht mit, das hat nichts mehr mit künstlerischer Arbeit zu tun.
– Ich habe wirklich versucht, dich zu unterstützen, und weiß nicht, was das Gejammer soll. Du wolltest den Erfolg, und es lief doch alles sehr gut für dich. Willst du ein professioneller Künstler sein oder nicht?
Ich öffnete einen Glückskeks, der mit einem lauten Knacken seine kleine papierne Botschaft freigab, *Be yourself*, das traf auf uns beide zu, aber wir hatten uns auch deshalb etwas verbraucht, weil wir diesen Satz zu ernst nahmen.
Am späten Vormittag telefonierte ich mit Monica und fragte sie nach einer Übernachtungsmöglichkeit, wir würden uns auf der Party sehen.
Den weiteren Tag verbrachte ich mit einem Bummel durch das vorweihnachtliche Manhattan. Es war kalt und sonnig, die Stadt blinkte wie ein Kristall. In den Schaufensterauslagen präsentierten sich dekorierte Wünsche, Weihnachtslieder erklangen überall, und Santa Claus flog mit seinem Schlitten durch die Luft, begleitet von zutraulichen Rentieren und sorgsam verpackten Geschenkkartons. Auch das war eine künstliche Welt. Ich ging ins *Museum of Modern Art*, verharrte gebannt vor Balthus' Bildern und konnte mir nach ihnen nichts anderes mehr ansehen. Im Café beobachtete ich schöne Menschen beim Lesen von Zeitungen und Katalogen, was für eine sinnvolle Tätigkeit. So wendete sich der Tag für mich, wie die

Lage mit Bob zu verbessern war, wusste ich nicht, seine unverhohlenen Schuldzuweisungen verletzten mich, außerdem erwähnte er meinen Beitrag für seine Arbeiten weiterhin mit keiner Silbe. Ich fragte mich, wie viele der Werke, die in diesem Museum hingen, wir den Inspirationen von Menschen verdankten, die ungenannt geblieben waren.

Am späten Nachmittag fuhr ich mit dem Taxi in die Canal Street, am Tag wirkte die Gegend bunt und lebendig, das Gefährliche kam nur in der Nacht zur Geltung, da fühlte man sich hier wie ausgesetzt. Bob war zu Hause und erwartete mich.

– Morgen ziehe ich zu Monica, für mich geht das hier nicht.

– Dann kannst du auch schon heute nach der Party mit ihr zurück.

– Und das Gepäck?

– Das kannst du in meinem Wagen lassen, ich bringe euch dann nach Brooklyn.

Die Party fand in einem eindrucksvollen Loft am Broadway statt, dessen weitläufige Innenarchitektur mit zahlreichen Exponaten junger, zum Teil aber auch bereits toter Künstler ausgestattet war. Als wir ankamen, war alles in Gang, offenbar begannen hier die Feste viel früher als zum Beispiel in Berlin, wo es sich niemals lohnt, vor dreiundzwanzig Uhr zu erscheinen. Die Gäste waren gut gelaunt und fantasievoll gekleidet, einige hatten sich zu diesem Anlass Filmkostüme ausgeliehen oder besaßen solche Kleidung.

Im Laufe des Abends wurde viel über Kunst geplaudert, und ich konnte hinzulernen, wie wichtig es sein kann, über den Gesundheitszustand des Künstlers, dessen Werk man besitzt, genau Bescheid zu wissen. Ich versuchte, mich so oft wie möglich vor den Gemälden der damals hoch gehandelten Maler Philipp Taffe und Russ Bleckner aufzuhalten, was angesichts der großen Zahl der Gäste und ihres beständigen Kommens und Gehens nicht ganz einfach war. Bob hatte ich völlig aus den

Augen verloren, ich sah ihn einmal in der Küche sitzen, eine Bierflasche haltend, diskutierend. Monica kam später, sie trug ein sensationelles phtalogrünes Kleid mit goldenem Spitzenbesatz und sah hinreißend aus. Sie stellte mich ihren Freunden vor, und ich hatte meinen Spaß dabei, als deutsche Frau aufzufallen, offensichtlich gab es da einen legendären Ruf zu verteidigen, *Deutscher Girls*.

Gegen Mitternacht entstieg dem direkt in die Wohnung führenden Fahrstuhl ein später Gast: ein untersetzter Mann mit schwarzem Vollbart, der Stonewashed-Jeanskleidung mit Converse-Turnschuhen kombinierte und dessen Alter einzuschätzen mir schwerfiel, vielleicht fünfundvierzig Jahre. Er transportierte einen mittelgroßen, altmodischen Lederkoffer und verlangte sogleich, nachdem er den Koffer auf dem Fußboden abgestellt hatte, in holprigem Englisch nach einem Wodka. Der Wunsch wurde ihm umgehend von einem jungen Japaner mit von Brylcreme glänzenden schwarzen Haaren erfüllt, indem er eine Flasche *Gorbatschow* in unmittelbarer Nähe des Ankömmlings aufstellte. Nachdem er in kürzester Zeit mehrere Gläser des Getränks geleert hatte, versammelte der Fremde einige Leute um sich herum, um den Koffer zu öffnen. Dessen Inhalt bestand aus farbenprächtigen, goldbesetzten Ikonen, die nun nacheinander vorgestellt wurden und deren mythologischen Hintergrund der Fremde in knappen Worten erläuterte: das Mandylion, der heilige Georg, die Dreifaltigkeit. Nach und nach verstummten die Partygeräusche. Die Gäste waren beeindruckt von den Ikonen, bestaunten ihre Verarbeitung, Materialien und Motive, sie erblickten etwas Unbegreifliches in ihnen und hörten den Ausführungen des Fremden zu, der die Bilder den in vorderster Reihe Stehenden in die Hände drückte. Wenn der Fremde an einem bestimmten Punkt seiner Ausführungen Preise für die Bildtafeln genannt hätte, wäre niemand überrascht gewesen. Doch entgegen allen Erwartungen wollte er keine der Ikonen verkaufen. Ich spürte, dass das Öffnen des Koffers den Abend verändert hatte. Auch die Strahlung der an den Wänden ausgestellten Bilder verblasste, niemand kümmerte sich mehr um sie. Stattdessen besetzten die auf dem Fußboden ausgebreiteten oder von dem Fremden hochgehobenen Kopien anonymer Meister diese sorgfältig ästhetisierte Lebenswelt. Im Laufe des Abends hatte ich noch Gelegenheit, einige Minuten mit dem *Icoman* zu sprechen. Wir stellten uns einander nicht vor, stießen aber sogleich mit einem Glas Wodka an, ohne Eis. Er redete, ich hörte zu. Er erzählte von den jahrhundertealten Büchern der Ikonenmeister sowie von Pavel Florenskij, dessen Schriften er mir nachdrücklich empfahl, und drückte mir ein Blatt mit Losungen des mir bis dahin unbekannten Autors in die Hand. Dann fragte ich ihn, was er denn von den hier hängenden Bildern halte, seine Antwort war ebenso kurz wie verblüffend: *Alles kopierte Ikonen.* Niemand hier kannte den Mann, und so, wie er aufgetaucht war, verschwand er auch wieder. Nach einem letzten Glas stieg er mit seinem Koffer in den Fahrstuhl. Mir ermöglichte der Fremde an jenem Abend einen neuen Blick für die zeitgenössischen Bilder, und außerdem hatte er mich auf Pavel Florenskij aufmerksam gemacht, von dem die Sätze stammen: *Die religiöse Malerei des Westens war seit der Renaissance eine einzige künstlerische Unwahrheit, und die Künstler, die, während sie in Worten Ähnlichkeit und Treue gegenüber der abgebildeten Wirklichkeit verkündeten, keinerlei Berührung mit der Wirklichkeit hatten, die abzubilden sie sich anmaßten und die sie abzubilden wagten, hielten es nicht für nötig, wenigstens den dürftigen Hinweisen der Ikonenmalerei Gehör zu schenken, das heißt dem Wissen von der geistigen Welt, das die katholische Kirche ihnen mitteilte. Die Ikonenmalerei dagegen ist ein Festhalten himmlischer Bilder, ein Verdichten der wie Rauch um den Thron aufsteigenden lebendigen Wolke von Zeugen auf einem Brett.*

Eine Stunde später verabschiedete ich mich von Bob, der mich bekümmert anblickte. Er wusste, dass wir uns verloren hatten. Bei mir blieb ein Gefühl der Dankbarkeit, auch wenn ich ihm nicht mehr nahe sein konnte. Dieser Abend hatte für mich manches gedreht, ich spürte das, ohne es genau erklären zu können. Bob hatte mir immer viel gegeben, ohne dass ihm das bewusst gewesen wäre. Und ich hatte ihm doch einiges genommen, niemals hätte ich in seine Arbeiten hineinreden dürfen, doch das war nicht mehr zu heilen und hatte alles verändert, den Lauf seiner Künstlerkarriere und unserer Liebe.

Monica fuhr uns nach Brooklyn, das Bett war gemacht. Die wollene Indianerdecke lag obenauf und sollte in diesen kalten Nächten zusätzliche Wärme spenden. Noch immer roch sie nach Katze und war kratzig. Wir, die wir in *Riehmers Hofgarten* eine verwunderliche Einheit gebildet hatten, in der jeder mit jedem hätte gehen können, waren nun in ungeschützte Einzelteile aufgelöst, die einander hier und da berührten.

Bis zum Rückflug blieb ich bei Monica, die tagsüber mit einem neuen Filmprojekt zu tun hatte. Sie übte gleichzeitig mehrere Jobs aus, Produktionsleitung, Requisite und Maske, New York war eben nicht Hollywood. Ich nutzte den restlichen Aufenthalt, um mich zu erholen und ohne weitere Verstrickungen Kunst zu betrachten. Ich ging noch einmal zu den Bildern von Balthus und sah mir das in seiner Komposition kaum zu übertreffende Porträt von *André Derain* und danach noch einmal *Die Straße* an, beide aus den dreißiger Jahren. Hinter der Figur Derains im Bademantel stehen Bilderrahmen mit ihrer Rückseite zum Betrachter. Sie weisen eine Ähnlichkeit mit der geschlossenen Tür dieses gemalten Raumes auf. Eine klaustrophobe Bühne; das halb bekleidete Mädchen auf der rechten Seite beschäftigte mich nicht, ich sah in ihr lediglich eine Ergänzung des Bildes. In *Die Straße* bündelte das Mädchen am linken unteren Bildrand meine Aufmerksamkeit, eine Figur, die von einem in Lüsternheit erstarrten Mann, der Serge Gainsbourgh ähnelt, von hinten gefasst und an ihrer Bewegung gehindert wird. Je länger ich dieses Bild betrachtete, desto klarer wurde mir, was Kunst bewirken kann: Sie ist die einzige Möglichkeit, sich in andere Zeiten und andere Wesen zu begeben.

Wir schlenderten über den Broadway oder die Fifth Avenue, und Monica zeigte mir, wo es besonders schöne Dinge zu kaufen gab. Ich besorgte bei dieser Gelegenheit einige Weihnachtsgeschenke für meine Eltern und ein *Hermès*-Halstuch für Ruth. Für Bob fand ich einen wertvollen Gürtel mit großer Schnalle. Monica wünschte sich den Besuch einer Wahrsagerin unter der Bedingung, dass sie die Voraussage für sich behalten dürfe.

16

In unregelmäßigen Abständen erhielt ich Postkarten von Bob, auf denen er nicht viel mitteilte. Auch zu seiner Kunst äußerte er sich nur selten, und ich wagte es nicht, nachzufragen. Aus der Krise konnte er sich nur selbst herausführen. Das Appartement in Manhattan musste er sehr bald aufgeben, weil es zu teuer geworden war, er wohnte jetzt im Atelier in New Jersey, all das klang überhaupt nicht gut. Ich hatte wenig Sympathie dafür, dass er sich so wenig bemühte. Eine neue Idee, andere Kontakte, Arbeiten, die noch keiner von ihm kannte, wären Zeichen seines Willens gewesen, so aber hatte ich den Eindruck, er wolle die Welt dafür bestrafen, dass sie seine Kunst nicht ausreichend würdigte, und die Strafe bestand darin, mit ansehen zu müssen, wie er sich mehr und mehr in eine missliche Lage brachte. Mir war das zu viel, ich zog mich zurück.

In den kommenden Jahren stand das Berufliche, das ich nicht mehr mit dem Privaten vermischen wollte, weiterhin im Mittelpunkt meines Lebens, denn ich konnte mit der Kunst besser leben, wenn ich sie als Job ansah und nicht versuchte, etwas an ihrem Zustand zu verändern oder Freunde auf den Weg zu bringen. Anderes erwartete die Umwelt auch nicht von mir.

Ende neunzehnhundertzweiundneunzig beging ich den Fehler, Hydes langem Werben nachzugeben. Das geschah in einem wenig wachen Moment, in dem die dumpfe Euphorie des Alkohols allen Verstand ausschaltete. Die Neugier, zu erfahren, was hinter Hydes Begierde steckte, mag auch eine Rolle gespielt haben, ein Erlebnis mit wenig positivem Nachklang. Ich erinnerte mich hinterher nur an die ungestümen Berührungen des Ausgehungerten, dessen seit Jahren gehegter Wunsch die Situation überzeichnete. Manche Körper passen einfach nicht zueinander. Seine Frau erfuhr von dem Vorfall, wahrscheinlich hatte er es ihr in seinem kaputten Stolz selbst berichtet. Danach konnte ich nicht mehr in der Galerie Hyde tätig sein. Ich hatte ihn lange genug begleitet, und seine Frau wollte mich nicht mehr sehen.

Meine Beteiligungen und zusätzlich erworbenen Anteile an Verkäufen hatten mir so große Einnahmen beschert, dass ich eine eigene Galerie zu gründen in der Lage war. Mit Ruths Hilfe, die mich bei dem Konzept und den geschäftlichen Erfordernissen beriet, gründete ich das *Büro Vermeer*, in überschaubaren Räumen der Hamburger Admiralitätsstraße auf der Fleetinsel, in denen zuvor jahrelang ein unabhängiger Verlag mit mäßigem Erfolg sein Glück versucht hatte. Die erste Ausstellung verwirklichte ich mit jungen britischen Künstlerinnen, die mir Tricia und Ginger empfohlen hatten, es ging dabei um Kunst, die das Publikum beteiligte, eine Art Stadtteilprojekt, das in der Galerie dokumentiert wurde. Bewohner eines Londoner Randbezirks hatten ihre Vorgärten gemeinsam mit Künstlern neu gestaltet und sich dabei neu kennengelernt. Die Betrachter konnten nun auch selbst an den Werken teilhaben, was mir schon immer lag. Ruth war der Überzeugung, dass die Kunst dieser Jahre immer mehr mit solchen gesellschaftlichen Belangen und immer weniger mit Objekten der bekannten Art zu tun haben würde, und sie sollte einmal mehr Recht behalten. Ihre atmosphärische Veränderungen stets witternde Nase hatte auch das wahrgenommen. Um aber Besucher über bekannte Namen in die Galerie zu ziehen, gab es auch Zeichnungen zu sehen, die Bell & Parker mir exklusiv zur Verfügung stellten: Londoner Stadtansichten, auf die sie mit durchsichtigem Nagellack jeweils einige Schamhaare geklebt hatten, so zum Beispiel über die Uhr von Big Ben oder in das Gesicht eines Beefeaters.

Zur Eröffnung von Büro Vermeer kam alles, was in der Szene Rang und Namen hatte, eine überraschende Resonanz. Hyde erschien, natürlich ohne seine Frau, und aus Berlin kamen Hantelschneider, der mittlerweile Filialen in Leipzig und Dresden betrieb, und selbstverständlich auch Ruth angereist. Bob war eingeladen, erschien aber nicht, dafür hatte Monica die weite Reise nicht gescheut und wohnte bei mir. Tricia und Ginger kamen im Lauf des Abends direkt aus Paris. Obwohl sie nun internationale Stars der Kunstszene waren, bedeuteten ihnen die Freundschaften aus ihren Anfangstagen doch einiges. Beide kamen mit gestylten und muskulösen jungen Männern, die sie als ihre Leibwächter bezeichneten. Es waren viele Presseleute da, und ich musste pausenlos Interviews geben, in denen ich mich arg wiederholte.

– Welches Profil will das Büro Vermeer herausstellen?

– Wir zeigen vor allem internationale junge Kunst und wollen die aktuellen Trends außerhalb von Großausstellungen nach Hamburg holen. Dabei wird es sich um Kunst handeln, die offensiv gesellschaftliche Fragen bearbeitet.

– Sehen Sie dafür einen Markt?

– Der Markt für diese Kunst wird sich finden. Es gibt bereits Sammler für das, was wir mit Büro Vermeer verfolgen.

Ich musste genau aufpassen, was ich sagte. Hantelschneider sprach mich an, er, der alles und jeden genau beobachtete und nichts vergaß, kein Detail, das war sein Kapital.

– Es ist ziemlich clever, jetzt auf diese engagierte Linie zu setzen.

– Ich muss zugeben, dass ich da einem Rat Ruths gefolgt bin. Mich interessiert das zwar, aber den Mut, das Profil der Galerie damit zu bestreiten, hätte ich allein nicht gehabt.

– Ruth weiß immer genau, was der nächste Trend sein wird, phänomenal. Aber es gibt auch einige andere, die das können und deren Methoden sogar noch zuverlässiger sind. Kleber und sein Mitarbeiter beispielsweise haben mir das schon vor zwei Jahren gesteckt, dass eine Kunst kommen wird, die sich mit den Wissenschaften verbündet. Sie konnten das anhand ihrer Untersuchungen voraussagen. Es ist heute absolut wichtig, mit der Wissenschaft zusammenzuarbeiten, wenn man in der Kunst ist. Das gilt für die Künstler genauso wie für uns. Sie kommen übrigens im Laufe des Abends hierher.

– Dann kann dir ja nichts mehr passieren.

Ich konnte meine Entgeisterung nicht verbergen, nun auch noch für Kleber und seinen Wurmfortsatz die nette Gastgeberin mimen zu sollen, und dachte an Bob, der als ein Opfer ihrer ausschweifenden Datensammlungen gelten konnte. Meine Stimmung drehte sich durch dieses kurze Gespräch sofort ins Beklemmende, und eine innere Lähmung setzte ein. Die Eröffnung meiner Galerie fand gerade statt, und doch kam es mir vor, als hätte ich dieses Ritual schon viele Male erlebt, als wäre ich nur Statistin in einem Stück, das immer wieder aufs Neue aufgeführt wurde. Es waren dieselben Leute, die zur exakt selben Zeit eintrafen und dann über dieselben Dinge redeten, ja sogar ihre Bewegungen glichen sich aufs Haar, von ihrer Kleidung und ihren Frisuren gar nicht zu reden. Sie gaben viel Geld dafür aus, den Anschein höchster Individualität zu erwecken, doch im Grunde folgten sie den Strömungen, die sie mitzogen: global tätige, austauschbare Figuren, durch ihre Erbschaften oder Ränke zu Ehren gekommen, wenn nicht gar durch die Preisgabe ihrer Geschlechtsteile an Mächtigere ihres Schlages. Die Besatzung meiner ersten Vernissage wie auf einer vor mir aufgebauten Bühne anzusehen, das gekünstelte Mundwinkelzirkeln der Frauen und das blasiert um Sachverständigkeit ringende Gehabe der Männer, löste einen überwältigenden Ekel in mir aus und schlug mir wie eine Aufforderung zum Erbrechen auf alle Sinne. In meinem Magen rumorte es, aber ich musste das Gesicht der Gastgeberin zeigen. Freudlos im Land des Lächelns schaffte ich es gerade noch zur Toilette, die zum Glück nicht besetzt war. Mein afghanisches Mittagessen fand sich rasch und verwandelt im Klobecken wieder, ein durchdringender Geruch breitete sich aus, bevor ich die Spülung bediente. Wie gut, dass alles immer in die Unterwelt befördert werden konnte und sich dort auflöste.

Bleich ging ich zurück in den überfüllten Raum und hatte nur wenige Minuten Zeit bis zur Eröffnungsrede. Nicht einmal Ruth bemerkte, dass an meinem schwarzen *Prada*-Kostüm kleine Brocken von Erbrochenem klebten. Meine Eltern standen aufgeregt in der ersten Reihe und waren mit sich selbst beschäftigt.

Die Rede warf ich den Zuhörenden wenig leidenschaftlich entgegen, sie gewann dadurch einen provokativen Gehalt, den ich nicht in ihr vermutet hatte. Ich sprach von einer neuen Orientierung der Kunst, von einer epochalen Wende, weg vom materialen Objekt und hin zu Konzepten, die die Kunst als eine Ressource zur Entdeckung und Erforschung unserer von manchen Denkern als unübersichtlich bezeichneten Lage auswiesen.

Die Ausstellung zeigt Arbeiten zeitgenössischer Künstlerinnen und Künstler, die sich in unterschiedlicher Weise gesellschaftlichen Schauplätzen nähern. Das Spektrum reicht von detaillierten Fallstudien bis hin zur Auslotung der Möglichkeiten ästhetischer Erfahrung unter den gegenwärtigen Lebensbedingungen. Zu den Anliegen dieser Ausstellung zählt zudem die Einbindung von Publikumsgruppen in den Handlungsraum »Ausstellung«. Deshalb werden die künstlerischen Arbeiten in ständigem Wechsel gezeigt und im Rahmen unterschiedlicher Diskurse adressiert.

In welcher Form sich künstlerische Arbeit dieses topografisch ebenso wie metaphorisch verstandenen »Zwischenraums« bedienen und ihn zur Neubestimmung ästhetischer, sozialer, ökonomischer und politi-

scher Verhältnisse nutzbar machen kann, wird aus unterschiedlichen künstlerischen und wissenschaftlichen Perspektiven untersucht.

Überdies ginge es in der heutigen Kunst um ihre Verbindung zu anderen Bereichen, wie zum Beispiel dem Pop oder der Wissenschaft. Der individuelle Künstler habe ausgedient und bewege sich immer mehr in Richtung von Gruppen, Kollektiven und Netzwerken. Das romantische Kunstideal sei passé. Das war zum Kotzen überzeugend.
– Eine grandiose Rede, damit setzen Sie neue Maßstäbe in der Hansestadt, ich wünsche Ihnen für die Zukunft allen Erfolg.
– Das hast du wirklich gut gemacht, du bist nicht nur eine hervorragende Organisatorin, sondern nun auch eine Galeristin mit Sachverstand.
– Du sahst sehr gut aus, während du sprachst.

Insgesamt war die Eröffnung von Büro Vermeer ein unerwartet großer Erfolg, alle waren zufrieden, und alle Ausstellungsstücke und Dokumentationen wurden innerhalb kürzester Zeit verkauft. Ich war im Geschäft angekommen. Nach der Veranstaltung fand das übliche Essen mit einem ausgewählten Personenkreis statt. Ruth sah ich nur von weitem, sie unterhielt sich angeregt mit Hantelschneider, lachte manchmal laut auf. Links von ihr befand sich Kleber mit seinem Pokerface, der sich in diesen Kreisen sichtlich wohlfühlte, da er hier seine Talente voll zur Geltung bringen konnte. Ich saß neben Bell & Parker und Monica, uns gegenüber blickten die durchtrainierten Leibwächter wachsam in den Raum. Ihre Coolness bewegte sich an der Grenze zur Idiotie. Drohkulissenschieber, dachte ich, was ich nicht übersetzen konnte, sonst hätte ich es ihnen gesagt. In diesen Zeiten sprangen die animierten Charaktere direkt in die Seelen hinein. Mein Englisch war nicht flüssig genug, ich stockte manchmal und verstand nicht alles, nicht jede Pointe und jedes Wortspiel, aber Monica hielt mich fürsorglich auf dem Laufenden. Der Abend endete vollkommen friedlich, alle schienen zufrieden zu sein, meine Eltern waren gerührt, und Ruth drückte mich zur Verabschiedung eng an sich und wünschte mir alles Gute für die Zukunft mit dem Büro.

Wir fuhren in die Hallerstraße, gingen nicht noch, wie Hyde es vorgeschlagen hatte, in eine neu eröffnete Bar an der Außenalster, sondern nahmen den Fahrstuhl in das vierzehnte Stockwerk. Der Glastisch stand immer noch dort, wo wir ihn eingeweiht hatten. Ungemein beruhigend, an diesem Abend die Wärme Monicas spüren zu können, die den Kunstrummel nicht besonders ernst nahm. Für sie war es das Gewohnte, etwas, das sie von Kindesbeinen an kannte und dem sie mit keiner besonderen Achtung begegnete. In New York mit seinen Heerscharen von Künstlern waren alle ständig auf der Jagd nach Aufmerksamkeit. Aufmerksamkeit von Freunden und Partnern, von Galeristen, Journalisten, anderen Künstlern, von allen und jedem. Ein Treiben wie an der Börse, jeden Tag wurden die Aufmerksamkeitskurse neu zusammengestellt, es gab Gewinner und Verlierer, Geheimtipps und Fehlinvestitionen, Freisetzungen und Einstellungen. Die Kunstwelt bildete die Welt der Wirtschaft im Kleinen ab, mit all ihren Verheißungen und Tücken, mit ihren berauschenden Erfolgen und deprimierenden Niederlagen.

Bob gegenüber hatte ich immer noch ein schlechtes Gewissen, niemand sprach von ihm, und niemand hatte mich auf ihn angesprochen. Er schien gar nicht mehr zu existieren. Monica übergab mir ein kleines Geschenk von ihm, eine etwa zwanzig mal zwanzig Zentimeter große Folienarbeit mit mehreren Bildebenen. Ich erkannte sofort das Dahlemer Sportfeld, auf dem wir uns kennengelernt hatten, darin war ein Billardtisch zu sehen, auf dem eine weibliche Figur kniete, außerdem hatte er Stücke von Blattgold eingearbeitet, was das Bild sehr wertvoll erscheinen ließ. Monica wendete ihre Augen nicht von mir ab, als ich das Bild betrachtete. Sie sah, wie mir eine Träne die Wange herunterkullerte, und umarmte mich dann auf zärtlichste Weise.

Büro Vermeer: Eine neue Adresse in Hamburgs Kunstszene
Die mit Spannung erwartete und mit überregionaler Aufmerksamkeit verfolgte Eröffnung der in der Admiralitätsstraße angesiedelten Galerie Büro Vermeer fand gestern Abend mit einer bemerkenswerten Ausstellung statt. Hierzu gelang es der jungen, aus Berlin stammenden Galeristin Laura Vermeer (29), die international hoch gehandelten Künstlerinnen Tricia Bell und Ginger Parker aus London mit Multiples an die Elbe zu holen. Nach der programmatischen Rede der Galeristin, die sicherlich noch für Diskussionsstoff sorgen wird, wurde deutlich, dass hier ein neues Galerienkonzept vermittelt wird. Es geht nicht mehr um die vereinzelte Präsentation künstlerischer Positionen, vielmehr wird die Galerie – besser gesagt: der Projektraum – selbst zum künstlerischen Medium.

Monica tat mir gut, wir unternahmen die einfachen Dinge, besuchten Hagenbecks Tierpark und verweilten lange vor den Elefanten, die wir mit dem Trockenfutter fütterten, das man dort kaufen kann. Wenn der feuchte Rüssel sich näherte und die Hand den Sog spürte, ereignete sich ein kurzer Schrecken, der aus unvordenklicher Zeit stammen musste. Unser Lachen löste die leichte Erstarrung im nächsten Moment. Es wurden heitere Tage, nachmittags kam Monica in die Galerie, wir tranken Kaffee und warteten auf Besucher, Sammler und Journalisten.

– Fühlen Sie sich als Künstlerin oder als Galeristin?
– Galeristen müssen heute künstlerisch denken, und Künstler müssen verkaufen können. Einseitige Rollenzuweisungen lehne ich ab. Der Satz *Ich verstehe* ist immer eine Lüge.

Ich musste mir in diesen Interviews einfach nur vorstellen, dass ich als Kunstagentin antwortete, dann konnte es gelingen. Je radikaler meine Position sich anhörte, auf desto mehr Resonanz stieß ich, das war der Schlüssel zu meinem Erfolg, ein Manifest war nicht notwendig. Ich stand für mich und für meine unergründlichen seelischen Schichten, die sich gelegentlich verselbstständigten, und außerdem für meine immer noch eng anliegenden Hosen und Röcke, in denen sich Rundungen reizvoll abzeichneten, dafür gibt es eine nie zu befriedigende Nachfrage.
Monica konnte nicht lange bleiben und fehlte mir schon am Tag ihrer Abreise. Wir hatten das Glück, beide nicht nach den Zuständen des anderen fragen zu müssen. Wir sprachen nicht viel, aßen und tranken etwas oder lagen im Bett. Manchmal zeigt sich der Himmel freigiebig.

In den nächsten Monaten musste ich nicht viel dafür tun, das Büro Vermeer bekannt zu machen, es wurde zu einem Selbstläufer. Jeden Tag gab es Anrufe von Künstlern, die ihre Arbeiten vorstellen wollten, Sammler kündigten sich an, und die internationale Kunstpresse brachte zumindest kleinere Beiträge. Ich hatte das Problem, dass ich gar nicht viel zeigen konnte, es gab keine Vorräte, weder ein Lager noch ein größeres Archiv. Eine Liste von kaum bekannten Künstlern mit einundzwanzig Namen und einer Kurzbeschreibung ihrer Arbeitsschwerpunkte war alles, was ich Interessenten außerhalb der laufenden Ausstellungen bieten konnte. Doch gerade diese Einschränkung an Information bildete für diejenigen, die sonst mit Fakten und Details überhäuft wurden, den eleganten Unterschied. Man legte es mir als besondere konzeptuelle Strenge aus, dass ich nicht mit dicken Katalogen und seitenlangen Auslegungen protzte, sondern kurze Beschreibungen der von mir vertretenen Projekte präsentierte. Wenn ich nicht mehr weiterwusste, rief ich Ruth an, die meistens den passenden Rat für mich hatte. Wir besuchten uns weiterhin gegenseitig, wenn auch ohne erotische Anspielungen. Ich dachte, dass sie doch nicht auf Frauen stand und die Sache mit mir ein Ausreißer war. Sie arbeitete an mehreren großen Projekten, die in Berlin, Kairo und Montreal stattfinden sollten und sich mit Fragen der Unterschiede in den Kulturen befassten, ein gewaltiges Thema. Kleber und sein Mitarbeiter waren in all diesen Projekten mit eingespannt und lieferten Ruth die inhaltlichen Begründungen. Es lief genau so weiter, wie ich das schon bei Hyde mitbekommen hatte, dass nämlich mit diesen medienwirksamen Großausstellungen die Künstler bekannt gemacht oder aufgewertet wurden, an deren Arbeiten Ruth als Managerin wiederum Anteile hielt. Sie dachte aber nicht nur an sich, sondern machte mir den Vorschlag, die Künstler, die bei mir unter Vertrag waren, mit in ihre Ausstellungen aufzunehmen. Sie mussten sich lediglich einem Thema widmen, das im weitesten Sinne zur jeweiligen Ausstellung passte. Ich dachte schon daran, Bob zu fragen, ob er etwas für das Büro Vermeer machten wolle, aber dann waren meine Bedenken doch zu groß.

Bei einem Besuch in Berlin am Ende dieses ereignisreichen Jahres erzählte mir Ruth, dass sie mehrfach in Erics Wohnung eingedrungen war. Angeblich hatte das Appartement sich sehr verändert, was indirekt an Ruth lag. Nach jedem Besuch der Wohnung warf sie einen unbeschrifteten Briefumschlag mit Geldscheinen in Erics Briefkasten, so blieb sie ihm treu. Eine faszinierende Idee, mit diesem Leben verbunden zu bleiben. Ruth war der Ansicht, dass Eric ein ungemein kreativer Mensch sei, von dem wir viel lernen könnten, da konnte ich ihr nur zustimmen. Die Sache mit dem Schlüssel war ein Abkommen, das unter der Voraussetzung stand, dass er ihr dabei niemals begegnete. Nur einmal pro Halbjahr durfte sie die Wohnung aufsuchen, welche sich jedes Mal in einem anderen Bild zeigte, da Eric alles ständig veränderte. Ruth fand auch weitere Aufzeichnungen. Allein das war für mich sehr aufregend, ich sah darin ein künstlerisches Projekt, wusste nur noch nicht genau, wie ich es im Büro Vermeer verwenden könnte. Vielleicht war ein Titel wie *Moving Homes* nicht schlecht, man konnte ohnehin, wenn man auf der Höhe der Zeit sein wollte, nur einen englischen Titel verwenden, die deutsche Sprache verließ die Kunst langsam, aber sicher. Meines Wissens hatte Eric sich mit bildender Kunst nie intensiver befasst, von daher war er bestens geeignet, ein Rollenmodell abzugeben. Er war der typische Eigenbrötler, eine vom Aussterben bedrohte Spezies, die in ihrem Todeskampf aber noch ein paar brauchbare Ideen abwarf.

Aus den Aufzeichnungen Eric Derts (2)

Die beiden Frauen schillerten den ganzen Abend, die eine klein, dicklich, mit blonden Haaren und breitem Gesicht, die andere lang und dürr, mit dunkelblondem Haar, aus Süddeutschland. Die Wohnung war reduziert eingerichtet, der Fußboden zeigte die Planken, allerdings frisch abgeschliffen und versiegelt. Zwei Sessel, mit großen Leinentüchern überworfen, das gab dem Ganzen eine bühnenähnliche Atmosphäre, dazwischen stand ein kleiner Tisch mit modischer Lampe und Telefon. Mein Freund und ich saßen die meiste Zeit in den bequemen Sesseln, mussten aber aufpassen, die Tücher nicht mit Zigarettenasche zu beschmutzen. Wir saßen da und redeten, über unsere Musik, die Filme, die wir kürzlich gesehen hatten, und über unsere weiteren Pläne. Die Frauen konnten wirklich gut kochen, exklusiv, nicht so langweilig wie unsere Ernährung, die hauptsächlich aus Nudeln mit Tomatensoße bestand. Jedenfalls war das hier etwas anderes. Den Wein ließen sie uns vorkosten, wir machten uns einen Spaß daraus, ihn lange im Mund zu behalten und ein abwägendes Gesicht zu ziehen. Am Tisch äußerten sie Ansichten über Künstler wie Pollock oder Mondrian oder Warhol. Das waren ganz und gar nicht unsere Themen, aber wir konnten mithalten, allerdings mit zum Teil dümmlichen Bemerkungen. Ich kann nicht gleichzeitig essen und über Kunst sprechen. Mein Mund nimmt, was ihm geboten wird. Ted und ich sind eingeladen, dafür gibt es den Satz: »Er interessiert sich nicht für Kunst, denn er ist Künstler.«

Wir langweilten die Frauen, die schnell merkten, dass das nicht unser Spielfeld war. Normalerweise waren hier Theaterleute oder Filmemacher zu Gast, wir waren charmant, aber nicht wirklich ernst zu nehmen. Parasiten, die sich zwei Tage aufgrund einer lockeren Bekanntschaft eingenistet hatten, inklusive Bedienung. Um den Abend zu retten, machten sie den Vorschlag, ins Kino zu gehen, wir stimmten zu.

Ein in Amaretto aufgelöstes weißes Pulver sollte uns vorbereiten. Welche Droge es war, wussten wir nicht, irgendetwas in einem chinesischen Labor Erfundenes. Es wirkte zwanzig Minuten lang und machte uns sehr heiter, auch die Frauen lachten laut und häufig. Als wir an der Kinokasse standen, war es vorbei. Als Vorfilm lief ein Werbespot der Grünen, in dem eine als Seeräuberin verkleidete ältere Dame ihrem Popper-Neffen die Vorzüge dieser Partei erläuterte. Den Hauptfilm, Taxi Driver, kannten wir bereits auswendig, unser Lieblingsfilm. Das war das letzte Erlebnis mit meinem Freund. Wenige Tage später war er in seiner Eigenschaft als Manager der Band BDR nach London gereist, um bei einem internationalen Konzern einen Vertrag zu unterzeichnen. Sofort war viel Geld da, Ted mietete sich einen Sportwagen und fuhr damit durch London, nicht immer in nüchternem Zustand. Eine Woche später verunglückte er auf dem Berliner Ring tödlich. Er war mit seinem Wagen von Hannover nach Berlin gefahren, hatte in seiner Schöneberger Wohnung Musik aufgelegt und brach dann wieder in Richtung Westdeutschland auf. Niemand weiß, was das sollte, niemand wird es jemals erfahren. Er starb im Auto, zerschellt an einer Brücke, eine Kurve gab es dort nicht. Zeugen berichteten, dass er die Brücke angeblich direkt angesteuert hatte.

Diese Sätze erschienen zu unwirklich, um gleich Trauer zu empfinden. Ted musste noch da sein. Ein für Eric typischer Text. Es passierte zunächst nichts, und er betrieb einen ziemlichen Aufwand dafür, dann ereignete sich etwas Unwirkliches, das schockierte. Ich konnte es nicht glauben und las das wie eine erfundene Geschichte. Der Versuch, das Leben aus der Umklammerung seiner Zwecke und Absichten zu befreien, eine Distanz einzunehmen, die alles ästhetisch und gleichzeitig absurd erscheinen ließ. Er war ein unerklärter Künstler, ohne Ziel und Zielgruppe, das machte es so schwer, ohne den von ihm entworfenen Filterpanzer durch die Welt zu gehen. Ein Mensch in einer eigenen Umlaufbahn, begleitet von seinem Freund Ted, ohne Erdung, selbst beim Sex schien er ein Selbstporträt anzufertigen. Dass er nun aufzeichnete, was ihm widerfuhr, ging mir nahe. Seine Wohnungen für sich genommen, waren jeweils einzige großartige Installationen, für die wir uns das Copyright sichern mussten. Eric im Büro Vermeer, das wäre es doch, wenn auch unter anderem Namen, einem einer anderen Person entliehenen Namen, einem beliebigen Namen. In der Kunst war alles möglich, und ich glaubte nicht an Teds Tod.

17

Wenig Atempausen in den folgenden Jahren. Das Büro Vermeer entwickelte einen Namen, stellte sich international auf, wie man so sagte. Doch ich ging nicht nach New York oder Paris, sondern hielt Hamburg und London die Treue und fuhr gelegentlich nach Berlin. Das Appartement in der Hallerstraße bewohnte ich noch, obwohl mir die Räume vom Klima her viel zu trocken vorkamen. Ich spürte den Staub der fünfziger und sechziger Jahre mit jedem Atemzug, fühlte mich aber durch die einzigartige Aussicht ausreichend entschädigt. Wenn ich es frisch haben wollte, fuhr ich nach Bad Oldesloe oder gleich an die Ostsee.

Ich war viel unterwegs, bewegte mich auf einer Welle, die Mitte der neunziger Jahre die Kunst veränderte. In meinem Umfeld überschlugen sich die Karrieren. Hantelschneider wurde als der kommende Kurator der *documenta* gehandelt, und Kleber saß mittlerweile in mehreren bedeutsamen Beiräten. Außerdem schrieb er für wichtige Magazine, ich wunderte mich immer wieder, woher er die Zeit für all die Verpflichtungen nahm, aber er hatte wohl genügend Helfer an seiner Seite, die ihm dienten. Und sie wussten, wie man Strippen zieht und Leute dazu bringt, etwas zu tun, was sie eigentlich gar nicht wollen, Erkenntnisse und Interessen füllten ihre Horizonte aus.

Je erfolgreicher Kleber wurde, desto unheimlicher wurde er mir, ich sah ihn und sein ausgeprägtes Über-Ich überall Zensuren verteilen, alles hatte seinen festen Stand, er ordnete die Welt nach Lesefrüchten, sie war so, wie Buchstaben sie mitgeteilt hatten. Namen von Künstlern stiegen und fielen in ihrem Ansehen durch von ihm verfasste Kritiken, Gutachten und Zeitschriftenbeiträge. Einmal hörte ich einen Vortrag in Berlin, in dem er über die Kunst der neunziger Jahre sprach und unter anderem *East-West-Divers* als eine wichtige Ausstellung herausstellte. Er erwähnte auch Bobs Arbeiten und charakterisierte diese als Werke des Übergangs, die sich zwar von den Achtzigern verabschiedet hätten, aber niemals in den Neunzigern angekommen wären. Er zitierte französische Philosophen und sah mich, die ich in der zweiten Reihe saß, mehrfach triumphierend an. Der laute Applaus nach seiner Rede schockierte mich. Ich ging ihm aus dem Weg, auch weil ich spürte, dass er mich als Frau interessant fand, mir war das in jeder Hinsicht zu riskant.

Zu Hyde hatte ich mittlerweile ein professionelles Verhältnis entwickelt, wir veranstalteten die eine oder andere Ausstellung gemeinsam und bündelten unsere Aktivitäten. Ich lernte ihn schätzen, nun, da ich selbst Galeristin war und die Dinge delegieren konnte, die ich früher für ihn hatte erledigen müssen. Im Gegensatz zu vielen anderen in diesem Geschäft war er ein Mann mit Herz, bei ihm passierte noch etwas mit den Gefühlen, und ich konnte mich auf ihn verlassen. Immerhin teilten wir ein kleines Geheimnis. Und er hatte mich sehr darin bestärkt, die Künstlerin in mir nicht zu vergessen. Das Büro Vermeer sollte nach seiner Ansicht ein Label für neue Formen von Kunst werden, es kam mir dabei sehr zugute, dass ich wenig Ehrgeiz hatte, in die Kunstliteratur einzugehen, für mich waren der Spaß und die Frage, wie weit ich gehen könnte, wichtiger.

– Du hast die besten Voraussetzungen dazu und außerdem noch alle Kontakte, an einer einschneidenden Entwicklung der Kunst beteiligt zu sein. Du kannst die Kuratorin als Künstlerin oder sogar die Galeristin als Künstlerin darstellen, eigentlich bist du schon dabei.

– Was werden die Künstler dazu sagen?

– Wenn sie etwas dazu sagen, werden sie nichts mehr zu sagen haben. Hyde verdiente mittlerweile Unsummen an Bell & Parker, da jedes Museum auf der Welt eine Arbeit von ihnen hatte oder haben wollte, seine Ausstellungen mit junger britischer Kunst sorgten international für Furore. Solange man vom Erfolg getragen wurde, musste man mitspielen, es konnte schon bald anders sein. Ich wähnte mich in Sicherheit, da ich immer auch Künstler und Kunst vertrat, die nicht im Trend waren, das war die Stärke des Büro Vermeer. Gelegentlich veranstaltete ich literarische Abende oder Diskussionen zu philosophischen oder ökologischen Fragen. Die Einnahmen der Galerie erlaubten es, Spitzenkräfte zu engagieren, im Gegensatz zu Hyde musste ich keinen Jaguar fahren, auch Urlaub auf den Bahamas oder den Seychellen reizte mich nicht besonders. Verschwenderisch war ich nur hin und wieder, was Kleidungsstücke betraf, ich fühlte mich in Sachen von *Prada* einfach sicherer im Auftreten und hatte auch den Eindruck, dass diese Marke meinen Körper so zur Geltung brachte, wie ich es wollte, nämlich nicht auf den ersten Blick auffällig und doch erinnerungswürdig.

Der Kontakt zu Bob war ab Mitte der neunziger Jahre noch spärlicher geworden, nur selten telefonierten wir miteinander, physische Post blieb fast gänzlich aus, ab und zu kam eine E-Mail. Monica besuchte mich, so oft es ihr möglich war, wenn sie es annahm, bezahlte ich ihr die Reise. Mich selbst zog nichts nach New York, die Kunst schon gar nicht. In dieser Zeit dachte ich nicht allzu oft über mich und meine Gefühle nach, ich wusste nur, dass ich mich schon lange nicht mehr richtig verliebt hatte, jedenfalls nicht so, wie es mit Ruth und Bob in den jeweils versickerten Anfängen gewesen war. Ich nahm mein Schicksal an, eine Frau zu sein, die ihre Gefühle nicht auf stetigem Niveau halten konnte. Gelegentlich ereigneten sich Affären, die alle rasch vorbei waren und wenig Anlass zu längerem Nachsinnen boten. Ich bewegte mich in der Kunstwelt und wunderte mich über das, was ich auslöste.

Zur Eröffnung einer Ausstellung in Berlin, an der Ruth beteiligt war, bestritt Kleber die Einführung. Erneut trug er eine seiner üblichen Einteilungen in die Guten und die Schlechten vor. Er bevorzugte Aufzählungen von Künstlern, die jeweils nach lobenden oder abwertenden Eigenschaftswörtern listenförmig skandiert wurden. Ich fuhr zusammen, als der Name Bob Schultz erneut in äußerst ungünstigem Zusammenhang erklang, nämlich als Beispiel für eine verfehlte künstlerische Marktstrategie.

– Wie heißt dieser Groom mit Vornamen?

– Hartmut. Aber ärgere dich nicht, das macht er nur wegen dir, dass er Bob Schultz überhaupt erwähnt.

Dass Kleber ein Auge auf mich geworfen hatte, war mir bewusst, weniger aber, dass es ihn offenbar wurmte, dass ich mit einem in seinen Augen so untalentierten und mittlerweile erfolglosen Künstler wie Bob auch privat etwas zu tun hatte, obwohl das eine Weile zurücklag. Ich nahm mir vor, ihn nach der Veranstaltung zur Rede zu stellen.

– Bereitet es Ihnen Freude, Künstler auf diese billige Art und Weise abzuwerten?

– Es geht nicht um meine Freude, sondern um Forschung. Manche Künstler können da als Beispiele dienen, insbesondere die schlechten.

– Es ist aber auffällig, dass Sie sich offenbar auf Bob Schultz eingeschossen haben, den hier ohnehin nur wenige kennen.

– Das hat etwas mit Ihnen zu tun. Ich möchte, dass Sie wissen, um welch armseligen Künstler es sich bei Schultz handelt und welch armselige Kunst er immer noch herstellt.

– Es gibt auch andere Urteile über ihn.

– Die sind falsch, und es ist ein Fehler von Ihnen, in ihm immer noch das verkannte Genie zu sehen. Schultz ist ein völlig zu Unrecht Ende der achtziger Jahre hochgejubelter Epigone von Ideen, die andere vor ihm wesentlich besser ins Werk ge-

setzt hatten. Lassen Sie sich da nicht täuschen. Sie haben doch ausgezeichnete Kenntnisse der Gegenwartskunst.
Er überraschte mich, seine Worte waren erstaunlich offen. Bisher hatte ich mit ihm nur wenig gesprochen und immer den Eindruck gehabt, dass er sich hinter seinen Funktionen und Titeln versteckte. Jetzt sprach er anders und ging auf mich ein.
– Wussten Sie, dass ich an seinen Arbeiten beteiligt gewesen bin? Nicht nur an ihrer Verwertung, sondern auch an ihrer Herstellung.
– Es hätte mich sehr gewundert, wenn Schultz etwas anderes zustande gebracht hätte als seine überflüssigen und langweiligen Folien. Das sind reine Abziehbilder, sie sind ohne jeden Wert. Ich weiß, dass Hyde ihm geraten hat, Installationen in Angriff zu nehmen, das hatte dann ja auch einen gewissen Erfolg.
– Darin sind Ideen von mir enthalten. Aber es ist eben doch der Künstler, der etwas auswählt und es dann in eine Arbeit umsetzt, verstehen Sie?
– Sie können mich übrigens ruhig duzen. Wir kennen uns lange genug.
Ich legte meine Vorsicht ab, und im Laufe des Abends auch meine Vorbehalte gegen Hartmut Kleber, der durchaus einnehmend sein konnte, wenn er wollte, und sogar eine gewisse Eleganz hervorzauberte, ich wusste nicht, woher. Manchmal sind Männer gerade dann ungenießbar, wenn sie sich für eine Frau interessieren und nicht genau wissen, wie sie die Nähe zu ihr herstellen sollen. Kleber hatte jedenfalls so lange gewartet, bis ich mich in seine Richtung bewegt hatte, er war geduldig und wusste wohl, dass es irgendwann zu einer solchen Begegnung hatte kommen müssen.
Nach der Eröffnung gingen wir noch mit einigen Leuten in die unvermeidliche *Paris Bar*, Ruth saß weit entfernt am anderen Ende des Tisches. Bereits vor dem Essen wurden Wodka

und Whisky gereicht, die Gespräche gingen durcheinander und wurden immer wieder von lautem Lachen unterbrochen oder überlagert. Ich saß neben Kleber, der mich zuvorkommend behandelte, mir fürsorglich die Karte reichte und etwas empfahl, das mir für die Uhrzeit aber als zu schwer erschien. Er bemühte sich, mich zu unterhalten, schaffte es sogar, gelegentlich zu anderen Themen als denen, über die er mühelos referieren konnte, überzuleiten.

– Warum ist es dir so wichtig, der Öffentlichkeit auf so schonungslose Weise einzuprägen, wer ein guter und wer ein schlechter Künstler ist?

– Es muss Leute geben, die sortieren. Und manchmal muss man auch aussortieren. Schau dir dieses Lokal an, die meisten, die hier rumlaufen, sind froh, wenn sie eine Meinung übernehmen können. Es ist viel zu kompliziert für sie, sich selbst ein Urteil zu bilden. Und genau das ist mein Job, ich werde fürs Urteilen bezahlt.

Das Essen kam, und ein ausgezeichneter Bordeaux wurde gereicht. Der Alkohol verwischte meine Wahrnehmung und steigerte das etwas fade Mahl. Kleber beobachtete mich aus den Augenwinkeln. Vor solchen Menschen, die ihren Blick nicht gerade ausrichten wollen, hatte mich mein Vater immer gewarnt, und ich musste an sonntägliches Kaffeetrinken in Bad Oldesloe denken, mit dem hervorragenden Pflaumenkuchen im Spätsommer. Kleber hatte Krümel in seinem Bart, er kaute kräftig, aß hastig, irgendwie ohne Genuss. Plötzlich legte er mir seine rechte Hand auf den Oberschenkel, während er mit der Linken weiterhin Nahrung in sich schaufelte. Diese Geste hätte mich zu jeder anderen Zeit zum sofortigen Gehen bewegt, aber ich verharrte aus mir vollkommen unbekannter Ursache wie gelähmt und konnte mich in dieser Gesellschaft, die über meinen Gedeih und Verderb entschied, nicht frei bewegen. Unsichtbare Ketten fesselten mich, ich ließ es über mich ergehen. Er fühlte sich absolut sicher. Ruth blickte einmal zu uns herüber, sie spürte, dass sich etwas Merkwürdiges anbahnte, doch Kleber besänftigte sie mit einem souveränen Lächeln. Wahrscheinlich war das alles eine komplette Inszenierung, die dazu dienen sollte, mich mittels einer Massenvergewaltigung zu demütigen. Alle Blicke hatten etwas Lüsternes angenommen, die Gesichter waren gerötet und quollen auf vor Geilheit. Sie wussten, was geschehen sollte, ich war die Einzige, die man nicht eingeweiht hatte, da es um mich ging. Doch alles kam anders. Kleber nahm seine Hand wieder weg und fragte mich ganz unverblümt, ob ich die Nacht mit ihm verbringen wolle. Obwohl das nicht der Fall war, nickte ich, ich befand mich in einer Kettenreaktion, die meinen Willen längst überwunden hatte.

– Wo?

– Das ist eine gute Frage, sogar eine sehr gute. Ich nehme an, dass du keine Wohnung in Berlin hast, im Gegensatz zu mir. Ich wohne gleich hier um die Ecke in der Knesebeckstraße.

Ich wollte vermeiden, dass Hyde und Ruth mitbekämen, wie ich die *Paris Bar* mit Kleber verließ, deshalb harrte ich noch eine ganze Weile in dem verräucherten Laden aus und musste dazu weitere Drinks konsumieren. Doch am Ende war es auffälliger, mit Kleber sitzen zu bleiben, als gemeinsam das Lokal zu verlassen, und so forderte ich ihn dann doch irgendwann zum Gehen auf.

– Wir sollten hier nicht länger bleiben.

– Dann sollten wir aufbrechen.

Ich stellte mir seinen behaarten Körper vor, der im Hüftbereich vermutlich über Fettpolster verfügte, denn er verbrachte seine Lebenszeit vornehmlich an Schreibtischen, wie er selbst erzählte. Wir verabschiedeten uns von den letzten verbliebenen Tischgästen, bezahlt war alles vom Berliner Senat, dann ging es in Richtung Knesebeckstraße. Das Gebäude, in dem

Kleber wohnte, war ein Eckhaus, das vom Kurfürstendamm nur durch einen angrenzenden Flachbau getrennt war. Ein schöner mondäner Altbau, der offenbar ohne größere Schäden durch den Krieg gekommen war. Kleber wohnte im dritten Stock des Vorderhauses, das einen Seitenflügel hatte. Ich kannte dieses Haus. Trotz meines alkoholisierten Zustandes erschrak ich, denn es war dasselbe Haus, in dem Eric wohnte, im Gegensatz zu Kleber allerdings nicht im Vorderhaus. Die Mietertafel im Eingangsbereich wies beide Namen aus, bei meinem ersten Besuch dieses Gebäudes mit Ruth war es mir nicht aufgefallen, dass auch Kleber hier lebte. Der Name kam zwar häufiger vor, doch ich hätte sicherlich sofort angenommen, dass es sich um Hartmut handeln müsste. Und der ahnte nicht, wie schnell ich mich manchmal übergeben muss. Wir waren etwa auf der Hälfte der zweiten Treppe angelangt, als es losging. Ich übergab mich auf den Stufen des Treppenhauses. Kleber wandte sich zunächst erschrocken ab, eilte dann aber zu seiner Wohnung und kam mit Putzeimer, Schrubber und einer Küchentuchrolle zurück. Er öffnete ein Fenster, um den höchst unangenehmen Geruch zu vertreiben, der deshalb kaum auszuhalten ist, weil Material, das sich vorher in einem Wesen befunden hat, nun wieder in der gemeinsamen Außenwelt vorkommt. Mir war das peinlich, aber ich musste auch lachen, weil ich es gut fand, wie Kleber nun mit einer anderen Realität beschäftigt war. Ich hatte schon längst keine Lust mehr auf ihn, das war sicherlich nur in der *Paris Bar* in einem nun unerklärlichen Anflug möglich gewesen. Er schaute mich befremdet an, seine fürsorgliche Ader wurde nicht mehr berührt. In seiner weitläufigen Altbauwohnung mit versiegeltem Schiffsbodenparkett, das selbst zu nächtlicher Stunde schimmerte, wies er mir den Weg zum Badezimmer und drückte mir ein Handtuch in die Hand, wofür ich mich bedankte. Das Erbrochene hatte er unterdessen entfernt. Sein Badezimmer zeigte sich überraschend luxuriös, gewollt pompös, mit Designerwaschtisch und einer großen Badewanne ausgestattet. Der Fußboden war blauweiß diagonal gekachelt und die Chromarmaturen waren komplett in nachgebildetem Art déco gehalten. Ein ganz guter Raum. Ich hielt mein Gesicht unter den etwas zu tief angebrachten Wasserhahn und nahm nach einigem Warten einen kräftigen Schluck des nachgelaufenen kühleren Wassers, das kalkig und lau schmeckte. Es ging mir rasch besser, ich wurde auch klarer. Das Handtuch warf ich, nachdem ich noch die Toilette benutzt hatte, auf den Boden.

Kleber hatte in der Zwischenzeit Musik aufgelegt, irgendetwas von Debussy, und den Plan eines romantischen Abends wohl noch nicht ganz aufgegeben. Er saß in seinem karg eingerichteten Wohnzimmer auf einem schwarzen Ledersofa mit Chromfüßen. Ich setzte mich auf einen von zwei Sesseln, die jeweils neben dem Sofa angeordnet waren. In der Mitte dieser Hufeisenform befand sich ein Glastisch, der allerdings viel niedriger als der in meiner Wohnung war.

– Es tut mir wirklich sehr leid, dir solche Umstände zu machen.

– Ist schon in Ordnung, ich war nur im ersten Moment irritiert. Du solltest vorsichtiger sein mit dem Trinken.

– Ich sollte überhaupt vorsichtiger sein.

– Ja, auch in Bezug auf deinen Umgang.

– Das scheint ja dein Lieblingsthema zu sein.

– Mir liegt eben etwas an dir.

– Ich finde es unangenehm, wie du Leute abwertest.

– Die meisten Künstler sind eben dumm. Sie entwickeln zu einer bestimmten Zeit eine Arbeitsweise, die trägt, und denken, dass es damit ewig weitergehen könnte. Dass es sich anders verhält, lässt sich mit wissenschaftlichem Denken leicht nachweisen.

– Aber die Wissenschaft ist vergänglicher als die Kunst.
– Viele Künstler überholen sich aber selbst in kürzester Zeit. Dein Bob Schultz ist ein gutes Beispiel dafür, er hat einfach zu viele Fehler gemacht und sich falsch beraten lassen. Außerdem bemüht er sich um einen überholten Werkbegriff, was ich für reaktionär halte.
– Das ist genau das Thema, über das ich mit dir nachts um zwei sprechen wollte. Du kannst einfach nicht abschalten, und solche Männer interessieren mich nicht.
– Dann geh doch. Jetzt, nachdem du gekotzt und verkündet hast, was du von mir hältst, wird das nichts mehr. Du hast von Anfang an deutlich gemacht, wie sehr du mich verachtest. Denk aber nicht, dass du ungeschoren davonkommst, deinen Bob wirst du jedenfalls nicht als großen Künstler erleben, dafür kann ich sorgen.
– Du tust mir leid, du verbitterter Drecksack. Hast du wirklich geglaubt, ich würde mich von dir begrabbeln lassen?
Kleber wurde total rot im Gesicht und schrie *Raus! Raus! Raus!*, dann fasste er mich ziemlich unsanft am Arm und zog mich zur Tür. Als er öffnete, trat ich ihm mit voller Wucht gegen sein linkes Schienbein, womit er nicht gerechnet hatte. Er schrie auf, ließ mich los, schon rannte ich die Treppen hinunter. Ich hatte keine Angst mehr vor ihm, vielmehr war ich besorgt, vielleicht Eric im Treppenhaus zu treffen. Seine Anwesenheit teilte sich mir mit, mir konnte nichts passieren, auch Eric hatte nun die Rolle eines Schutzengels angenommen. Seit Jahren hatte ich ihn nicht mehr gesehen, aber er ist hier, dachte ich, als ich den Eingang des Hauses erreicht hatte.
Obwohl Berlin keine Stadt für fußläufige Entfernungen ist, war hier für mich alles in unmittelbarer Nähe. So ging ich zu Ruths Fasanenstraßenwohnung, für die ich mittlerweile einen Schlüssel besaß. Es brannte Licht, Ruth war nicht allein. Sie

hatte Hyde zu Besuch und bat mich zu ihnen, eine geöffnete Weinflasche stand auf dem Tisch.
– Nein, ich nehme nur ein Wasser.
– Kommst du gerade von Kleber?
– Ja, wie du siehst, bin ich nicht geblieben.
– Darüber bin ich froh.
– Warum hast du mir nicht erzählt, dass er im selben Haus wie Eric wohnt?
– Warum soll ich immer alles erklären, du bist doch selbst eine exzellente Beobachterin?
– Wer ist Eric?
– Das ist der Künstler in mir.
– Er weiß es aber nicht.
– Er liefert uns mit seiner Wohnung Hinweise darauf, wohin die Reise der Kunst gehen könnte.
– Das klingt ja höchst interessant. Wir brauchen ständig neue Impulse, es ist nicht leicht, auf Augenhöhe zu bleiben.
– Wir werden nichts mit dir anfangen, du brauchst dich nicht zu bemühen, du bist schon zu betrunken.
– Ich weiß ja bereits, was mich erwarten würde.
Ich war froh, dass der Abend so albern endete, das verlieh ihm etwas Normalität. Bald verabschiedete sich Hyde, und ich schlief bei Ruth, legte mich ohne Berührung neben sie. Es war angenehm, ihre Nähe zu haben.
– Ich brauche Kleber. Ohne ihn geht es nicht, egal wie er ist. Ted ist übrigens tatsächlich verunglückt. Es gibt ihn nicht mehr, ich hoffe, dass dir das klar ist.

Die nicht erkaltende Wut, die Kleber antrieb und das vielgestaltige Arsenal der Intrige entfachte, begegnete mir im Laufe der nächsten Monate in unterschiedlichen Facetten. Es kam vor, dass Menschen, mit denen ich noch vor kurzer Zeit einen freundlichen Umgang gepflegt hatte, nun reserviert auf meine

Meldungen reagierten und andere mich in der Öffentlichkeit kaum noch grüßten, mit einem hintergründigen Lächeln Notiz von mir nahmen oder rasch wegschauten. Keine Ahnung, was hierzu der jeweilige Anlass war. Was meine Person betraf, so konnte ich das einigermaßen verkraften. Ich hatte auch die Hoffnung, dass sich diese Unheimlichkeiten irgendwann legen würden, doch es sollte Ärgeres geschehen.

Monica rief mich eines Abends in Hamburg an und berichtete mir, dass Beteiligungen von Bob, die in Paris und Madrid im Rahmen der Ausstellung *Inner Circle* hatten stattfinden sollen, im letzten Moment abgesagt worden seien. Die Kuratoren gaben als Begründung einen Artikel von Kleber an, der in der renommierten Wiener Kunstzeitschrift *Bäuerin* publiziert worden war, die in Deutsch und Englisch erschien. Da ich Kunstzeitschriften nur oberflächlich las, mir hauptsächlich die Abbildungen ansah, war mir das entgangen. Bob wurde in dem Text als *Paradebeispiel einer rückwärtsgewandten Objektkunst bezeichnet*, die das *zunehmend ökonomisierte Kunstfeld mit epigonalen Banalitäten* beliefere. Es wurde kein gutes Haar an ihm gelassen, und der Artikel gipfelte in der Bemerkung, dass es für diesen Künstler *im Grunde eine zu hohe Auszeichnung* bedeute, *in dieser Zeitschrift verrissen zu werden*. Das war heftig, und ich wusste, wie sehr diese Worte Bob treffen würden, der ohnehin schwierige Zeiten hinter sich hatte. Dass seine Ausstellungen abgesagt wurden, war eine neue Dimension der Beschneidung. Dahinter mussten massive Interessen von Kuratoren stehen, die Kleber wohl für wichtige Einsätze brauchten und dessen Artikel als unmissverständlichen Fingerzeig gedeutet hatten. Doch vielleicht reagierte ich schon paranoid, und diese Ereignisse fielen nur zufällig zusammen. Wie auch immer, ich fühlte mich schwach und kraftlos, in mir brodelte es, eine Mischung aus Angst, Entrüstung und Hilflosigkeit überkam mich, und ich kannte kein

Gegenmittel. Trotzdem rief ich Bob an, ich erreichte ihn auf seinem Handy.

– Ich habe den Artikel gelesen, ich finde das einfach nur furchtbar. Kann ich irgendetwas für dich tun?

– Nein, danke. Es ist gut, dass du anrufst. Das Schlimmste ist, dass zwei Ausstellungen abgesagt worden sind, nachdem dieser Bullshit veröffentlicht wurde.

– Grausam.

– Es ist lange her, dass ich etwas in Europa ausgestellt habe. Jetzt geht das wahrscheinlich gar nicht mehr.

– So pessimistisch wäre ich nicht. Du hast immer noch ein Publikum, das deine Kunst schätzt. Außerdem könntest du im Büro Vermeer ausstellen.

– Lieber nicht, das sieht mir zu sehr nach deiner Hilfe aus.

– Manchmal braucht man sie.

– In der Kunst ist Hilfe peinlich. Sie zeigt einem, dass man versagt hat. Ich beherrsche das Spiel einfach nicht. Ich kann nur Kunst machen, alles andere fällt mir schwer. Der Assistent von Kleber war vor drei Monaten hier. Er hat sich meine Arbeiten angesehen, lange mit mir gesprochen und fotografiert, es sah alles ganz normal aus, er war freundlich und interessiert. Aber danach ging es los mit der schlechten Presse und den Absagen.

Kleber wollte seine Drohung wahr machen, dabei ging es ihm weniger um Bob, der ihn im Grunde nicht interessierte, als um mich. Er setzte seine entscheidenden Treffer indirekt an, mit Hebelwirkung, er wollte mich leiden sehen und meine Position nach und nach schwächen. Alles lief in diese Richtung, seine Leute saßen überall, er brauchte die Mechanik seiner Ränke nur in Gang zu setzen. Ich dachte schon daran, mit einer Plastiktüte voller Geldscheine auf den Kiez zu gehen und einen Cleaner zu engagieren, um mich von diesem

Dämon befreien zu lassen. Zu der Zeit gab es auf St. Pauli eine Reihe von Leuten aus Krisengebieten des Balkans, die als Heckenschützen Erfahrung in diesen Dingen hatten. Doch das blieb eine Rachefantasie, ich konnte das nicht tun, träumte lieber schlecht und verfluchte den taxierenden Gesichtsausdruck dieses Menschen, der mich verfolgte. Dass Ruth eine solche Nähe zu ihm entwickelte, bereitete mir zusätzliches Kopfzerbrechen. Niemand konnte mir helfen, viele waren irgendwie von Kleber abhängig oder benötigten seine Hilfe für ihre Geschäfte und Karriereschritte. In jahrelanger Kleinarbeit, bei der er gewissenhaft darauf geachtet hatte, nicht in die Quere wichtiger Leute zu geraten, hatte er sich unabkömmlich gemacht. Mit der fleißigen und humorlosen Präzision eines deutschen Funktionärs hatte er sich in die Lage gearbeitet, die er sich immer gewünscht hatte, eine Lage, in der er anderen gegenüber entweder gönnerhaft oder brutal auftreten konnte. Seine krakenähnlichen Fangarme waren in alle Richtungen ausgebreitet. Was bedeutete ihm die Kunst, war sie ihm nur Mittel zum Zweck, die Möglichkeit, sich ausleben zu können? Vermutlich kam die Welt der Kunst solchen Charakteren entgegen, förderte sie, brachte sie hervor, um sich immer wieder zu bestätigen. Ich musste ihn irgendwie stoppen und versuchte es mit Gebeten an die heilige Jungfrau von Orléans, unsere Zeit war kaum weniger bedrängend als die ihre, außerdem gab es viel weniger Wunder zu berichten. Das Vaterunser konnte ich noch auswendig, nur einmal kam ich kurz ins Stocken.

Das Wunder oder das, was ich für ein solches ansehen konnte, ereignete sich an ungebetener Stelle. Nach der Gründung des Büro Vermeer wurde ich mehr und mehr zur Künstlerin und besetzte, ohne es geplant zu haben, eine Rolle, die mit den Bedingungen des Kunstmachens befasst war und darüber hinaus manche überlieferte Einteilung veränderte. Ich brauchte nicht viel dafür zu tun, es lief wie von selbst, ich wurde von vielen Kunsteinrichtungen eingeladen, und immer öfter tauchte der Name des Büros in der Presse auf. Meine Arbeiten wurden nun immer rücksichtsloser. Ich stellte mir einfach vor, was ich selbst schrecklich langweilig und sinnentleert finden würde, ordnete nach diesem Prinzip beispielsweise Holzpaletten an, auf denen ich in Abständen von zehn Zentimetern Kokosnüsse platzierte. Diese bemalte ich mit farbigem Nagellack, dann kamen kleine Plastikpenisse darauf. Oder ich fotografierte das Publikum, das in das Büro Vermeer kam, genau auf der Schwelle beim Eintreten in die Räume. Was ich auch machte, es wurde gewürdigt, alles war möglich. Ich trat stets unter dem Namen des Büros auf, auch um die Illusion zu erhalten, dass es sich um eine Art Firma handelte.

Viele Künstler, die ich kannte, mühten sich permanent ab, um in drittklassige Ausstellungen zu gelangen. Ich hingegen konnte auswählen, ein gänzlich unverdientes Privileg. Die Preise für meine Arbeiten stiegen langsam, aber stetig, und wenn ich innerhalb von zwei bis drei Jahren gut verkaufte, konnte ich mich möglicherweise bald zur Ruhe setzen, mit Eigentumswohnung an der Ostsee, einem lieben Hund und gelegentlichen Exkursionen in die Welt. Das wäre schließlich ein gutes Ende für die ehemalige Kunstagentin. Ich hätte endlich die Ruhe, um etwas Sinnvolles zu tun, ein Frauenkloster zu gründen oder mit Monica eine neue Kosmetik zu erfinden, gegen Cellulitis oder Gesichtsfalten.

Ich lebte von der Kultur, am Ende aber enttäuschte sie zwangsläufig, es konnte immer nur um ihre Überwindung gehen, oder um das, was sie noch nicht war, was sie sein könnte, um das Neue, das machte den Suchtfaktor aus, die Gabe der Zukunft, die Verheißung des unbekannten Gedankens, die Anziehungskraft des Nochnicht. Der Kultur war unmöglich zu entrinnen, und sie hielt Wörter, Wörter, Wörter und Dinge,

Dinge, Dinge für mich bereit, zu jeder Zeit, bei jeder Gelegenheit, für jeden Gegenstand. Am Anfang war das Wort und schrieb die Geschichte von Löffeln, Gabeln und Messern. Ich musste durch all das hindurch, wie all die anderen auch. Und ich hatte es fast geschafft, das Büro Vermeer hatte einen Namen, der von denen, die mit der Kultur ihr Brot verdienten, anerkannt wurde. Sie schrieben darüber wie über eine neu entdeckte Blume im Hochgebirge oder einen leuchtenden Fisch der Tiefsee, sie waren ständig auf der Suche nach Meldungen und hatten mich gefunden, hier ist die neue junge Kunst, wir betreten ein anderes Zeitalter, die Zukunft hat bereits begonnen, wir überwinden die heutige Kultur, endlich, aus diesem Stoff lässt sich alles formen, aller Anfang, jedes Ende, alle Dinge, Wörter, Bilder und Klänge.

Bob schickte eine Postkarte aus New York mit einer Abbildung der Freiheitsstatue und gratulierte mir zu einem kleinen lobenden Text, der in *Flash Art* über Büro Vermeer erschienen war. Er war aufmerksam geblieben, trotz aller Flauten verfolgte er das Kunstgeschehen und musste sich nun noch damit auseinandersetzen, dass ich zur Künstlerin wurde, und das mit unverschämter Leichtigkeit. Was sicher auch daran lag, dass ich keine professionellen Ansprüche an mich selbst stellte und die Konjunktur für die beseelten Künstler recht ungünstig war, denen immer mehr abgenommen wurde, wofür fleißige Bürokraten neue Berufe erfanden. Mir genügten die fünfzehn Minuten Ruhm, die es für beinahe jeden gibt, denn ich war parasitär unterwegs.

Hyde betreute mich in allen Auslandsangelegenheiten, und er brachte das Büro Vermeer in internationalen Ausstellungen unter. Ich lieferte ihm immer irgendetwas, wenn er Arbeiten von mir brauchte, und er fragte nicht lange nach, woher sie kamen. Durch die Jahresausstellungen der Hamburger Hochschule für Bildende Künste am Lerchenfeld ging ich mit offenen Augen und notierte alles, was für mich brauchbar schien. Aus Versatzstücken setzte ich mir dann meine Arbeiten zusammen. Es wurde zu einer meiner liebsten Freizeitbeschäftigungen, in Kunsthochschulen nach Ideen zu fahnden, das kostete gar nichts und war sehr frisch. Ich beschäftigte bald mehrere Studenten mit der Herstellung von Objekten für das Büro Vermeer, gerade diese arbeitsteilig angefertigten Werke wirkten besonders authentisch. Einmal fand ich bei meinen Erkundungsgängen einen Text, der in mehreren Kopien ohne Unterzeichnung in einem ausgeräumten Atelier lag.

Deine Freunde hatten dir eine ausreichende Auswahl von Werken zur Verfügung gestellt, und endlich konntest du die Aufnahmeprüfung zur Kunstakademie bestehen. In den ersten Wochen orientiertest du dich an den anderen, du lerntest zuerst den Weg zur Cafeteria kennen. Du liefst mit dem Kommentierten Vorlesungsverzeichnis in der Hand durch die Gänge des mehrstöckigen Gebäudes, immer auf der Suche nach einem Atelierplatz bei einem dir bekannten Künstler.

Du hattest mehrere Meister gesehen, bei manchen von ihnen reichte bereits ihr Aufenthalt im Korridor, um dein Selbstbewusstsein zu erschüttern. Du nahmst jede Bewegung, jede Geste wahr und stelltest dir vor, wie du eines Tages selbst die Bewegungen und Gesten solcher Meister würdest ausführen können. Von nun an kleidetest du dich wie sie, es war nicht teuer, ähnliche Sachen gab es auch in der Secondhandboutique bei dir um die Ecke. Du suchtest weiter, wechseltest Gespräche und Positionen und fandest schließlich die zufällig richtigen Argumente. Du bekamst deinen Atelierplatz.

Du sahst all die anderen, die hier schon länger weilten oder arbeiteten, und warst ganz sicher, dass dies der wichtige erste Schritt sei. Du verhandeltest mit den anderen um die Nutzungszeiten. Du schafftest es, mehrere Plastikbecher mit heißem Kaffee in das im zweiten Stock-

werk gelegene Atelier zu transportieren. Du wurdest angesprochen, doch dir war das Buch »Die Strudelhofstiege« völlig unbekannt. Und meistens wurdest du nicht angesprochen.

Du hast nach der Form gesucht. Du hast nach dem Inhalt gesucht. Schließlich hast du nach dem Stil gesucht. Und du fandest die Psychologie. Du versuchtest es mit Malerei, dann mit Skulptur, später mit Installation und Performance. Du bist in den Gängen der Akademie hin und her gelaufen und hast auf die zahlreichen Aushänge gestarrt, bis du sie auswendig kanntest.

Du zündetest dir Zigaretten an und inhaliertest den Rauch tief in deine Lungen, obwohl die Luft ohnehin schlecht war. Du hofftest, am Eingang vom Hausmeister gegrüßt zu werden. Du begannst, englischsprachige Magazine zu lesen. Und du dachtest über den Begriff »Intensität« nach. Du hofftest, dass man in dir einen originellen Menschen sehen würde.

Du blicktest durch die Lücken der anderen von weitem auf ihre Werke. Du fragtest die einzige dir wirklich nahe stehende Person in diesem Haus nach ihren geheimsten Wünschen, doch du bekamst keine Antwort. Du fuhrst nach Paris. Du fuhrst nach London. Du fuhrst nach Philadelphia. Und du dachtest über den Begriff »Werk« nach.

Du gabst dir alle Mühe, sachverständig zu wirken. Du besorgtest dir neues Material auf einem Schrottplatz. Du informiertest dich über Aktionen von H.A. Schult und Rudolf Schwarzkogler. Du sammeltest Dinge vom Sperrmüll, die wie Kunst aussahen. Du blättertest in Katalogen und besuchtest Bibliotheken. Zu Weihnachten wünschtest du dir das Abonnement einer Kunstzeitschrift. Du liefst in immer kürzerer Zeit durch Ausstellungen.

Du verachtetest alles, was in den Museen hing. Du fürchtetest dich vor jeder documenta. Du trafst auf Unverständnis mit deinen Worten, doch aus Versehen berührtest du immer wieder andere Menschen. Du stelltest dir vor, originell zu sein. Du gewannst einen Preis, weil es außer dir nur noch drei andere Mitbewerber gab. Du mischtest dich in

ein Gespräch über die »Kritik der Urteilskraft« ein, obwohl du das Buch niemals gelesen hattest.
Du nahmst eine Ausstellungsgelegenheit in einer in deinem Heimatort ansässigen Zahnarztpraxis wahr. Du versuchtest immer wieder, etwas Bedeutendes für die Schwarzhaarige mit den stahlblauen Augen aus dem Nachbaratelier zu schaffen. Du wartetest darauf, dass etwas geschehen würde. Manchmal dachtest du, du wärst bereits fertig, doch dann wurde dir wieder klar, dass es dir nur so erschien. Und unterdessen konntest du einem Freund helfen, indem du ihm freundlicherweise Arbeiten für seine Bewerbungsmappe zur Verfügung stelltest.

MASTER
CHIMNEY SWEEPERS

18

Alles lief sehr gut, in London fand sogar eine Ausstellung in der *Whitechapel Gallery* gemeinsam mit Bell & Parker statt, was mich sehr freute. Ich hielt mich allerdings mit öffentlichen Auftritten zurück und erschien nicht einmal zur Vernissage, was wiederum das Interesse an meiner Person steigerte. Das konnte kultiviert werden, Interviews gab ich bevorzugt am Telefon, was den Vorteil hatte, dass mein Gegenüber nicht genau wusste, mit wem er gerade sprach und aus wie vielen Mitgliedern das Büro Vermeer bestand. So vermittelte ich das Gefühl, in einer größeren Organisation tätig zu sein, und hinterließ das schlichte und einprägsame Logo *BV*. Ansonsten verbrachte ich viel Zeit in Fitnessstudios und entwickelte Muskeln wie noch nie in meinem Leben, es machte mir Spaß, durchtrainiert zu sein.
Als Fehler sollte es sich allerdings herausstellen, Bob als Mitglied des Büro Vermeer zu bezeichnen. Meine Überlegung dabei war, ein kleines Gegengewicht zu den öffentlichen Abwertungen zu setzen, die er in den letzten Monaten hatte erleiden müssen, er sollte in einem Zusammenhang erscheinen, der gegenwärtig einen gewissen Erfolg hatte. Außerdem würde es Kleber ärgern, wenn er das mitbekäme. Er hatte sich in letzter Zeit auf unheimliche Weise vervielfacht und war bei fast jeder Eröffnung anwesend, egal ob in Berlin, Hamburg, Köln, Düsseldorf, Frankfurt, Basel, Zürich, Paris oder London, und seine Beiträge erschienen überall. Ich begegnete ihm häufig, jedes Mal sah er mich nur streng an und grüßte nicht. Doch es war unvermeidlich, ihn zu treffen, auch wenn ich nur die nötigsten Termine wahrnahm. Manchmal fand ich es gut, einen Feind zu haben, meine Aggressionen hatten dadurch stets ein Ziel. Eines Tages rief mich Bob aufgebracht an.
–Bist du verrückt geworden, herumzuerzählen, ich sei ein Künstler des Büro Vermeer? Wie kommst du überhaupt dazu?

– Ich wollte dir helfen, bei mir läuft es sehr gut im Moment. Ich hatte vor, dich wieder ins Gespräch zu bringen.
– Das kannst du gern unterlassen. Ich habe dir schon oft gesagt, dass ich deine Hilfe nicht gebrauchen kann, außerdem bewirkt sie jedes Mal das Gegenteil.
– Bob, auch du brauchst Leute, die etwas für dich tun.
– Nein, wenn ich es selbst nicht schaffen kann, dann ist es mir egal. Halt dich da raus, am besten aus allem, vor allem aus meinem Leben.
Sein Starrsinn war ärgerlich und ihm war wohl nicht klar, wie sehr er sich selbst behinderte. Für Bob lief beruflich nicht mehr viel; in Amerika war er als Künstler immer noch so gut wie unbekannt, daran hatte sich nichts geändert, und in Europa waren seine fünfzehn Minuten Ruhm bereits verstrichen. Den Rest besorgten Kleber und seine Helfer, die, wo sie konnten, verbreitet hatten, dass der Marktwert von Bobs Arbeiten ins Bodenlose gefallen sei. Leider hatten sie damit nicht Unrecht. Als letzte Möglichkeit bat ich Ruth um ihren Rat.
– Ich weiß nicht, wie ich dir da helfen soll. Bob ist als Künstler verbrannt, er hat alles falsch gemacht, was man nur falsch machen kann. Du weißt, dass ich mich wirklich um ihn gekümmert hatte.
– Warum machst du mit Kleber gemeinsame Sache, dir muss doch klar sein, was für ein Mensch das ist.
– Mit moralischen Beurteilungen kommt man nicht immer weiter. Ich kann Kleber nicht übergehen, er ist zu wichtig für den Erfolg meines Unternehmens. Kleber hat Bob auf seine Abschussliste gesetzt, das ist eine persönliche Angelegenheit.
– Und ich dachte, du wärst eine autonom handelnde Frau.
– Das bin ich auch. Aber bis zur nächsten *documenta* kann ich mich nicht mit Kleber anlegen, sonst fallen meine Aktien, da hängt einfach zu viel dran. Wahrscheinlich steige ich übrigens

danach aus, ich fühle mich langsam etwas müde in diesem Job. Vielleicht gehe ich zurück in die Akazienstraße, das macht auf die Dauer mehr Spaß und ist weniger zehrend.

Zwei Wochen nach meinem Telefonat mit Ruth fand ich auf den Kunstmarktseiten der *Frankfurter Allgemeinen Zeitung* eine Annonce von Hantelschneider, der drei größere Werke zeitgenössischer Künstler zu Schleuderpreisen feilbot, eine davon war *L'Aura welcome* von Bob Schultz. Ich wusste nicht, auf welchen Umwegen die Arbeit bei ihm gelandet war, rief aber sofort an, um sie zu erwerben. Sie war bereits für einen Käufer reserviert, der das Dreifache des ausgeschriebenen Preises geboten hatte. Ganz so schlecht konnte es also doch nicht um Bobs Kunst bestellt sein, und ich freute mich über diesen unerwarteten Erfolg, auch wenn der Künstler freilich nicht viel davon hatte, außer der Tatsache, dass nach längerer Zeit wieder mit seinem Namen gehandelt wurde. Ich nahm das als ein gutes Zeichen, diese voreilige Empfindung stellte sich jedoch schon bald als trügerisch heraus.

Bei meinem nächsten Besuch in Berlin verwandelte sich meine leichte Beruhigung bezüglich Bob wieder in Panik. Hantelschneider hatte in seiner Galerie eine spektakuläre Show mit dem Titel *Art Recycling* angekündigt. Hierfür sollten Werke etablierter Künstler von Künstlerinnen einer jüngeren Generation umgearbeitet werden. Reiche Sammler und Sponsoren hatten Werke zur Verfügung gestellt und gemeinsam mit Hantelschneiders Anwälten geklärt, dass die Sache rechtlich in Ordnung ging. Es war grenzwertig, denn es ging schließlich um die Verwandlung kultureller Güter.

Am Abend der Show herrschte aufgeregter Betrieb. Die durchweg unbekannten, sportlich wirkenden jungen Künstlerinnen traten in eng anliegenden olivgrünen Uniformen auf, die wahrscheinlich eigens für dieses Ereignis geschneidert worden waren. In der Eröffnungsrede führte Kleber aus, dass es sich hier um eine symbolische Umwertung handele, die ihresgleichen in der Kunstgeschichte suche. Die aktuelle Kunst beschäftige sich immer mehr mit sich selbst und ihren unterschiedlichen Funktionen in unserer überaus komplexen Gesellschaft, was zwangsläufig zu Verwerfungen führe, die auch die Werke selbst beträfen. Die Kritik an der Tradition werde heute durch die Forschungen von Künstlern geleistet, die ihre Arbeit und ihr Umfeld untersuchten. Das sei ein großer Schritt in Richtung eines neuen Verständnisses von Kunst. Die Menge applaudierte, ich fand es äußerst fad. Mit einem selbstzufriedenen Lächeln trat Kleber vom Rednerpult zurück und blickte durch die Reihen. Unsere Augenpaare trafen sich kurz, ich wusste, was das hieß. Wie harmlos meine Aktionen als Kunstagentin doch gegen diese minutiös veranstalteten Inszenierungen waren, in denen sich alle Anwesenden in Statisten verwandelten und die Kunst sich verflüchtigte. Ich war verwirrt, denn eigentlich sollte doch ich für solche Schocks zuständig sein.

Nach der Rede legten die drei Künstlerinnen los. Zunächst lüfteten sie einen Vorhang, hinter dem die Werke, die sie bearbeiten wollten, aufgebaut waren. Der Atem stockte mir, und ich spürte einen inneren Stich: *L'Aura welcome* stand inmitten einer Ansammlung von schwerlich auseinanderzuhaltenden Gegenständen und Bühnenaufbauten, an denen gleich gearbeitet werden sollte. Die Künstlerinnen trugen schweres Werkzeug, eine hielt sogar eine Kettensäge. Ich achtete nicht auf die anderen Arbeiten, die hier zur öffentlichen Schändung aufgebahrt standen, sondern dachte nur daran, wie Bob reagieren würde, wenn er diese als Erweiterung künstlerischer Möglichkeiten maskierte Erniedrigungsszenerie erleben würde. Die Frau mit der Kettensäge machte sich als erstes an einem Holzgerüst zu schaffen, das zu der Arbeit eines mir unbekannten libanesischen Künstlers gehörte. Die Maschine jaulte auf und wurde kurze Zeit später an das Holz gesetzt. Es gab Szenenapplaus. Auch die beiden anderen Künstlerinnen gingen nun ans Werk. Blitzlichter zuckten im Raum, und ich betrachtete das Schauspiel mit zunehmender Empörung. Als Bobs Arbeit attackiert wurde, überlegte ich nicht lange und sprang nach vorn. Noch in der Bewegung schubste ich eine der Frauen zur Seite und überraschte die Künstlerin mit der Kettensäge, indem ich ihr das gefährliche Gerät entriss, was mich beinahe zwei Finger gekostet hätte. Das Publikum begriff erst dann, dass mein Eingriff nicht zur Aktion gehörte, als ich mich drohend mit der laufenden Kettensäge auf das Rednerpult zubewegte und es mittig zerteilte, was überraschend schnell gelang, es handelte sich offenbar um eine Attrappe. Auch Klebers Manuskript, das auf dem Pult gelegen hatte, nahm hierbei Schaden. Sehr schön. Ich sah die Angst im Gesicht des Redners aufblitzen, der das Ganze aus einiger Distanz betrachtete. Meine Entschlossenheit war brutal, und wäre er mir in dieser Situation in die Quere gekommen, so hätte ich ihn ohne Zögern mit der Säge enthauptet. Keiner wagte, mich zu stoppen, allen war klar, dass das keine symbolische Tat war.

– Will noch jemand einen Nachschlag?

– Mach keinen Blödsinn, stell das Ding ab.

Ich stand vor dem von der Ablagefläche an geteilten Rednerpult und beobachtete das Publikum. Die Künstlerinnen, die die Arbeiten hatten verändern sollen, standen wie lebende Statuen vor der Bühne und wirkten abwesend. Ab und zu blitzte es, ich fühlte mich gut.

– Die Kunst wird sich selber helfen. Ihr seid nicht wichtig, das bildet ihr euch nur ein. Diese Aktion trägt den Titel *Uncool 1–2*. Wer sich an der Arbeit von Bob Schultz vergreift, ist verloren.

Dann warf ich die Kettensäge mit einer Geste zu Boden, die dem von David Hammings gespielten Fotografen in Antonionis *Blow Up* abgeschaut und jener Szene entlehnt war, in der er eine von den Yardbirds während ihres Auftritts in einem Londoner Club zerschmetterte Gitarre, die er zunächst gegen eine Menschenmenge erobert hat, nachdem er nicht mehr verfolgt wird, einfach auf die Straße wirft. Ein betretenes Schweigen erfasste den Raum. Ich verließ die Galerie, ohne aufgehalten zu werden.

In der Presse wurde nichts über den Zwischenfall berichtet, die Zeitungen schrieben lediglich über eine *beispiellos gewagte Aktion der Umgestaltung von Kunstwerken*. Nachdem ich gegangen war, hatten die Künstlerinnen ihre Leiharbeit wohl wieder aufgenommen. Ruth, die nicht auf dieser Veranstaltung gewesen war, rief mich zwei Tage später an.
– Es war nicht sehr klug von dir, dort einzugreifen. Die Arbeiten sind ohnehin verloren, du musstest dir nicht eine solche Blöße geben.
– Wieso Blöße? Ich wollte lediglich eine Grenze markieren.
– Das ist genau das Problem. Die Kunst ist dazu da, Grenzen aufzuheben, heute ist alles in der Kunst möglich, sogar die Vernichtung anderer Kunst. Wenn du dich gegen diese Besonderheit stellst, die ich durchaus als Errungenschaft bezeichnen möchte, und so nostalgisch moralisch wirst, bist du irgendwann draußen. Die Spielregeln sind eindeutig.
– Dann will ich wissen, wo dieses Draußen liegt.
Immerhin beruhigte mich Ruth, dass Bobs Arbeit wohl doch nicht völlig zerlegt worden war, von daher war mein leicht pathetischer Einsatz nicht ganz folgenlos geblieben. *L'Aura welcome* hätte ich gern selbst erworben und ausgestellt. Aber mit Hantelschneider konnte ich jetzt nicht mehr reden, ich hatte ihm seine Show gründlich vermasselt.

Es gibt unterschiedliche Formen von Skandalen. Manche sind erwünscht, und diejenigen, die sie verursachen, planen sie von langer Hand und setzen sie dann zu ihrem Vorteil ein, indem sie Aufmerksamkeit herstellen. In diesem Fall sind meistens eine Reihe von Leuten daran beteiligt, die das Ganze stützen, in die Wege leiten und auswerten. Daneben gibt es aber Skandale, die unerwünscht sind, mit denen keiner rechnet, die niemandem nützen und die deshalb totgeschwiegen werden. Die Skandale der Kunst gehören in den seltensten Fällen hierzu, sie sind meist Provokationen, die gezielt eingesetzt werden. Von daher hatte ich tatsächlich eine Grenze überschritten. Es gab öffentlich ausgetragene Grenzüberschreitungen, Regelverletzungen und Besudelungen, die zum Spiel gehörten und stets mit einer Erweiterung des Kunstbegriffs begründet wurden. Und dann gab es noch solche wenig durchdachten Einmischungen, wie ich sie in Hantelschneiders Galerie unternommen hatte.

Die Verbreitung von Gerüchten über Begebenheiten wie die in der Galerie Hantelschneider verlief nicht nur zu meinem Nachteil. In der Kunst werden Moden ausgerufen und rasch wieder vergessen, immer gibt es Stimmen und Gegenstimmen. Mein schlechter Ruf in der einen Szene verlieh mir Kultstatus in einer anderen, die einen schmähten mein veraltetes Pathos, die anderen bewunderten meinen Mut. Und so ging das Büro Vermeer weiter seinen Weg. Nur wurde es immer schwieriger, Geld damit zu verdienen, ich kam einfach nicht an die nötigen Mittel, weil die Instanzen, die sie vergaben, mit denselben Leuten besetzt waren, die sich in Hantelschneiders Galerie *Art Recycling* zu Gemüte hatten führen wollen und in dieser Absicht empfindlich gestört worden waren.

19

Es ging weiter in einer Zeit, in der alles *vor* ging. Nach Mitte der neunziger Jahre wurde bald überall in kleine Maschinen gesprochen und mit nervösen Fingerkuppen getippt. Der Strom der Nachrichten und Benachrichtigungen nahm kein Ende und hielt uns fest auf dem Boden ausgesuchter Tatsachen. Es wurde schwierig, überhaupt noch an etwas anderes zu denken. Viele Tiere hatten sich zurückgezogen und warteten sprachlos auf ihr Aussterben, in restlos markierten, von Pipelines und Wasserleitungen, Kupfer- und Glasfaserkabeln durchzogenen Landschaften. Die Dächer von Häusern, Kirchen und Fabriken waren in den zurückliegenden Jahren überall mit bizarren Antennen bestückt worden, Vorboten des neuen Zeitalters, das überallhin strahlte und sich in seine rechnenden Geräte verteilte, damit die in ihm Lebenden stets angeschlossen waren und von überallher *Hallo* sagen konnten. Ich fand das praktisch in meinem Beruf, es war aber nicht klar, welche Auswirkungen die unentwegte Anwendung dieser mittlerweile unvermeidlichen Geräte haben würde. Allein ihr Anblick war bedrängend, etwas Furchtbares hing mit ihnen zusammen, sie kamen aus einer Parallelhölle, in der es nur noch Autos, Straßen, Metall, Beton, Kunststoffe und Strahlungsquellen gab.

Die Jahrtausendwende erlebte ich in Hamburg, erneut mit einem kolossalen Feuerwerk am Hafenkrankenhaus, gewaltiger als vor zehn Jahren. Es war viel Zeit vergangen, und ich war immer noch irgendwie jung und allein, zumindest in meinem Selbstbild. Ein Sprengkörper fiel auf meinen schwarzen Nylonanorak und hinterließ ein Loch, bevor ich diesen Gedanken zu Ende gedacht hatte. Vielleicht musste ich allein bleiben, um in der Kunstwelt leben zu können, ein steter Partner hätte kaum Platz gehabt in meinem Leben. Werke von Büro Vermeer hingen in Museen in Liverpool, Mailand, Tokio, Wien, Amsterdam und Paris. Ich hatte gutes Geld mit diesen Dingen verdient und manche Überraschung erlebt: Entgegen meiner Erwartung war Hantelschneider Ende der neunziger Jahre doch nicht zum Leiter der *documenta* ernannt worden.

Manche Freundschaften blieben. Monica war anlässlich des magischen Datums zu Gast. Wir zelebrierten zunächst ein raffiniert zubereitetes Abendessen bei Freunden in der Taubenstraße, die das nächste Jahrtausend auch kulturell begehen wollten und zwischen den Gängen eine Lesung nach der anderen abhielten oder Videos zeigten. Ich empfand das als angenehm, da ich reine Gesprächsabende nie gemocht hatte, für Monica war es weniger amüsant, da kaum Englischsprachiges vorkam, überhaupt schien sie nicht bester Stimmung zu sein. Ich versuchte, sie aufzuheitern, indem ich ihr auf Englisch erzählte, wo der Gänsemarkt liegt, den Jäcki häufig auf dem Weg zur *Palette* überquert hatte.

Am nächsten Morgen, dem ersten Tag des Jahres Zweitausend fuhren wir mit der Bahn an die Ostsee, ich hatte keine Lust, den Wagen zu nehmen. Ich zeigte Monica Travemünde und das Brodtener Ufer. Sie horchte zunächst auf, war dann aber von meinen Erzählungen über Thomas Mann und seine Familie doch nicht wirklich zu begeistern, wahrscheinlich lag es an mir, ich konnte das in der englischen Sprache nicht besonders fesselnd formulieren. Wir gingen den oberen Küstenweg, der jedes Jahr nach den Herbststürmen ein Stück näher an das Meer rückt, und betrachteten die aus dem Hang herausgebrochenen Bäume, die wie in Leichenstarre verharrende Riesen zerfleddert am Ufer lagen. Elementare Kräfte walteten hier in unaufhaltsamer Regie. Ein leichter Nieselregen benetzte uns, der Tag war diesig, und die Ostsee breitete sich unbewegt in ihrem Dunst vor uns aus. Diese Farben liebte ich, die warmen Grauwerte, die die Wolken kaum vom Wasser schieden und den Verdunstungssog mit Himmelstönen sättigten. Das geübte Auge erkennt hier Prinzipien einer höheren Malerei, wie sie vermutlich nur von wenigen Künstlern erreicht wurde, in den Dampfkaskaden Turners möglicherweise oder, noch früher, bei manchen Niederländern. Es genügt, wenn sich der Raum in seiner Tiefe mit Licht und kleinsten Wassertropfen füllt, die die Farben in ihm schweben lassen.

Ein Anblick labilen Friedens, ich ahnte, dass Monica mir etwas Wichtiges mitteilen wollte, und spürte, dass es auch für sie der richtige Moment war zu erzählen, was ihr seit ihrer Ankunft nicht möglich gewesen war. Das hatte sich mir mitgeteilt, und es bewahrheitete sich. Bob lebte nicht mehr. Er hatte sich Anfang Dezember in seinem Atelier erhängt. Wenige Wochen vor seinem Suizid hatte ihn ein äußerst absurder Unfall heimgesucht. Auf dem Weg zu einem Laden, in dem er Material für seine Folien hatte kaufen wollen, war er beim Aussteigen von einem rückwärtsfahrenden Jeep angefahren und schwer an der rechten Hand verletzt worden. Dessen Fahrer hatte ihn wohl nicht bemerkt und war nach dem Unfall geflüchtet. Das Fahrzeug habe die Aufschrift *Magic Bus Tours* getragen, das sei das Einzige gewesen, was Zeugen neben dem Fahrzeugtyp beobachtet hätten. Die Nachforschungen der Polizei ergaben, dass keine Firma dieses Namens existierte, die über Jeeps im Fuhrpark verfügte. Der Unfall warf Bob total aus der Bahn, er war nun zusätzlich in seiner Arbeit behindert und sah sich überall zurückgeworfen. Das Gespräch mit Freunden suchte er nicht, stattdessen zog er sich immer weiter zurück, und niemand wusste genau, wie es ihm ging. Selbst Monica fand kaum noch Zugang zu ihm. Anfang Dezember fand Jeff ihn, mit eingegipstem Unterarm in seinem Atelier über einem der Billardtische hängend. Ein Abgang wie aus einer Installation. Einen Abschiedsbrief hatte er nicht hinterlassen. Der Verlust des langjährigen Freundes war für Monica traumatisch. Sie hatte es noch nicht erlebt, dass ein ihr so naher Mensch plötzlich aus der Welt verschwand. Monica hielt mich, ich musste schreien, das war das Beste in diesem Moment. Seit Monaten hatte ich nichts mehr von Bob gehört, doch jetzt, nach dieser finalen Mitteilung, meldeten sich meine Gefühle für ihn anfallartig. Wir umarmten uns in Tränen und gaben wohl ein Bild des Jammers ab, das uns aber doch tröstete, indem es ein Moment des Aufgehobenseins herstellte. Auch wenn es erst einmal nur in diesem ganz materialistischen Sinne galt, das alles in etwas anderes verwandelt wird, alle Moleküle sich auflösen und für etwas anderes wieder zusammensetzen. Wo es solche Kräfte gab, da war immer auch noch etwas hinter ihnen zu vermuten.

Wir gingen weiter, ohne unseren Schmerz zu verbergen. Spaziergänger blieben stehen oder drehten sich nach uns um, egal, das war unser Trauergang für Bob.

Bobs Eltern waren nach dem legendären Woodstock-Festival in die Nähe dieses für sie symbolischen Ortes, in das kleine Rock Tavern, gezogen und hatten mit einem Familiengrab vorgesorgt. Ich musste an die Inschrift des Grabsteines von Marcel Duchamp denken, die *Übrigens – es sterben immer nur die anderen* lauten soll. Die Zusammenhänge waren allesamt höchst merkwürdig, und ich kam an diesem dunstigen Tag mehr und mehr zu der Erkenntnis, dass mein Leben aus einer Kette beziehungsloser Ereignisse bestand, die nicht von einer haltbaren Geschichte getragen werden konnten.

Kurz vor Niendorf weinten wir nicht mehr. Wir gingen die Strandpromenade entlang, bis wir das erste geöffnete Café fanden. Viele Familien waren hier unterwegs, begleitet von ihren Hunden. Sie wirkten auch im neuen Jahrtausend gut aufgehoben in ihren *Barbour*-Jacken und hatten mit uns nichts gemeinsam. Es fühlte sich an, als gehörten sie zu einer ganz anderen Spezies.

– You're an almost famous artist now.

– I'm not an artist.
– No, no. You are much more charming.
Das konnte ich selbst schlecht beurteilen, aber vielleicht bestand meine einzige wirkliche Qualität in diesem Charme, den andere mir immer wieder andichteten und für den ich kein Training benötigte. Je mehr ich wieder zu mir kam, desto mehr war ich davon überzeugt, dass es sich nicht um einen zufälligen Unfall Bobs handeln konnte.
Wir fuhren im Taxi nach Travemünde zurück, es dunkelte schon. Als wir am Bahnhof ankamen, konnten wir nur noch den Rücklichtern des abfahrenden Zuges hinterherblicken, die sich in der Dämmerung perspektivisch verkleinerten.
Ich schlug Monica vor, zum Hochhaus des Hotels *Maritim* zu gehen, das zusammen mit den Bauten am Timmendorfer Strand die Skyline der Lübecker Bucht beherrscht. Überdimensionierte Gebäude, die in der ungebrochenen Hoffnung gebaut worden waren, dass es mit dem Tourismus und den Kongressveranstaltungen immer weiter aufwärts ginge. Trotzdem hatte das Bauwerk seinen schrägen Reiz, zumal es kilometerweite Ausblicke nach mehreren Seiten ermöglichte, ein sich hochschraubender Wolkenkratzer im Fischerdorf, der außerordentliche Übernachtungsmöglichkeiten bot.
Der Fahrstuhl brachte uns in das oberste Stockwerk, wo sich eine Bar mit spektakulärer Aussicht über die Lübecker Bucht befindet. Eine lange Fahrt, die nicht unterbrach, wir küssten uns im Lift. An der Bar bestellten wir Wodka auf Eis, die einzigen Gäste. Der Blick aus der Höhe war ein Genuss. Ankommende Schiffe und Fähren kündigten sich durch ihre Positionslichter an, alles geschah lautlos, wie in einem weichen Traum. Die Dinge schwebten, hoben sich selbst auf, wir nahmen ohne jede Anstrengung teil. Ich verspürte Lust, die nahende Nacht in diesem Gebäude zu verbringen, und musste Monica nicht erst überzeugen. Wir beauftragten den Kellner, uns ein Zimmer

reservieren zu lassen, möglichst weit oben gelegen. Ich reichte ihm eine der Visitenkarten des Büro Vermeer, woraus auch die Rechnungsadresse zu ersehen war, es funktionierte.

Das Zimmer lag im zweiundzwanzigsten Stock. Der Zimmerservice brachte uns eine Flasche Champagner, Mineralwasser und eine kleine Mahlzeit. Wir nahmen etwas zu uns und tranken den Champagner in der Badewanne. Es war, als müsste Bob durch unseren Akt wiedergeboren werden. Trauer und Wut verwandelten sich in eine unnachgiebige Lust, die sich hier oben ausleben konnte. Monicas Zunge erkundete mein Inneres, und ich bekleidete den anderen Körper mit meinem Geschmack. Für Bruchteile von Sekunden gingen wir ineinander über. So voller Tragik der Tag war, so viel Glück schenkte er uns an seinem Ende. Wir waren im einundzwanzigsten Jahrhundert angekommen, und nichts würde mehr so sein wie vorher. Für Monicas Körper schien das Alter keine Rolle zu spielen, wir lagen nackt auf dem Doppelbett und starrten in eine tiefe Dunkelheit, die gelegentlich von kleinen leuchtenden Punkten erhellt wurde. Ein Sternenschiff hatte uns aufgenommen, wir bewegten uns durch die Korridore von Raum und Zeit. Alles, was mir fehlte, war vielleicht das Album *Inarticulate Speech of the Heart* von Van Morrisson, worauf sich *Rave on, John Donne* befindet, aber das teilte ich Monica nicht mit, weil jede Äußerung auch nur des geringsten Mangels unsere Zeit in diesem Raum beleidigt hätte. Ich schloss die Augen und stellte mir die Musik vor.

– Kleber must die.

Das kam völlig unvermittelt. Monica holte ihre Handtasche und öffnete sie. Mit einem Lächeln zeigte sie mir eine kleine ausgestopfte Figur aus Stoff, die die groben Züge eines Mannes in den Fünfzigern trug. Kein Zweifel, diese Voodoopuppe meinte unseren Feind. Dann nahm sie eine Streichholzschachtel, legte die Figur in einen der großen Aschenbecher und zündete sie an. Sie teilte meine Empfindung eines Hasses, der bis zum Äußersten neigte. Kleber musste weg, er war jener üble Wissenschaftler aus allen Horrorfilmen, der im Zeichen von Forschung und Aufklärung die Weltmacht anstrebte. Er musste, auch wenn wir das nicht beweisen konnten, auf irgendeine Art und Weise verantwortlich sein für den Tod unseres Freundes. Selbst wenn Kleber nicht direkt etwas mit dem Unfall zu tun haben sollte, so hatte er doch auf jeden Fall massiv in Bobs Leben eingegriffen und Einfluss auf dessen Handlungen und Pläne ausgeübt. Ohne Klebers Einflüsterungen wäre Bob mit Sicherheit am Tag seines Todes gar nicht an der Unfallstelle gewesen. Wie man es auch nahm, Kleber war am Tode Bobs mitschuldig, und er musste dafür zur Rechenschaft gezogen werden. Mit einer bedächtigen Kopfbewegung nickte ich Monica zu. Kleber war erledigt, das hatten wir gerade beschlossen. Unser Fluch würde ihn überall auf der Welt ereilen, egal in welchem Versteck er untertauchen mochte. Dann nahm sie etwas aus ihrer Tasche heraus und gab es mir, es war der Gürtel, den ich seinerzeit für Bob ausgesucht hatte. Ich schaute mir die Schnalle genau an. In sie war das Motiv des heiligen Georg eingraviert, des Drachentöters, der seine fahnengeschmückte Lanze in den Schlund des Untieres stößt. Es fühlte sich unheimlich an, den Gürtel in der Hand zu halten, den Bob wahrscheinlich oft getragen hatte. Durch ihn war etwas von diesem Menschen jetzt in meinen Händen zu spüren, und ich drückte ihn gegen meine Brüste. Monica sah diese Geste und musste weinen. Der Tod konnte alles annullieren, das war sein brutaler Trost. Ich öffnete ein Fenster, um den Qualm abziehen zu lassen. Eisige Luft wehte wie eine Aufforderung zur Kaltblütigkeit in den Raum.

Vor unserer Rückreise nach Hamburg wollte ich noch bei meinen Eltern vorbeischauen. Wir nahmen ein Taxi, das vor dem Hotel parkte, und ich handelte einen Festpreis aus. Monica gefiel es, wie ich mit Geld umging, und umgekehrt hatte ich Freude daran, uns solche spontanen Dinge zu ermöglichen. Das Taxi fuhr über die Autobahn in Richtung Bad Oldesloe, der abgelebte Fahrer hatte einen der zahlreichen unerträglichen Radiosender eingestellt, die mit nichts anderem beschäftigt sind, als sogenannte *Hits* vergangener Zeiten abzuspielen. So mussten wir Titel wie *Living next Door to Alice*, *Yellow River* und *Love is in the Air* über uns ergehen lassen. In Oldesloe fuhren wir durch die schöne Allee, die Salinenstraße genannt wird, dann bog der Wagen in Richtung Hamburg nach links ab. Das Haus meiner Eltern lag am Stadtrand. Seit Jahren bewohnten sie diesen Bungalow, eine ebenerdige Lebensform mit Kamin und Blick in die Weiten der holsteinischen Landschaft, deren kleinhügelig geschwungene Grünflächen so überaus heiter zum Gesang einer Amsel passen können.

Wir begrüßten uns herzlich, ich stellte Monica vor, und dann wurden wir im Esszimmer bedient. Meine Eltern konnten sich einen Reim darauf machen, dass zwischen Monica und mir etwas passierte. Wir scheuten uns beide vor jeder Auslegung, kamen immer wieder zusammen und fragten nicht, was sich in den Zeiträumen dazwischen ereignet hatte, *On-and-off-Lovers*. Meine Eltern hingegen blieben diskrete Menschen, die mich nicht direkt fragen konnten, warum ich mich zu Frauen hingezogen fühlte. Es beschäftigte sie so sehr, dass es ihnen unmöglich geworden war, das Thema überhaupt anzusprechen.

An diesem Nachmittag saßen wir längere Zeit still am Tisch, auf dem sich Kaffee und Kuchen befanden, und blickten alle zur gleichen Zeit aus dem Fenster. In einiger Entfernung vom Haus machte ein Raubvogel Beute. Er stürzte sich aus seiner Beobachtungshöhe auf ein bewegliches Etwas, das um sein

Leben lief. Früher hatten mich solche Szenen traurig gemacht, ich litt mit dem Kaninchen oder der Maus oder der Ratte, die vom Lebewesen zur Speise übergingen. Heute verhielt es sich anders, ich wurde selbst zum Raubvogel und jagte ein anderes Wesen. Ich trug Bobs Gürtel als Talisman, er gab mir unbezwingbare Kraft, und die Zeit Klebers neigte sich ihrem Ende entgegen.

Uns blieben noch zwei innige Tage in Hamburg, dann musste Monica zurück nach New York, wo einer ihrer zahllosen Jobs bei einem B-Picture wartete, ich wusste nicht genau, was ihre Aufgabe dabei war.

Ich gab ihr Geld, sie nahm es an, was mich erleichterte, denn es war klar, wie knapp sie bei Kasse war. Wenige Tage, nachdem Monica abgereist war, meldete sich Ruth telefonisch, zunächst wusste ich nicht, worum es ihr ging.

– Ich habe gelesen, dass dein Vorname in Schweden eine negativ besetzte Sammelbezeichnung für Frauen ist, die mit den Verkehrsregeln nicht klarkommen.

– Ich dachte, er wäre italienischer Herkunft. Die Verkehrsregeln beherrsche ich.

– Dein Name klingt schön.

– Willst du zur Sache kommen?

– Wie sind deine Pläne für das Büro Vermeer? Was planst du für die Zukunft, wie willst du weitermachen? Ich habe gehört, dass es mit dem Büro abwärtsgeht.

– Keine Ahnung. Ich nehme das, was kommt, und höre auf, wenn es gar nicht mehr läuft.

– Wollen wir unsere Energien nicht wieder mehr zusammenführen? So wie früher? Ich plane eine größere Ausstellung mit dem Titel *Kunstterror*, das wäre doch genau dein Thema.

– Eigentlich ist die Kunst im Moment nicht das Zentralste in meinem Leben.

– Was denn?

– Die Rache.
Ruth wusste, wem das galt, und sie versuchte nicht weiter, mich davon zu überzeugen, enger mit ihr zusammenzuarbeiten. Sie musste das auch nicht. In den letzten Jahren hatte sie so viel Geld verdient, dass sie jederzeit aufhören und sich in Südfrankreich oder irgendwo sonst ein *dolce vita* einrichten konnte, mit Liebhabern, die ihr beim Sex Deleuze vorlasen, und luxuriösen Hotelzimmern, in denen immer eine Champagnerflasche für sie parat stand. Sie hatte, finanziert mit ihren Kunstverkäufen, einige Aktien am Neuen Markt erworben und dabei gigantische Steigerungsraten erlebt. Hyde war auch hier ihr Berater, der Mann fürs Geld, mit dem Börsenhirn, das die Kurse nachts träumt. Einiges hatte sie bereits mit vielfachem Gewinn wieder verkauft, es war unglaublich, wie treffsicher sie sich in diesen Dingen bewegte. Aber ich blieb ihr gegenüber vorsichtig, denn sie arbeitete immer noch mit Kleber zusammen, und meine Logik folgerte, dass jemandem, der mit diesem Menschen gemeinsame Sache machte, nicht mein ungeteiltes Vertrauen zukommen konnte. In der Welt der Kunst muss man ständig Kompromisse machen, es gibt kaum Leute, auf die wirklich Verlass ist, daran hatte ich mich gewöhnt. Jeder war mit seiner Karriere und seinen Projekten beschäftigt, doch Kleber markierte eine Grenze, ab der es mir zu viel wurde. Ich hatte einen kaum bezähmbaren Hass gegenüber diesem Menschen entwickelt und dachte schon daran, noch eine Voodoopuppe zu kaufen, sie ihm zu widmen und dieses Mal mit den spitzesten Nadeln, die ich auftreiben könnte, zu malträtieren.

Es kam jedoch anders, ich sollte Kleber nicht mehr sehen. Er bereitete ein größeres Projekt in New York vor. Ich erzählte Monica nichts davon, weil ich sie nicht belasten wollte. Sie hatte ziemlich viel mit der Pflege ihrer beiden kranken Eltern zu tun und musste ständig neues Geld auftreiben für Arztrechnungen und Medikamente. Die amerikanische Existenz hat etwas Inflationäres, es geht rasch auf und ab, und jeder Schicksalsschlag verändert die Existenzbasis.

Im September besuchte Ruth mich für mehrere Tage, das erste Mal seit Jahren trafen wir uns für einen längeren Zeitraum. Sie schleppte mich in der Hamburger Innenstadt durch noble Boutiquen und kaufte mir bei *Hermès* am Neuen Wall einen völlig unnötigen Gürtel, doch ich freute mich sehr über ihre Geste. Danach gingen wir in die Spittaler Straße, an deren oberem Ende sich ein Kaufhaus für Sportartikel befand, wo ich eine Jogginghose kaufen wollte. Ich fühlte mich langsam in einem Alter angekommen, in dem ein gezieltes Training der Problemzonen notwendig erschien. Im Kaufhaus war es gespenstisch still. Die Leute standen herum und starrten gebannt auf die Bildschirme, auf denen sonst Werbespots liefen. Die Türme des World Trade Centers in New York standen in Flammen. Immer wieder wurde eine Szene wiederholt, in der eine Art Projektil in einem der Türme einschlug. Mehrere übereinander angeordnete Laufschriften am unteren Bildrand des Screens ergänzten die Fernsehbilder, sie sprachen von Terroranschlägen und Flugzeugentführungen und hörten nicht mehr damit auf. Es schien sich um ein tatsächliches Ereignis zu handeln, wie blöd standen die Leute davor. Ruth wurde ganz stumm und blass, ich ergriff ihre Hand.

– Lass uns in das oberste Stockwerk gehen, da können wir sitzen.

– In den Gebäuden lagert Kunst von uns im Wert von mehreren Millionen Dollar. Wenn das alles weg sein sollte, wird es kritisch. Kleber organisiert gerade das Projekt *Globalized Cities*, hoffentlich ist ihm nichts passiert. Ich muss sofort telefonieren.

Sie kam nicht durch, alle Leitungen waren zusammengebrochen, es handelte sich hier nicht um einen Film. Meine Stimmung schwankte zwischen Entsetzen und der Faszination im Angesicht der Katastrophe. Gleichzeitig spürte ich einen inneren Triumph, den ich mir nicht anmerken lassen wollte. Zum ersten Mal erlebte ich Ruth wirklich besorgt. Absurd, in dieser Situation Rolltreppen zu benutzen, es hatte etwas von einer Ersatzhandlung, und doch beruhigte es. Trotz der Ereignisse waren wir hungrig und suchten uns am Büffet Salat aus, dann setzten wir uns in das Restaurant, das ein seltsames Pseudokino abgab, in dem man vor Tischen in Reihen nebeneinandersitzen und gleichzeitig essen und fernsehen konnte. Mittlerweile brannten beide Türme des World Trade Centers, hoffentlich befand Monica sich nicht in einem der Gebäude oder in ihrer Nähe.

– Unsere gesamte Investition ist futsch. Das bekommen wir von den Versicherungen niemals komplett zurück.

– Es wird ziemlich viel nach sich ziehen.

Wir aßen unsere Salate und tranken dazu kalorienarme Cola. Während der ununterbrochenen Bildwiederholungen achteten wir auf neue Informationen.

– Weißt du, dass vor gar nicht langer Zeit eine Künstlergruppe illegal einen Holzbalkon im WTC errichtet hat? Die haben das ganze Material in Einzelteilen eingeschmuggelt und daraus nach und nach einen Balkon gezimmert. An einem bestimmten Tag wurde dann eine Fensterscheibe entfernt und das Teil eine Viertelstunde lang herausgehängt. Von einem Hubschrauber aus wurde die Aktion gefilmt, niemand hatte es bemerkt, das World Trade Center war einfach zu gigantisch.

In den nächsten Tagen wurde in den Medien fast ununterbrochen über den Anschlag berichtet. Unglaublich, dass die Täter in derselben Stadt wie ich gewohnt hatten, zwar etwas südlich, in Harburg, aber wir konnten uns begegnet sein. Vielleicht war ich einmal an ihnen vorbeigegangen oder einer von ihnen hatte mich beachtet.

Endlich erreichte ich Monica, es ging ihr einigermaßen, wenn sie auch etwas verwirrt war. Sie hatte Staub von dem in sich zusammengestürzten Gebäudekomplex eingeatmet, und nachdem ich ihr erzählt hatte, dass Kleber sich möglicherweise dort aufgehalten hatte, war sie felsenfest davon überzeugt, dass er sich nun in ihren Lungen befände und dort weiter sein Unwesen triebe. Sie war zutiefst traurig, denn in ihrer Jugend hatte sie die beiden Türme jeden Abend vor dem Einschlafen aus ihrem Zimmer in Brooklyn beobachtet und mit sich selbst Wetten abgeschlossen, welche Fenster am längsten erleuchtet blieben. Mit dem Gebäude verschwand ein Teil ihrer Vergangenheit. Ich musste daran denken, wie ich mit Bob hoch oben auf dem World Trade Center gestanden und die Aussicht genossen hatte, und weinte um ihn und all die Namen im Staub und Schutt, um die Gebäude, die Aussicht, den Stahl, das Glas und den Beton. Die Vorstellung des pulverisierten Betons bestürzte mich, denn wenn nicht einmal er Bestand hat, was ist dann erst mit uns, dachte ich. Nichts konnte bleiben, und vieles verschwand, bevor es zur Blüte kam.

Ruth blieb noch in Hamburg, starrte häufig und ausdauernd aus den großen Fenstern meiner Wohnung und wirkte leicht apathisch. So kannte ich sie noch nicht. Ich fragte nicht nach, sie brauchte meine Nähe in jenen Tagen. Kleber hatte sie immer noch nicht erreichen können, es musste ihm etwas passiert sein, denn er meldete sich nicht, obwohl sie seit Tagen verabredet waren. Ich hoffte insgeheim, dass Monica ihn eingeatmet und dann irgendwie verdaut oder über ihre inneren Organe ausgeschieden hatte, ich wollte, dass er nur noch aus Mikropartikeln bestände, die sich wieder in größere Einheiten eingliederten oder irgendwo zusammengefegt wurden. Ja, der Feind wurde eingeatmet, verdaut, ausgeschieden und dann der New Yorker Kanalisation überantwortet.

– Du wirst lachen, ich dachte gerade an Eric. Wie und wo er das alles wohl erlebt hat?
– Er wird immer in Berlin bleiben. Es gibt Menschen, die diese Stadt niemals herausgibt, Eric gehört zu ihnen.
– Er hatte an mich geglaubt. Eine Zeit lang zumindest. Er rief mich an, zumeist sehr scheu, und er war jedes Mal überrascht, wenn ich mich meldete. Wahrscheinlich spukte ich durch seine Fantasien. Ich fand das hinreißend, und gleichzeitig auch amüsant.
– Wir sollten ihn bald besuchen.

Es gibt dieses unumstößliche Gesetz, dass den Bösen selten ein Unglück zustößt, sie kommen meistens unbeschadet davon, bewegen sich sicher durch schlimmste Bedrohungen. Und so meldete sich auch Kleber noch am selben Abend auf Ruths Handy, wie sie mir erzählte. Er sei bislang nicht nach Europa durchgekommen und außerdem stark beschäftigt mit der Klärung von Versicherungsansprüchen bezüglich der geplanten Ausstellung. Ein Projekt, das sich nun buchstäblich in Staub aufgelöst hatte. Kleber hingegen gab es offenbar noch, er bot dem Schicksal keine Zielscheibe, saß während des Anschlags wahrscheinlich in einem behaglichen Hotel und sah sich das Ganze im Fernsehen an, in Gedanken schon bei Artikeln, die man zu den Ereignissen schreiben könnte, denn dazu gab es nun reichlich Gelegenheit. Warum konnte er nicht in einem der entführten Flugzeuge gesessen oder einen Termin im WTC wahrgenommen haben? Ich besaß keine tödlichen Waffen und wusste nicht, wie die Erde diesen Menschen loswerden konnte. Ich war auf die zufällige Hilfe äußerer Umstände angewiesen, ein normaler Haushaltsunfall oder eine zünftige Salmonellenvergiftung beispielsweise wären in Ordnung gewesen.

– Ich hatte gehofft, dass Kleber unter den Toten des Anschlags wäre. Diesen Gefallen hat er mir leider nicht getan. Nun muss ich die Dinge wohl selbst in die Hand nehmen.
– Was redest du? Kleber hat dir niemals etwas getan, er hat dich sogar gefördert, ohne dass du etwas davon wüsstest. Er hat immer nur gut über dich gesprochen. Du bist Künstlerin, du musst deinen Weg gehen, solange das möglich ist, verzettle dich nicht in solch unnötigen privaten Fehden.
– Es geht über das Persönliche hinaus. Er ist ein mieser Intrigant, der alles daransetzt, Leute, die nicht in sein Schema passen, zu erniedrigen.
– Hör auf damit, Laura. Ich brauche Kleber, wir arbeiten seit langem zusammen, er erledigt den Teil meiner Arbeiten, den ich nicht leisten kann. Ohne ihn käme ich in bestimmte Netzwerke überhaupt nicht hinein.
– Das ist die Karte, die er zu spielen versteht. Er macht sich unentbehrlich, und irgendwann sind alle von ihm abhängig. Wenn man das bemerkt hat, ist es zu spät, dann muss man für ihn arbeiten, und zwar so, wie er es vorschreibt. Genau darum geht es ihm.
Ruth kannte mich nicht in dieser aggressiven Entschlossenheit, bisher hatte ich bei den entscheidenden Dingen immer nachgegeben. Manchmal fühlte ich mich deshalb wie ihre Schülerin. Es ist sehr schwierig, Beziehungen zu verändern, die sich in einem einmal entwickelten Muster bewegen. Wir rotieren in Bildern und Worten um die Erwartungsachse, die der Blick der anderen zulässt. Doch es gibt Einschnitte, Ereignisse, die auflösend wirken. Die Beziehung zwischen Ruth und mir hatte sich durch das Attentat verändert, was zunächst nicht zu erwarten gewesen war, da kein direkter Zusammenhang zwischen der Tat und uns bestand. Aber nicht nur die abgebildete Welt mit ihren Geschäften, die Welt auf den Bildschirmen, die ununterbrochen fleißig und geschwätzig damit

beschäftigt ist, sich als die gegebene und eigentliche zu präsentieren, auch unsere kleine erlebte und geteilte Welt war nicht mehr wie vorher, der Terror hatte sich eingeschlichen und etwas in der Tiefe umgewandelt, selbst in Gebieten, die er gar nicht ins Visier genommen hatte, das Existenzklima war umgeschlagen. Meine gelegentliche Koketterie mit dem Wort Terrorismus, die schrulligen Einsätze der Kunstagentin waren kindisch und trotzig gegen das Ausmaß an Veränderungen, das der echte Terror erzeugt hatte. Im Betriebsraum der Zeit war ein Hebel umgelegt worden, Flugzeuge brachen als Projektile in zentrale Gebäude der Welt ein, und die Uhren gingen danach anders. Es schien, die Zeit selbst sei getroffen worden.

Ich hatte keine Lust, mittels Kunst auf die Ereignisse zu reagieren, in den letzten Jahren hatte es ohnehin eine viel zu große Anzahl von Ausstellungen und Projekten zu politischen Themen gegeben, all das gehörte mittlerweile zum Repertoire der Gegenwartskunst, die den Weg ihrer Bestimmung ging oder sich verirrt hatte – wer wollte das schon beurteilen? Viele Künstler folgten, denn dort winkte das Geld, das Leute wie Ruth und Kleber in ihren Stiftungsräten verteilten, die Namen begründeten, Karrieren lancierten und von allen Seiten belohnt wurden. Inzwischen konnten sie sich alles erlauben, es gab keine Instanz, die dagegen das Wort hätte erheben können. Alle leckten an derselben Zuckerstange, es folgten Zungenspiele der Angleichung, und die Kunst blieb davon nicht unberührt. Doch wen störte das? Die Masse verstand sie ohnehin nicht, sie brauchte sie nicht, und diejenigen, die mit ihr befasst waren, die sich durch lange Studien an den Objekten auskannten, wurden zwangsläufig von ihresgleichen genährt und bedankten sich mit Gefälligkeiten und Zustimmungen. Es handelte sich um eine einzige Fickbruderschaft. Ich hätte Ruth von meiner Kritik nicht ausnehmen dürfen, aber ich konnte mich einfach nicht gegen sie stellen, das brachte ich nicht fertig. Wenn ich sie nicht sah, dachte ich manchmal tagelang nicht an sie und ihre Welt, doch sie entfaltete sofort eine ungeheure Präsenz, die direkt in die feinsten Fasern meines Gewebes wirkte, wenn sie körperlich anwesend war.

Mit dem Büro Vermeer ging ich einen anderen Weg, ich stellte meine eigenen Arbeiten zurück und versuchte, ausgefallene künstlerische Formen zu zeigen. Noch im selben Jahr kam ich durch den Besuch des Berliner Völkerkundemuseums darauf, mich mehr um Künstler aus Asien zu kümmern, die wie keine anderen die Verbindung von Tradition und Aktualität in ihren Werken zusammenbrachten, jedenfalls aus meiner damaligen Sicht. Kontakte waren rasch hergestellt, und Hamburg war die richtige Stadt für die Begegnung mit asiatischen Künstlern. Die erste Ausstellung veranstaltete ich mit Arbeiten aus dem südostasiatischen Raum, sie fand schon recht bald statt, nämlich im April des folgenden Jahres. *HOT POT* nannte ich die Ausstellung nach dem legendären traditionellen chinesischen Gericht, bei dem nacheinander alle möglichen Sorten von Fleisch und Gemüse in einer auf starker Flamme erhitzten und von unzähligen scharfen Gewürzen und Schoten angereicherten Brühe garen. Hierzu hatte ich zwölf Künstler eingeladen, acht davon aus China. Über das Ergebnis war ich selbst überrascht.

Die Verschränkung von exzellenter Ausführung und originellen Ideen bei gleichzeitiger Plünderung des Arsenals der Westkunst aus fernöstlicher Perspektive ist es, was HOT POT auszeichnet. Immer wieder sind in den vergangenen Jahren chinesische Künstler auf Kunstausstellungen im Westen aufgefallen. Sie jedoch in dieser geballten Form an einem Ort zu erleben, macht deutlich, dass ein wesentliches Kapitel der Kunst des 21. Jahrhunderts im östlichsten Osten geschrieben wird. Wenn zu jeder größeren Ausstellung bisher globalisierungskorrekt zwei bis drei Asiaten gehörten, so kommt in absehbarer Zukunft Kunst aus Asien auf uns zu, die unsere Vorstellungen von und unsere Einstellungen zur Kunst nachhaltig beeinflussen wird. HOT POT *ist ihr Vorbote.*

Yang Wei-Ji präsentierte ein Video-Tryptichon, bei dem die Monitore rechts und links zunächst ein braunes Kunstledersofa zeigten, während eine männliche Person sich im mittleren Bild befand. Der junge Mann zog sich bis auf die Unterwäsche aus, wobei er seine Kleidung im linken Bild ablegte. Dann begann er, mit teilweise akrobatischen Verrenkungen den eigenen Körper zu beriechen und mit seiner Nase an möglichst jede Stelle zu gelangen. Dieses Riechen war für den Betrachter deutlich hörbar. Eine junge Frau trat hinzu, die ihre Kleidung im rechten Monitor abstreifte und mit der gleichen Prozedur begann. In Steigerung der Situation kam es schließlich zu einem gegenseitigen Beriechen, das ich durchaus sexy fand.

Eine Skulpturengruppe von wartenden bis herumlungernden Personen in Anlehnung an die berühmte Armee aus Terrakotta, Gemälde, die die chinesische Tradition mit Francis Bacon kreuzten, sowie eine Performance von Quing Quing mit dem Titel *End of Century Ambiguousness*, in der die Künstlerin ihre Kenntnisse der klassischen chinesischen Medizin dazu verwendete, einem recht üppigen Schwein eine traditionelle Massage zu verabreichen, prägten sich ein. Von Xu Zen gab es einen irrsinnigen Trash-Pop-Mix, der Robert Morris und die Chapman-Brothers mit Manga-Ästhetik kombinierte. Ein ziemliches Spektakel, das formvollendet und farbenfroh die gesamte Post-Pop-Tradition wie in einem Zeitraffer aufführte.

An einem Tag, an dem ich selbst die Aufsicht übernommen hatte, kam ausgerechnet Klebers Assistent in das Büro Vermeer, er hatte mittlerweile einen unübersehbaren Bauch bekommen und sah aus, als wäre er schwanger. Er grüßte mich ohne Umschweife. Ich ließ ihn nicht aus den Augen und wartete, bis er sich alles skrupulös mit seinem Forscherblick erschlossen und sein Notizbuch wieder in die Innentasche seines Jacketts gesteckt hatte.

– Sind Sie vor etwa einem Jahr in New York gewesen?

– Ich war im letzten Jahr mehrfach in den Staaten.

– Haben Sie den Unfall arrangiert, der Bob Schultz verletzte?

Ich spürte seine innere Aufwallung, bei der Angst und Aggression nicht mehr zu unterscheiden waren. Mit einem solchen Pfeil hatte er kaum gerechnet. Er wendete sich sofort ab und verließ den Raum.

Die Ausstellung war zwar nur mäßig besucht, doch ich konnte zufrieden sein. Diese gut durchdachten, lebendigen und handwerklich tadellosen Arbeiten waren ein hoffnungsvoller Gegensatz zu all dem Mittelmaß, das in den zurückliegenden Jahren über die Bretter des hiesigen Kunstbetriebes gegangen war. Leute wie Kleber, Hantelschneider und leider auch Hyde hatten überaus durchschnittliche Kunst bei jeder Gelegenheit hochgejubelt. Von der Kritik wurde *HOT POT* überwiegend niedergemacht. Die Ausstellung wurde als kunstgewerblich und zu stark am Westen orientiert hingestellt, was mich sehr überraschte und ihren Charakter verfehlte. Auch Klebers Assistent äußerte sich in einem Internetforum sehr negativ und sprach vom *verkrampften Kunstwillen einer anmaßenden Kuratorin, die versucht, am aktuellen Kunstgeschehen vorbei das Rad mittels des altbewährten Rückgriffs aufs Exotische neu zu erfinden.*

20 Aus den Aufzeichnungen Eric Derts (3)

Hartmut Kleber, der im Vorderhaus des Gebäudes wohnt, in dessen Seitenflügel ich mich vor einigen Jahren eingemietet habe, sprach mich vor wenigen Wochen darauf an, ob mir der Name Laura Vermeer bekannt sei. Ich war einigermaßen überrascht über diese Eröffnung, wenn mir auch klar war, dass Laura lebte und sie sogar gelegentlich in meiner Nähe auftauchte. Dieser unheimliche Mensch, der mit mir bis dahin kein Wort gewechselt hatte, stellte mir nun also eine Frage, die ich nicht einmal dem engsten Freund beantwortet hätte. Die Besuche der Netzer – und vermutlich auch Lauras – in meiner Wohnung waren von diesem Menschen, dessen verhärmte Physiognomie mich abstieß, offenbar beobachtet worden, und sein Interesse muss sich an seltsamen Dingen, die in diesem Hause vor sich gingen, entzündet haben. Instinktiv verneinte ich, jedoch verriet mich wohl meine Mimik, denn ich hatte von nun an den Eindruck, dass dieser Dr. Kleber, der einer Schauergeschichte des neunzehnten Jahrhunderts entsprungen zu sein scheint, mich musterte, sobald ich in sein Blickfeld geriet. Jede Frage, die Netzer oder Laura betreffend, galt mir als tabu, zumal mein Auskommen mit absoluter Diskretion verbunden war. Ich stellte Nachforschungen an und ermittelte, dass dieser Mensch ein nicht unbedeutender Wissenschaftler mit glänzenden Kontakten bis in die Politik hinein war. Immerhin lebte ich ja jetzt in einer Hauptstadt, die Präsenz der politischen Klasse machte sich im Stadtbild auf allen Ebenen bemerkbar. Die Verbindung zu meinen beiden Schicksalsfrauen stellte sich rasch her, fristeten doch auch sie ihre Existenz im Felde der Kunst.

Ruth lachte laut auf und reichte mir die von Eric beschriebenen Seiten. Sein Stil war etwas gedrechselt geworden, er schrieb nicht mehr so nüchtern wie früher, wahrscheinlich eine Alterserscheinung. Wir hatten ihn lange nicht mehr besucht und mussten gut aufpassen, nicht Kleber über den Weg zu laufen, was Ruth in Erklärungsnöte gebracht hätte.

Erwartungsgemäß war Erics Wohnung erneut verändert, es gab Möbel in zeitgenössischem Stil mit gerundeten Kanten und Furnierimitationen. Er hatte offensichtlich damit begonnen, Zeitschriften wie *Wallpaper* zu lesen, eine Ausgabe lag auf seinem Wohnzimmertisch. Vor Jahren hatte er mir erzählt, dass er es am liebsten hätte, wenn die ganze Welt so aussähe wie die Abbildungen in *VOGUE*, ein nachvollziehbarer Wunsch. Ich dachte damals darüber nach, ob ich mit den Models konkurrieren könnte, die alle Frauen dieser Welt unter Druck setzen mit ihrer nachgearbeiteten Totalperfektion. Diszipliniert mussten sie schon sein, auch etwas asketisch, alles Weitere besorgten die Fotografen und Grafiker. Überhaupt tickte die Zeit im Rhythmus griffiger Zurichtungen, für die es die entsprechenden Geräte gab, die wir alle gern bedienten. Nach und nach wurden alle Jobs zu Bildschirmarbeitsplätzen, ab Anfang der neunziger Jahre verbrachten wir die meiste Zeit vor unseren Computern, die wir dann auch noch mobilisierten, um in Zügen oder im Urlaub weiter an unseren Plänen und Projekten arbeiten zu können. Die Welt hatte sich verwandelt und war zum Tummelplatz der Controller und ihrer wie in Stein gemeißelten Ausführungsvorschriften geworden. Sie ließen ihre prallen Handbücher überall zirkulieren. Ich hatte keins davon gelesen, war aber trotzdem dagegen.
Die geglätteten Oberflächen neigten zur Aufnahme von allem und jedem. Der Rest lief, weil alle angeschlossen waren, mit ziemlicher Dynamik in Richtung einer unbegrenzten Besetzung der Welt mit Daten, und meine kleine und höchstwahrscheinlich blödsinnige Hoffnung war, dass vielleicht die Kunst doch noch einen Keil dazwischenschieben konnte. Aber das hatten viele immer wieder von der Kunst erhofft. Ohne große Gefühle keine große Kunst, dachte ich und stöberte weiter in Erics Wohnung herum. Wir sahen uns nie, konnten uns nicht treffen, das war abgemacht, doch alle drei brauchten

wir diese Nähe in Abwesenheit, und ich war Ruth dafür dankbar, das so arrangiert zu haben.
– Wie heißt eigentlich der Assistent von Kleber, ich vergesse seinen Namen regelmäßig?
– Alfred Mahler. Warum?
– Ich musste gerade an ihn denken. Er sagte mal zu mir, um witzig zu klingen: *Nur ein toter Künstler ist ein guter Künstler.* So ein mieser Emporkömmling!
– Ihm geht es ziemlich gut, er dient nicht mehr nur Kleber, sondern er sitzt mittlerweile in mehreren Kunstvereinen und Beiräten, was sein Bauchwachstum begünstigt hat.
– Männer ab vierzig sind für ihren Bauch selbst verantwortlich.
– Was hältst du davon, dass Eric unsere Fährte aufgenommen hat?
– Er hatte sie ja nie verloren.
Als wir das Haus verließen, schaute ich mir aus einem plötzlichen Impuls heraus die Briefkästen an. Das Postfach von Kleber quoll über, als wäre es monatelang nicht geleert worden.
– Hast du Kleber wiedergesehen?
– Nein. Ich habe mich auch schon gewundert, da er ja sonst bei jeder wichtigen Eröffnung in Berlin auftaucht. Vor Wochen haben wir das letzte Mal telefoniert. Seine Termine werden von Mahler wahrgenommen, der macht das sehr gut. Überhaupt entwickelt er sich beachtlich. Er ist bei einem Versorgungsfonds für Künstler mit eingestiegen, er wurde sogar dafür angefragt, das Konzept stammt aus den Vereinigten Staaten. Der Fonds übernimmt Anteile an der Alterssicherung der Künstler, wofür diese ihm zwanzig Jahre lang jedes Jahr eine bestimmte Anzahl von Arbeiten zur Verfügung stellen, die später verwertet werden. Aus den Erlösen und Zinsen werden dann Anteile für die Alterssicherung der Künstler gebildet. Das ist natürlich weltweit organisiert, der Fonds will in jedem Land tätig werden und jeweils etwa dreihundert Künstler gewinnen.

– Das ergibt eine beachtliche Sammlung.
– Ja, und ein in dieser Weise international angelegter Fonds wird auch auf Marktpreise und Ausstellungsmöglichkeiten Einfluss nehmen können. Das Konzept ist genial, und Mahler ist sozusagen der Geschäftsführer, sie sitzen in der Linienstraße. Du kannst ruhig auch etwas für deine Rente tun, denn lange wird das so nicht mehr laufen.
– Manchmal empfinde ich mich als so alt, wie du mich beschreibst. Auf welche Leute kommt es denn wirklich noch an in der Kunst?
– In der Hauptsache auf die Künstler. So wie es mittlerweile läuft, sind aber die Manager wichtiger. Du siehst ja an dir, dass jeder zum Künstler werden kann. Das hatte Beuys damals sicherlich anders gemeint.
– Und das ist in der Kunst die Regel, die die Ausnahme verstimmt. Was ist mit Mahler, diesem verdrucksten Typen? Mit dem ist doch etwas faul.
– Ich habe ihn neulich in der *Paris Bar* mit einer jungen und äußerst attraktiven Künstlerin gesehen, die er frisch aus der Hochschule rekrutiert hat. Er fährt jetzt einen nagelneuen *Saab.*
– Es ist dieser Hang zum Soliden, der ihn so unwiderstehlich macht.

Ich konnte Eric nicht treffen, nicht in dieser Stadt, aber ich hätte gern mit ihm gesprochen, über Kleber und manches andere. Das erste Mal nach all der Zeit verspürte ich Sehnsucht nach ihm; eine Sehnsucht nach der Vergangenheit, die wir nicht geteilt hatten. Ich wusste nicht einmal, wie er jetzt aussah, vermutlich hatte er sich stark verändert, so viele Jahre der Begegnung fehlten uns.

In Hamburg telefonierte ich ausgiebig mit Monica, die nach wie vor davon überzeugt war, Kleber eingeatmet zu haben.

Ihrer Intuition nach war er in Milliarden von Partikeln aufgelöst und in den New Yorker Feinstaub übergegangen, der zum größten Teil ins Meer geweht wird, eine Vorstellung, die mich beruhigte. Zu viele Leute sollten Kleber aber nicht einatmen, denn sonst würde er sich womöglich noch als Lungenkrebs ausbreiten.

Für das Büro lief es nicht besonders gut, und meine Versuche, mit aktuellen jungen Künstlern aus Westeuropa dem Niedergang auszuweichen, bewirkten eher das Gegenteil. Wenn sich einmal das Gerücht ausbreitet, dass man auf dem abfallenden Ast sitzt, geht schon bald nichts mehr. Wo waren das makellose Gesicht mit dem überlegenen Lächeln und die Antennen, die jede potenzielle Grenzüberschreitung frühzeitig wahrnahmen? Ich fühlte mich ausgebrannt und verkaufte kaum noch etwas. Der Enthusiasmus, der notwendig ist, anderen etwas anzubieten, war nicht mehr da, und langsam begann mich die Hamburger Ladenmiete, die Jahr für Jahr angestiegen war, zu beschäftigen, denn sie war durch die Einnahmen nicht mehr zu decken. Ich lebte von früheren Erlösen, die mir, gut angelegt, ein Polster für die Zukunft verschafft hatten, meine eigenen Arbeiten, soweit man sie *eigen* nennen konnte, brachten hingegen nur unerhebliche Summen ein, gleichzeitig wuchsen die Kosten für den laufenden Betrieb des Büro Vermeer. So konnte ich also nicht für den Rest meines Lebens weitermachen. Mein Engagement bestand mittlerweile zum größten Teil aus Gewohnheiten. Die Welt der Kunst langweilte mich zutiefst, und ich hatte den Eindruck, alles erlebt zu haben, was in ihr möglich war. Doch die Kunst war auch ein Versprechen für mögliche andere Welten, ein Versprechen allerdings, das andere einlösen mussten, denn ich hatte nicht die Anlagen und die Kraft, eine wirkungsvolle Idee gegen das System zu bilden, das die Kunst und die an ihr Beteiligten für den Gang

der Dinge gewählt hatten. Ich konnte nicht einmal zeichnen, auch die Malerei mit ihren jahrhundertealten Verfahren und ihrem geheimen Wissen würde mir auf ewig verschlossen bleiben. Meine Selbstzweifel wuchsen, und düstere Visionen beschäftigten mich, zuweilen hatte ich das Gefühl, dass alles sich entzog und ich nur noch regungslos zuschauen konnte. Der Sog der Technik und ihrer Satelliten, die ununterbrochen Informationen in alle Sphären verbreiteten, erschienen mir als wahrnehmbare Anzeichen eines völligen Sichverschließens. Wir waren ununterbrochen mit unseren Kulturen beschäftigt und bemerkten nicht, wie die Erde sich entzog und ihr eigenes Schicksal einleitete.
Jedenfalls konnte ich in der Kunst nur Dinge zusammenfügen, die kurzzeitig interessant sein durften, geduldet von der Gemeinschaft derer, die auserkoren waren, anderen deutlich zu machen, was als avanciert gelten sollte. Ich hatte mich an dieser Einrichtung bereichert, von etwas profitiert, was ich niemals genau durchschauen konnte. Mein Leben war ereignisreich und gelegentlich luxuriös verlaufen. Ich stand nun an einem Wendepunkt. Andere hatten verletzt oder erniedrigt werden können, sogar sterben, während es für mich allezeit die Möglichkeit der Abstandnahme gegeben hatte, doch jetzt war ich selbst absturzgefährdet. Ich musste handeln. Durch die Ausstellung mit den chinesischen Künstlern hatte ich Kontakte zu dem mir völlig unbekannten Land geknüpft. Mein Konto war noch recht gut gefüllt, das Geld konnte ein paar Jahre reichen. Wenn auch das Finanzamt meine wirtschaftliche Lage immer wieder trübte, als Single und Selbstständige hatte ich da nichts zu lachen, erwartete mich doch andererseits irgendwann das mögliche Erbe meiner Eltern, die zwar für ihr hohes Alter noch recht rüstig waren, sich aber schon langsam auf den großen Abschied vorbereiteten. Und sie hatten vorgesorgt, mit Lebensversicherungen und Bausparverträgen,

Grundstücken und Eigentumswohnungen, mir konnte nichts passieren. Ich hatte Ressourcen und einen neuen Plan.

Eric sollte nach China kommen, ich würde ihn in Shanghai treffen, wenn er auf meinen Vorschlag einginge. Eine Reise in der Business-Class über Frankfurt oder Helsinki nach Shanghai, dort Transport zu einem Fünfsternehotel am Bund mit Blick auf die futuristische Skyline von Pudong, ein dreitägiger Aufenthalt mit anschließender Rundreise inklusive. Ich wusste, dass Eric nicht absagen würde, und schrieb ihm einen entsprechenden Brief ohne Absender. Im Falle seiner Zustimmung sollte er eine E-Mail an das Büro Vermeer übersenden. Die Reise hätte ich wesentlich angenehmer mit Monica unternehmen können, mit milden Berührungen in wolkenkratzenden Hotelzimmern und wenig anstrengenden Besichtigungen chinesischer Kunst. Doch der Zeitpunkt war gekommen, Eric unter ganz anderen Vorzeichen nach Jahren, sogar in einem anderen Jahrtausend, wiederzusehen und mich seinem Verfall auszusetzen, so wie auch er den einsetzenden Verfall meiner Person, der sich äußerlich in Falten und unvorteilhaft verteilten Fettpolstern andeutete, beobachten müsste. Wir hatten eine Erzählung geteilt, wurden auseinandergewirbelt, kamen nicht mehr zusammen und mussten doch ab und zu an uns denken. Im Geiste hatten wir möglicherweise Momente unserer Vergangenheit geteilt und fortgesetzt. Ich wollte wissen, ob das für ihn auch zutraf. Bei mir geschah es nicht aus Liebe, eher aus Sorge um meine Gegenwart.
Erics letzte eingesehene Aufzeichnungen hatten mich beunruhigt. Dass Kleber in sein Leben getreten war, konnte ich kaum ertragen. Ruth gab Eric zwar eine Menge Geld für seine Bereitschaft, die Wohnung als eine Art *White Cube* oder *Showroom* zur Verfügung zu stellen, doch auch damit ging es nicht mehr weiter. Oft dachte ich in diesen Tagen *ich will ich*

will ich will. Erics Antwort kam zehn Tage, nachdem ich den Brief abgesendet hatte, sie war positiv. Auch er wollte mich sehen. Alle notwendigen Impfungen hatte ich schon hinter mir, und für den September des Jahres Zweitausendvier war eine Reise geplant, die gleichzeitig in die Vergangenheit und in die Zukunft führen sollte.

21

Ich flog acht Tage vor Eric nach China, um mir einige Orte und Landschaften anzusehen und Künstler zu besuchen. Über Helsinki, wo ich umsteigen musste, brachte mich die *Finnair* nach Peking. Entzückend muskulöse Stewardessen fragten mich alle halbe Stunde, ob es mir an etwas fehle. Im Bordfernsehen liefen kurzweilige Sketche mit *Mr. Bean*, trotzdem nickte ich ab und zu ein und wurde von fürsorglichen Händen mit einem Überwurf bedacht, bevor der unruhige Orbitschlaf einsetzte. Die Landung erfolgte am frühen Morgen. Als ich das Flughafengebäude verließ, wurde ich von einer schwülwarmen Glocke erfasst, die undurchdringlich wirkte. Der Himmel war rötlich gefärbt, die Luft mit staubigem Dunst gefüllt. Mein Fahrer erwartete mich mit einem Schild, auf dem *Welcome Büro Vermeer* stand. Durch ein nicht enden wollendes Hochhäusermeer brachte er mich zum *New Peace Hotel*, in dem ich ein Zimmer gebucht hatte, vier Sterne.

Die maximale Verschachtelung aller Existenzebenen fiel mir in diesem Land zuerst auf. Die Stadt hatte große Ausfallstraßen, die an einander stark ähnelnden Komplexen vorbeiführten, sodass der Eindruck einer labyrinthischen Struktur entstand, in der es schwerfiel, sich Orientierungspunkte zu merken. Am ehesten gelang mir das mit den riesigen Werbetafeln, doch wiederholten auch diese sich regelmäßig.

Mein Zimmer lag im vierzehnten Stock und war klimatisiert. Zum Zähneputzen hatte man der Europäerin Mineralwasser bereitgestellt, was aus der Leitung kam, roch stark chloriert. Ich fühlte mich in eine zukünftige Welt versetzt, in der die fruchtbaren natürlichen Oberflächen komplett von Technikhäuten überzogen waren. Der Blick aus dem Fenster nahm andere Hochhäuser im rötlichen Licht der Stadt auf, die Sonne sendete bereits um neun Uhr Ortszeit sengende Strahlen. Im Frühstücksraum fand ich eine enorme Auswahl vor. Die warmen chinesischen Speisen mied ich um diese Uhrzeit noch, stattdessen griff ich bei den Croissants zu und nahm Kaffee. Später brachte mich der Fahrer zur Verbotenen Stadt, angeblich gab es hier neuntausendneunhundertneunundneunzig Räume, eine Architektur gewordene Metapher der Existenz. Fünfhundert Jahre lang durfte das einfache Volk dieses riesige Areal nicht betreten, für den Kaiser oder die Kaiserin wurde auf allen Hauptwegen ein jeweils nur von ihnen betretbarer Mittelstreifen vorgehalten. Das Rot der Mauern war an manchen Stellen ins Blutige hinein gefärbt, es wirkte martialisch und kündete von früheren Kämpfen. Über kleinen Brunnen flogen große Libellen über Lotusblumen und Schilf, die Gerüche dieser fremden Welt musste ich noch lernen. Vertraut hingegen kamen mir die vielen Stände vor, an denen es Kunsthandwerk und Kalligrafie zu kaufen gab. Viele Chinesen wollten mich fotografieren. Mit meiner Größe von einsdreiundsiebzig war ich als Frau eine Attraktion, und meine Nase war auch nicht gerade klein für hiesige Verhältnisse. Wann immer ich mich auf einer Bank niederließ, kamen freundlich lächelnde Menschen auf mich zu, die mittels Gesten baten, sich mit mir ablichten lassen zu dürfen. Kinder wurden mir in die Arme gedrückt, und verschämte Alte nahmen wortlos neben mir Platz, bis die Apparate ausgelöst waren. Kein schlechter Einstieg ins Reich der Mitte.

Als ich die Verbotene Stadt wieder verlassen hatte und über den beklemmenden Platz des Himmlischen Friedens ging, die übenden Garden und das überlebensgroße Bild Maos sah, erschrak ich, weil mir die Bedeutungslosigkeit meines gesamten Unternehmens im Verhältnis zu diesen Maßen schlagartig ins Bewusstsein drang. Dieses Land versank im Lärm und Staub technischer Visionen. Alle Wege waren weit, die menschliche Dimension spielte eine unbedeutende Rolle, längst führten die Drachen, die überall an Häusern und Wänden zu finden waren, Regie.

Abends, bei den Künstlern, kreisten alle Gespräche um Chinas Aufschwung, um das neue Selbstbewusstsein und die unvorstellbaren Möglichkeiten der Zukunft. Die Arbeiten, die sie mir zeigten, waren erstaunlich, eine für Europäer schwer nachzuvollziehende Mischung aus Vergangenheit und Zukunft, aus Entdeckung der modernen Welt und Pflege des in Jahrhunderten überlieferten Handwerks. Auch schockierend Radikales befand sich darunter, die Dokumentation einer Performance aus den neunziger Jahren, bei der ein toter menschlicher Fötus verspeist worden war.

Das Wetter änderte sich nicht mehr während meines Aufenthalts und blieb mir unangenehm. Das Austrocknende befand sich auf dem Vormarsch, die Wüste Gobi war schon gefährlich nahe an Peking herangerückt, der Staub aus Sandsturmresten setzte sich in den Lungen der Bewohner dieser Stadt und ihrer Besucher fest.

Es schien mir keine gute Idee mehr, mich in diesem Land mit Eric verabredet zu haben. Wir mussten hier ohne jeden Orientierungssinn auskommen, wären ununterbrochen aufs Übersetzen angewiesen, wo wir doch genug damit zu tun haben würden, uns selbst zu übersetzen, nach einer so langen Pause. Die sehr schönen und für mich durchweg unverständlichen Schriftzeichen taten ein Übriges.

Ich flog weiter nach Chengdu, auch dort gab es Künstler, die ich treffen wollte und die mich am Flughafen abholten. Bei der Ankunft umschwirrten mich bereits auf der Gangway Schwärme von Libellen. Hier war die Hitze noch drückender, der Staub noch dichter und undurchsichtiger. Auf der Fahrt in die Stadt sah ich auf einer Länge von über einem Kilometer ausschließlich Geschäfte für Tresore, die auf dem Bürgersteig ausgestellt waren. Ein wahnsinniger Anblick, besser als Kunst, ohne Umwege erreicht. Ich stieg im Hotel *Tibet* ab, auch hier erhielt ich ein Zimmer im vierzehnten Stock. Sofort notierte ich mir die Idee auf dem Notizblock, der für den Hotelgast bereitlag. Ein Tresor ist ein eigenartiger Gegenstand, und jeder kann etwas mit ihm verbinden: Er wird aus Angst angeschafft und aus Mut ausgeraubt, er verändert jeden Raum, erzählt alles über seinen Besitzer und schweigt uneinnehmbar. Möglicherweise ist so ein Metallkasten eine Art Grab für erotische Wünsche. Ich würde erotische Wünsche aufschreiben, sie jeweils in einen Tresor legen und diesen dann verschließen. Der Titel der Arbeit sollte folglich *Tresore für erotische Wünsche* lauten.

Die Gegend hatte noch mehr zu bieten als solche Inspirationen. Das sehr frische und ausnehmend scharfe Essen begeisterte mich. Hier wurde mit Chili nicht gespart, die äußere Hitze durch eine innere ergänzt, die Schärfegrade konnten im Feuergipfel des *HOT POT* immer noch gesteigert werden, Stufe für Stufe bis zum Verschwinden des Körpergefühls.

Von Chengdu aus flog ich nach Guilin weiter, um etwas von der chinesischen Landschaft zu sehen. Ich unternahm eine halbtägige Bootsfahrt auf dem Li-Fluss und tauchte ein in eine Landschaft Gestalt gewordener Märchen: Hintergründe schichteten sich zu zarten, voneinander leicht abgesetzten Gebirgszügen, vordergründig ragten steil gezackte Felsen in die Höhe, die an Tierformen und Buddhastatuen erinnerten. Der endlos geschwungene Flusslauf zog eine Drachenlinie, die von schmalen Bambusflößen und entspannt gleitenden Wasserbüffeln bevölkert war.

Zurück in Guilin nahm ich den Flieger nach Shanghai. In dieser Stadt hatte ich den Eindruck, dass die Technik sie sich nach ihren eigenen Visionen angelegt hatte, eine architektonische Leistung von träumenden Robotern oder Androiden. Ich wohnte klimatisiert im zweiunddreißigsten Stock und sah aus den nicht zu öffnenden Fenstern nichts als andere Hochhäuser, in der Tiefe fuhr die aus Deutschland importierte Schwebebahn, deren auf unzähligen Pfeilern aufgelegte Schienenführung sich unbehindert durch die Stadt zog. Einige der modernsten Hochhäuser wiesen Formelemente des Insektenreichs auf: Zangen, Antennen und Fühler schmückten ihre Kronen, und auch jedes Lächeln hatte in dieser Stadt einen Panzer. Die Skyline von Pudong ist bereits aus einer anderen Welt, zu der sich auch der Rest unseres Planeten schon aufgemacht hat, dachte ich.

Am zweiten Abend meines Shanghaiaufenthalts war ich mit Eric in dem Restaurant *Alexander's* am Bund verabredet, er hatte mir diesen Ort mittels einer in meinem Hotel hinterlegten Nachricht vorgeschlagen. Die Stadt hatte mir bereits so viel abgefordert, dass ich kaum noch an diese bizarrste Verabredung meines Lebens denken konnte. Der Wechsel von den zugigen Klimaanlagen der Innenräume in die erstickende Schwüle der sauerstoffarmen Außenluft brachte mein Körpergefühl durcheinander und schwächte meine Aufmerksamkeit.

Ich betrat das luxuriöse Restaurant und wurde gleich zu einem Tisch geleitet. In den Panoramafenstern spiegelten sich die farbigen Lichter der Skyline Pudongs. Von weitem bereits fiel mir ein Kleid auf, das ich allzu gut kannte. Seine Trägerin saß, mir den Rücken zugewandt, an dem Tisch, dem ich zugeführt wurde. Der Kellner drehte ab.

Sie war zu alt für dieses Kleid. Das Blut gefror mir in den Adern, als Ruth sich umdrehte. Es war viel Zeit vergangen seit dem Tag unserer ersten Begegnung im Tiergarten. Verfall. Wir hatten uns gemeinsam verbraucht, an uns selbst, an der anderen, ohne Freundinnen werden zu können, die einander vertrauten.

– Setz dich doch erst einmal.

– Wo ist Eric?

– Er ist nicht hier und wird auch nicht kommen. Das geht auch nicht. Ihr könnt euch nicht wiedersehen.

– Warum mischst du dich immer wieder in mein Leben ein?
– Es geht nicht anders. Wenn du Eric hier getroffen hättest, wäre alles vorbei gewesen.
– Was meinst du damit?
– Du hättest dein Büro und alles andere vergessen können.
– Was ist mit Eric?
– Er ist da, wo er hingehört, in Berlin.
– Das ist unfassbar.
– Ich mache dir einen Vorschlag: Du vergisst diese ganze Sache und bekommst dafür eine Ausstellung hier in Shanghai und eine weitere in London und außerdem noch einen außerordentlich guten Platz auf der nächsten Biennale von Venedig, die ein gewisser Mister Hyde leiten wird, der mir einiges schuldig ist. Er wird Kurator des deutschen Pavillons.
– Und du kannst mich dann einfach dort als Künstlerin einsetzen.
– Genau. Ich hoffe, dass du eine schöne Idee dafür hast. Es ist ja noch genügend Zeit bis dahin.
– Ich hätte die richtige Arbeit dafür, sie heißt *Tresore für erotische Wünsche.*
– Schöner Titel, er verspricht viel.
– Ich nehme auch richtige Tresore.
– Davon bin ich ausgegangen. In welchem Tresor sind deine Wünsche?
– Was ist mit Kleber? Arbeitet er immer noch für dich?
– Nein. Der ist hin. Er hielt sich vermutlich in einem der Türme des World Trade Centers auf, als es dort bereits brannte. Immerhin war ein echter Gerhard Richter – aus der informellen Periode – von uns dabei. Beide kamen nicht mehr zurück. Für den Richter gab es eine Versicherung, wir werden aber niemals den Wert zurückbekommen, den das Bild heute auf einer Aktion bringen würde.
– Du hattest mir doch gesagt, ihr hättet telefoniert.

–Sorry, du solltest das zum damaligen Zeitpunkt noch nicht wissen.
–Wieso?
–Weil es besser für dich war. Mahler macht jetzt seinen Job, und das sehr gut. Ich habe dieses Kleid extra für dich angezogen.
–Erstaunlich, wie lange du auf seine Wirkung vertraust.
Champagner wurde serviert, und ich stellte keine weiteren Fragen, blickte zumeist geistesabwesend in Richtung Fensterfront, ohne wirklich etwas zu sehen, verschwommene Farben wie in einem modernen Gemälde. Später gingen wir noch in Ruths Hotel, das sie mir unbedingt zeigen wollte und das weitaus nobler war als meines. Doch es ereignete sich absolut nichts. Das Kleid passte nicht mehr zu Ruths Alter, in der futuristischen Stadt wirkte es wie aus der Mottenkiste hervorgeholt, und das Inventar ihres Hotelzimmers erinnerte an ein museales Arrangement, in allen Ecken knisterte das Empire. Die Tragik allen Lebens besteht darin, dass das ältere Alter immer das gegenwärtige ist.
–Wir leben längst in einer Zeit nach der Kunst, nur wenige haben das bemerkt.
–Ja okay, meinetwegen. Dein Kleid sieht grausam aus. Die Kunst unserer Tage wird erst dann keinen Schaden mehr anrichten, wenn es gelingen wird, die fragile Hülle dieser Welt wie den Stoff deines Kleides zu durchdringen.
–Das klingt recht altklug und wie für diesen besonderen Anlass ausgedacht, dabei erschienen wir mir eben noch als so jung.
–Da kannte ich dich noch nicht.
Teilnahmslos blickten wir eine Weile in das lichternde Häusermeer. In diesem Hotelzimmer stand ein Glastisch, der entfernt an den von mir verwendeten erinnerte; er löste nicht die geringste Erregung aus. Ich verabschiedete mich mit einem

kurzen Nicken und nahm den Fahrstuhl nach unten. Während der Fahrt kam mir der Gedanke, dass diese gottverlassene Ansammlung klimatisierter Wolkenkratzer das Modell einer sich selbst schaffenden Zukunft verkörperte, in der ich Ruth nun zurückgelassen hatte.

Im Tagflug sah ich die Wüste Gobi aus dem kleinen Fenster der Maschine. Wolkenschatten, die sich auf dem Sandboden abzeichneten. Alles besteht aus solchen Projektionen, aus täuschenden Gestalten, die kurz in andere Räume blicken lassen, in der der unbeachtete Reichtum der Formen sich selbst feiert und ich nicht vorkomme. Dann las ich daraus die Konturen einer Frau in Amerika, die ich nie bis zum Äußersten geliebt hatte und die doch geblieben war. Sie hatte alles erfüllt, jeden Wunsch, jede Nähe, frei von aller Tücke. Oft hatte sie still unter meiner Unentschiedenheit gelitten. Ich wusste, was ich als Nächstes in Angriff nehmen würde, die Künstlerin war noch lange nicht am Ende, vielleicht erst an einem anderen Beginn. Das *Denkmal für den leidenden Künstler*, aus Stäbchen gebastelt und hervorgebracht in einer Zeit, in der es in alle Richtungen hinterher ging. Ich schaute auf die großartige ockerfarbene Leinwand mit ihren flüchtigen Bildern, einmal erinnerten sie für einen Sekundenbruchteil an den Schriftzug *L'Aura welcome*, was für ein Glück.

1. Auflage 2007

Gestaltung: Andreas Töpfer, Berlin
Gesetzt aus der Bembo & der Kookone
Druck & Bindung: Steinmeier, Nördlingen
Printed in Germany
ISBN 978-3-937445-26-7